# 千年历史千年诗

◎ 王子龙 著

北京联合出版公司
Beijing United Publishing Co.,Ltd.

云想衣裳花想容，
春风拂槛露华浓。

径石相萦带，
川云自去留。

请看石上藤萝月，
已映洲前芦荻花。

斯须九重真龙出，

一洗万古凡马空。

# 人生贵在有追求，哪怕脚下路悠悠

亲爱的朋友，无论我们是否熟悉，从您打开这本书的一刻，我们就已经在诗词的引领下结缘了。感恩古典诗词，让同是爱诗的我们有机会一起徜徉在诗意的天空里。

您打开的这本《千年历史千年诗》，就是一个爱诗的人，讲给爱诗的你的诗的故事。

这里有秦、汉、三国、晋、唐、宋、元、明、清的历史画卷；这里有"滚滚长江东逝水，浪花淘尽英雄"的慷慨豪情；这里有汉高祖高唱《大风歌》的苍凉；这里有楚霸王高唱《垓下歌》的悲壮；这里既让您看到东晋世家大族的无比繁华，又让您感受到"旧时王谢堂前燕，飞入寻常百姓家"的平和与淡泊……相信这本书不会辜负爱诗爱传统文化的您。在这本书里，我会用我十几年的授课经验和稍稍有那么一点的才华以及至为真诚叙述，为您讲好诗词背后的历史，以及历史蕴藉下的诗词。

我是一个以教书和写书为事业的读书人，多年来，读诗、背诗、教诗、写诗，就成了我一手诗词、一手历史的诗意人生的写照。多年奔走授课的机缘巧合，让我积累了各级各类学校的教学经验，也让我收获了满天下的桃李。从近些年开始，随着央视一档诗词节目的热播，诗词热潮在神州大地蓬勃兴起，一直在教书育人之路上行吟的我，也登上了央视《中国诗词大会》（第二季）的舞台，很荣幸地被全国的观众熟知认可了。特别是节目中，北京师范大学康震教授等知名文化学者的赞誉，更让大家知道了在河北省的石家庄，有个老师在很努力地弘扬和推广着传统文化。感谢这档由国家平台打造的文化盛宴，让全国很多观众认识了我，也让我推广传统文化的脚步，迈向了全国。

自从央视的《中国诗词大会》播出以来，从辽东的辽宁科技大学到辽西的渤海大学，从洞庭湖畔的湖南理工学院到珠江边的东莞图书馆，再到自强不息、厚德载物的水木清华，很多高等学府和文化场馆都邀请我去做了诗词文化公益讲座，有更多的朋友读到了我的书，听到了我的课，这都要感谢国家对传统文化，特别是诗词文化的重视，也要感谢全国那么多读者听众的鼎力支持。对于中华优秀传统文化传承发展的责任感与使命感，让我成为一名传统文化推广人。

人生贵在有追求，哪怕脚下路悠悠。我的追求说具体点就是希望中国人人都敬重优秀的传统文化，人人都学习优秀的传统文化，人人都掌握和运用优秀的传统文化，并从中获得前行的动力。

诗词和历史就在我们身边，只要我们用诗意的心灵去发现，就能获得诗意的享受。这本书试图呈现给读者的，就是这样一种把历史和诗词结合起来去理解、把诗词和历史互动起来去探究的文化观。经典的古诗词，是我们中华民族千百年来经过历史长河的洗礼流传下来的文化瑰宝，这个文化瑰宝承载着文学和历史这两座宏伟的文化高峰。

无论是校内的教学还是校外的讲座，经常有学生和读者听众问我，为什么古诗词都这么有历史感，为什么历史上的经典事件都会反映在诗词中？我们常说的文史不分家，或许说的就是诗词和历史的不分家。

诗词怎么学？诗词怎么背？不用急，不用怕，小楼一夜听春雨，深巷明朝卖杏花。春雨来了，杏花自会绽放春光，何须计较与安排？领取而今现在。一切水到渠成，一切那么自然，读书破万卷，下笔如有神。诗词是历史文化的特殊载体，历史是诗词的深厚渊源，左手诗词，右手历史，两手相握才是幸福完整的诗意人生。

走进古诗词能让人获得美的气质，腹有诗书气自华。

走进古诗词能让人摆脱眼前局限的纠缠，获得另一个更为广阔的格局的享受。

走进古诗词能让人收获文化的力量，获得一种幸福完整的诗意人生。

在央视的节目中，我说我要把更多的好书推荐给读者，推广传统文化。传统文化推广人，就成了我不变的标签。学诗词凑一时的热闹可以靠宣传，但要从诗词中汲取前行的动力就只能久久为功，用功去阅读。阅读什么？作为一个老师和作家来说，当然要多给读者推出能给人以美的享受，又能获得文化提升的好书。

愿这本《千年历史千年诗》，带你走进属于自己的诗意人生。

我作为一个老师的最大追求就是为更多的人讲述以诗词为代表的优秀传统文化，让更多的人走进祖先留给我们的诗词遗产，把祖国优秀的传统文化更好地推广给更多人，这就是"为天地立心，为生民立命，为往圣继绝学，为万世开太平"的事业。前路不会一马平川，但我会不忘初心，坚守追求。

一首旧作《秦皇岛夜月望海潮》送给朋友们，那年月夜下，我在秦皇岛海边，听着渤海涛声，看到浪花如雪，想起了苏轼的"卷起千堆雪"，苏轼的如橼巨笔，仿佛离我很近。

瑟瑟秋风踏海潮，一轮明月挂中宵。
苍茫水色连天远，浩荡涛声彻海遥。
人事几回伤往事，山河依旧枕波涛。
今宵浪卷千堆雪，始信东坡巨笔豪。

王子龙
戊戌年春于石家庄

# 目 录

中国的历史十分悠久，中国的文化源远流长，诗歌是文化的结晶，诗歌是文学的灵魂。透过一个时代的诗歌可以很好地看到那个时代的历史和文化，诗歌是最古老的文学形式。如果您想神游中国五千年的历史，那么选择诗歌这位导游，一定是英明神武的。诗歌背后一定包含着丰富的历史，丰富的历史就能浓缩成精美的诗歌；诗歌和历史就是我们的左右手，左手诗词右手历史，两手相握就是我们幸福完整的诗意人生。

　　就让我们就跟随诗歌这位导游，去五千年的华夏历史中畅游一番吧。

壹

先秦清音

在大一统帝国秦国诞生前的几千年，中华大地是皇帝、炎帝、神农、女娲等人文始祖们所在的神话时代；是尧、舜、禹互相禅让高风亮节的部落联盟时代；是夏、商、周，特别是从西周开始，封邦建国的封建时代；是诸侯林立互相兼并的春秋、战国时代。这每一个时代都有我们耳熟能详的故事，比如神话时代的女娲造人、女娲补天、黄帝战蚩尤、神农尝百草等；尧舜禹时代的大禹治水、尧舜禅让等；春秋战国时的故事就更多了。这些伟大的时代，我们为了方便区分，就以秦朝为界，把它们统称为先秦时期，这个分法是中国文化史研究的重要区分，历史学、文学、哲学、艺术学等等门类，只要是涉及古代史，都要这么分，所以我们的故事就从这至关重要的秦开始，让我们以秦的前世今生为序幕，展开我们的诗歌旅行。

回望这段辽远的时期，走进先秦，我们一同领略那如风的清音！

# 秦王扫六合，虎视何雄哉

## ——承前启后的秦

秦王扫六合，虎视何雄哉！

挥剑决浮云，诸侯尽西来。

唐·李白《古风五十九首》（其三）

读到李白这首诗，就能对秦始皇当年一统天下的气魄和功业有一个直观的了解。"秦王扫六合，虎视何雄哉！"一统天下，谁与争锋？"挥剑决浮云，诸侯尽西来。"秦始皇挥剑都可以截断浮云，他的确开创了一个至关重要的朝代——秦。

秦朝是在先秦时代的东周诸侯国秦国的基础上发展而来。秦国先民一直在甘肃天水一带居住，毗邻西戎等游牧部落。

秦国的先民在商朝时就是镇守西戎的部族，秦国受地理位置影响，西边是野蛮而落后的戎族，东边是文明而发达的商、周，所以秦国善于融合双方优点，既有文明开化的头脑又有善于厮杀的野性，后来逐渐向东发展受到中央政府的重视，秦国的地位也不断上升。

到了东周时代，周王朝面对犬戎等部族的进攻，已无力保卫国都镐京，周平王下令把都城东迁洛阳，这就是著名的"平王东迁"。当时的秦国国君秦襄公出兵护送周平王迁都，立下大功，被周平王正式册封为诸侯，此时的秦国势力也从甘肃天水绵延到了陕西咸阳一带，这时的秦国才作为被承认的诸侯国登上历史舞台。

到了秦穆公时期，秦国东征西讨扩大了领土和势力范围，打败了北方强国晋国和南方强国楚国，得到了诸侯的公认。秦穆公也成为齐桓公、晋文公之后的"春秋五霸"之一，这是秦国作为大国活跃于天下的开始。

秦孝公时期，任用商鞅开始变法：经济上打击贵族垄断势力，发展生产；军事上奖励军功，为秦国的强大奠定了法制基础。秦国在制度上已经领先其他诸侯国。

到了秦惠文王时期，秦国国君正式称王，这就是连最后一点脸面也不给名存实亡的周天子留了。此后的秦武王、秦昭王、宣太后一路走来——秦国东征西讨，远交近攻，不断扩大地盘。战胜楚、赵等国，攻灭韩、魏等国，最后在嬴政手里一统天下，建立秦朝。嬴政改称皇帝，他就是秦始皇。

秦朝的建立在中国历史上太重要了，秦始皇嬴政在历代秦王的逐步积累下，终于一统天下，建立起了当时东方世界最为庞大和统一的大秦帝国。秦朝就像一个很好的坐标和里程碑，把中国古代史做了一个清晰的标记。

在辽阔而悠远的先秦时代，各个诸侯国或者部落都已经在生活中产生了诗歌的源头，那就是歌谣。

# 诗歌本是歌

土反其宅，水归其壑。

昆虫毋作，草木归其泽！

神农时代《蜡辞》

我们今天要说的歌谣，就是历史上最早产生的文学形式，也可以把歌谣看成是诗歌的源头。歌谣一产生，就有着极强的生命力，传之后世。歌谣在祭祀中可以讴歌神灵和祖先；歌谣还可以歌颂君主，维护统治；歌谣还可以歌颂英雄的伟业，从而保留下各种历史。在这点上东西方是相通的，比如古希腊的《荷马史诗》就是古代说唱诗人的一句一句歌谣，用该文学形式把那个时代的英雄传之后世。

最初的诗歌是和音乐、舞蹈结合在一起的，这又是早期诗歌的一个重要特征。为什么音乐和舞蹈结合？因为上古的巫师作法往往需要又唱又跳。

《毛诗大序》有"情动于中而形于言，言之不足故嗟叹之，嗟叹之不足故咏歌之"，这几句话精辟地概括了诗歌的起源。

由于在书籍产生前，大量古代的原始歌舞曲辞只能靠口头相传，所以留存下来的极少。像这首神农时代的《蜡辞》，就是在上古时代祭祀过程中，向大自然祈愿的几句咒语——土要返回它的原处，水要流到低处，昆虫不要骚扰庄稼，草木都要归其所。这些是上古先民对大自然最良好的祈盼。这首歌谣本身就是历史，我们知道了那个时代的先民劳动的心声。

整个口诀一共四句，隔句押韵。壑、泽的韵母都是 e，所以完全押韵。韵母相同或相近就可押韵。在汉语发音中，押韵就会朗朗上口；诗应当押韵，否则读起来没有韵律感，就会和散文失去区别。

当然，古代没有标准的汉语拼音方案，汉字的注音和诗歌的押韵确实比较令人头疼。古人一直用不是办法的办法来给汉字注音，例如用简单字来表示复杂字，把两个字放到一块来表示字音的"反切"等方法。古代学习作诗还要按照韵部先背很多汉字，写诗先查韵书，而这些韵书的韵部又都很不精确，一个韵部之下的字并不是能押韵的字，这在使用起来很是别扭，不利于诗歌的普及和发展。近现代以来，有了精准的汉语拼音方案，现在我们学习诗歌的押韵变得方便多了。

除了押韵，古代先民也已经发现而且注意到了平仄相间会让诗句很有律动的节奏感。平仄和押韵的规律到了唐代律诗定型才有了明确规定，可在上古时代的先民祭祀活动中，就已经非常好地运用汉语四声的平仄变化，这就说明中华民族早就是一个懂得诗意的诗性民族。

这四句是一个完整的咒语，应该是古代的祝祷之词。表达了先民祈求风调雨顺、五谷丰登的良好愿望。然后我们来看看下面这首先秦的《卿云歌》：

> 卿云烂兮，纠缦缦兮。
> 日月光华，旦复旦兮。

这首诗韵律和谐，烂、缦、旦，都押韵母 an，自然和谐，相传是舜传位给大禹时，满朝文武和百姓齐声歌唱的一首颂神之歌，表达了对国泰民安的祈盼。从此光华复旦，成了我们文化中十分高大上的意象，复旦大学的校名即出自此。

先秦的下限是秦朝建立，先秦的上限可以追溯到文字产生之前的上古先民时代，跨度极大。在这个漫长的先秦时期，中华民族的各族先民在生活及劳动中，自觉或不自觉地创作了一些神话传说和歌谣、卜辞等；上古时期，巫术盛行，为配合巫术而产生了一些注重韵律和节奏的口诀、说唱等，这些都是中国后世诗歌的源头。

在上古时代，负责和神沟通的巫师，还有负责治病的医生以及负责记录历史的史官是三位一体的，难以区分；而在歌谣的具体运用中，又是和诗歌、音乐、舞蹈这三者紧密结合的。

在文字和知识普遍没有传播的时代，一个部落中，也只有巫师为了祈祷、作法、治病或者记录部落历史等工作，才能集思广益地创作一些歌谣，表演歌谣时又开始不断地和诗歌、音乐、舞蹈结合，这才有了最初的文化。

那个时代神奇的六位一体：巫师、医生、史官、音乐、舞蹈和诗歌共同结合，分别绽放异彩，这都是上古时代的文化特点。

以上介绍的这些口诀是诗歌和音乐、巫术混合的文学形式，毕竟还处于诗歌发展史上的幼儿阶段，从文采上看还很不成熟。

先秦时期，能称得上清音的，是两部极其重要的、成熟的诗歌作品，它们是产生于中原地区的《诗经》和诞生于南方的《楚辞》。《诗经》和《楚辞》以风、骚为基础，为后世诗歌树立了榜样。

# 集大成的《诗经》

关关雎鸠，在河之洲。

窈窕淑女，君子好逑。

参差荇菜，左右流之。

窈窕淑女，寤寐求之。

求之不得，寤寐思服。

悠哉悠哉，辗转反侧。

参差荇菜，左右采之。

窈窕淑女，琴瑟友之。

参差荇菜，左右芼之。

窈窕淑女，钟鼓乐之。

《诗经·周南·关雎》

《诗经》是我国第一部诗歌总集（这句话是中考、高考、大学语文考试的必考知识点），收录了西周初年到春秋中叶（公元前 11 世纪—公元前 6 世纪）的诗歌共 305 篇。

《诗经》最早流传的很可能不止 305 篇，《诗经》在流传过程中不断有新增的诗歌汇入，所以这部诗歌总集不是成于一时一人之手，而是长期历史积淀的结晶，最后经过孔子系统删订过一次。

司马迁《史记·孔子世家》："古者诗三千余篇，及至孔子，去其重，取可施于礼义……三百五篇，孔子皆弦歌之，以求合韶、武、雅、颂之音。"

《诗经》中诗歌的来源主要为"朝廷采诗，地方献诗"。

班固《汉书·食货志》提出了采诗说，"行人振木铎徇于路以采诗，献之大师，比其音律，以闻于天子"。通过《汉书》的记载，可以看到，行人是政府委派的官吏，他们摇着木铎（一种大铃），在大路上采集诗歌，收集回去后再经过一系列的修订，最后闻于天子，让最高统治者听到民间的声音。在交通极为不便、信息沟通很容易被地理环境阻隔的先秦时期，中央政府的采诗行为，无疑是一种掌握民情的有效方法。这种方法一直到汉代还有延续，汉代的乐府就是这样的采诗机构。

有了自上而下的采诗，就会有自下而上的"献诗"。

例如《诗经·大雅·崧高》：

> 吉甫作颂，其诗孔硕。
> 其风肆好，以赠申伯。

申伯是贵族统治者，吉甫是下层士人，他作了很有意义的好诗，就赠给申伯。

# 永世传承的风、雅、颂

## ——尊重劳动，向往美丽

七月在野，八月在宇，九月在户，十月蟋蟀入我床下。

《诗经·豳风·七月》（节选）

谈到《诗经》，大家只需记住这六个字：风、雅、颂，赋、比、兴，就能基本了解《诗经》。

风、雅、颂，指的是根据诗歌内容和音乐的关系的分类。

风是各地的民歌，《诗经》中共有十五国风，可以看作是反映周代统治范围内各诸侯国风俗的民歌。比如《诗经·邶风·静女》这篇就是从邶国采集而来的当地民歌。

雅是王畿地区的正统音乐。大雅、小雅都是更细致的划分。

颂是宗庙祭祀用的乐曲。商、周两代都极为重视宗庙祭祀，各种军国大事都要先祭祀宗庙，民间也会祭祀自家的先祖，这些都是中国宗法制的源头。

赋、比、兴，是说《诗经》中诗歌的写作手法。赋就是直接描述。

比如《诗经·豳风·七月》：

七月流火，九月授衣。一之日觱发，二之日栗烈。无衣无褐，何以卒岁？三之日于耜，四之日举趾。同我妇子，馌彼南亩，田畯至喜。

七月流火，九月授衣。春日载阳，有鸣仓庚。女执懿筐，遵彼微行，爰求柔桑。春日迟迟，采蘩祁祁。女心伤悲，殆及公子同归。

七月流火，八月萑苇。蚕月条桑，取彼斧斨。以伐远扬，猗彼女桑。七月鸣鵙，八月载绩。载玄载黄，我朱孔阳，为公子裳。

四月秀葽，五月鸣蜩。八月其获，十月陨萚。一之日于貉，取彼狐狸，为公子裘。

二之日其同，载缵武功。言私其豵，献豜于公。

五月斯螽动股，六月莎鸡振羽。七月在野，八月在宇，九月在户，十月蟋蟀入我床下。穹窒熏鼠，塞向墐户。嗟我妇子，曰为改岁，入此室处。

六月食郁及薁，七月亨葵及菽。八月剥枣，十月获稻。为此春酒，以介眉寿。七月食瓜，八月断壶，九月叔苴。采荼薪樗，食我农夫。

九月筑场圃，十月纳禾稼。黍稷重穋，禾麻菽麦。嗟我农夫，我稼既同，上入执宫功。昼尔于茅，宵尔索绹，亟其乘屋，其始播百谷。

二之日凿冰冲冲，三之日纳于凌阴。四之日其蚤，献羔祭韭。九月肃霜，十月涤场。朋酒斯飨，曰杀羔羊。跻彼公堂，称彼兕觥，万寿无疆！

这首诗堪称中华农耕文明的史诗，详细记述了农家的劳作、艰辛，以时间为线索将在家生活的方方面面展现出来。至于诗中时间表述上的不同，一是因为当时的历法本就有周历、夏历之分，周历的正月，是夏历的十一月，全诗一会儿按周历说，一会儿按夏历说，证明当时这两种历法是通用的。就像我们现在的农历和阳历，大家也都在同时使用。

全诗完整地反映了古时农民的辛苦劳作，每月干什么，都有定式，不能违误农时，大家辛辛苦苦，却忙碌中有着踏实的幸福。这就是我们中华文明和文化的渊源，这就是在土地之上的耕作，我们是农耕文明的后代。

当然，我们也能从诗里看到农民对当时贵族压迫的不满，比如打了猎，猎物要献给王公贵族一份，上好的裘皮也得进贡一份；送到田间地头的饭食也要让官员来品尝；漂亮的衣服要送给达官贵人，自己则连粗布短衣也没有；除了上缴赋税之外，还得服劳役，为官家筑室造屋等。《诗经》是真实的，它用毫不掩盖的笔触，为我们勾勒出了几千年前中原大地上先民的生老病死、喜怒哀乐。

农民们的日子正是在这种忙碌、平凡、单调、周而复始的劳作之中默默地度过。其实，他们的愿望和要求再简单不过了——活着，活下去，吃饱穿暖就行。他们的子子孙孙一代又一代地怀着这样的愿望和要求活着，劳作，繁衍生息。

他们既不会像不愁衣食住行的富家子弟那样觉得生活空虚，也不会像文人雅士那样对花赏月，每每高谈阔论，就伤感流泪，更不会像哲人那样去思索所谓的生活的意义、存在的价值一类对他们而言不着边际的问题。实在、单纯、质朴，就是他们的特点。活着就是一切，就是最高的要求。对他们来说，生活最重要的意义就是活着。

因此，自然而然地，食为天，成了他们的生活信条。三亩地一头牛，老婆孩子热炕头，成了他们的生活理想；春种秋收，日出而作，日入而息，成了他们自觉的意识。透过这首《诗经·豳风·七月》，我们能清晰地看到古代农业的流程，感受到先民的吃苦耐劳和祖先的乐观进取。除了尊重劳动，《诗经》还体现了对美丽的向往，下面节选了《诗经·卫风·硕人》中的诗句：

> 手如柔荑，
>
> 肤如凝脂，
>
> 领如蝤蛴，
>
> 齿如瓠犀。
>
> 螓首蛾眉，
>
> 巧笑倩兮，
>
> 美目盼兮。

这首诗中，记录了春秋时卫国夫人庄姜的美貌。诗中连用比喻，尽管有些比喻在今天看来不可思议。

蝤蛴，天牛的幼虫，呈圆筒形。此处借以比喻美女的脖颈洁白丰润。

瓠，瓠瓜。比喻美女的牙齿洁白。

螓，古书上指像蝉的一种昆虫。螓首，就是如蝉的头，蝉的头是倒三角，美女的脸型是瓜子脸，所以叫螓首。

这就是《诗经》中常见的比的写作手法。比就是比喻，运用比喻来表达情感，这在《诗经》中很常见。

至于赋、比、兴里的兴，简单说就是借物起兴，托物言志。先叙述物，再用此物兴发感情。这种手法也很常见，例如《诗经·周南·桃夭》：

> 桃之夭夭，灼灼其华。
>
> 之子于归，宜其室家。

桃之夭夭，有蕡其实。

之子于归，宜其家室。

桃之夭夭，其叶蓁蓁。

之子于归，宜其家人。

先说桃花盛开，然后借桃花联想到女子出嫁。这就是借此物兴发彼物的写法。透过《诗经·周南·桃夭》这首诗，我们不难看到古代的婚恋观——女子出嫁到男方，才被看作真正的回家，女孩子嫁过去，那是为了对方家能够因你的到来而更加兴旺发达，这是对女子在婚姻中巨大作用的崇高讴歌，也是对女孩子嫁人后要宜其室家的最低要求。可惜的是，现在很多女孩子已经不太关注这种传统的理念了。

这首诗也为中华几千年来以男方为主的婚恋嫁娶观念找到了源头。

# 东周的堕落与《诗经·王风·黍离》

　　彼黍离离，彼稷之苗。行迈靡靡，中心摇摇。知我者，谓我心忧；不知我者，谓我何求。悠悠苍天，此何人哉？

　　彼黍离离，彼稷之穗。行迈靡靡，中心如醉。知我者，谓我心忧；不知我者，谓我何求。悠悠苍天，此何人哉？

　　彼黍离离，彼稷之实。行迈靡靡，中心如噎。知我者，谓我心忧；不知我者，谓我何求。悠悠苍天，此何人哉？

《诗经·王风·黍离》

　　这首诗，是东周的士大夫路过西周当年的都城镐京时，看到当年的王宫长满黍子，残破不堪，遥想西周早期的繁盛，转而感叹故国沦丧，东周的衰败，所以唱出了"知我者，谓我心忧；不知我者，谓我何求"的千古之叹。从平王东迁开始，甚至从国人暴动开始，周天子君临天下的气势就一去不复返了。春秋时，诸侯国纷纷坐大，王室开始衰微。到了战国时，战国七雄纷纷称王。周天子再也不是天子，成了一个势力最小的诸侯，任人宰割。

　　这首诗让我们看到，那绿油油的一片是黍在生长，还有那稷苗萋萋。当日的天子宫殿，今天种满了庄稼。黍稷之苗本无情意，在诗人眼中，却是勾起无限愁思的引子。于是他缓步行走在荒凉的小路上，不禁心旌摇摇，充满怅惘。怅惘尚能承受，令人不堪的是这种忧思不能被理解。"知我者，谓我心忧；不知我者，谓我何求。"

这是"众人皆醉我独醒"的尴尬，这是心智高于常人者的悲哀。这种大悲哀诉诸人间是难得回应的，只能质之于天："悠悠苍天，此何人哉？"苍天自然也无回应，此时诗人的郁懑和忧思便又加深一层。

这首饱含悲情的诗，是东周大夫因思念故国而写就。周代分成西周和东周，这是怎么回事呢？

周武王领导诸侯联盟结束了商朝统治，建立了以镐京为首都的周朝，实行封建制统一全国。武王的弟弟周公又辅佐周成王制定了一系列礼制、礼法，完善了封建关系，开始了强大的西周统治。

西周和夏商一样，是我国历史上的源头时期，确切的有文字记载的历史，是从公元前 841 年开始的，那一年西周的城市平民爆发了著名的国人暴动，把昏庸无道的周厉王政权给推翻，把厉王给流放了。这可是破天荒的大事，平民有记载以来第一次反抗王权，还是这么彻底的胜利，所以中国的历史记载从这一年开始，不能只说是一种巧合。

国人有能力暴动，却并无能力来统治这么大的西周，所以政权还是落到了两位贵族大臣手里——周公和邵公共同代天子行政，史称"共和时代"。

两位公爵代理行政了好几年，直到被流放的厉王死了，才又找个厉王的孩子来继承王位。周公和邵公所代表的周朝贵族还是很守规矩的，这个规矩就是礼制。从西周的第一代周公姬旦开始，就制定了君臣之道，厉王再昏庸也是君，流放便足矣，不能给杀了；而且厉王一死，还得立刻找厉王的儿子来即位，这就是周代的封建礼制。

不管周公和邵公如何维护礼制，作为天子的周厉王被流放且凄惨地死在外地仍然像一颗炸弹轰击着所有人的想象力。这样一来，周王朝高高在上的地位实际上就已经相当动摇了。因为夏商周三代还没有中央集权制，实行的是天子分封制，天子分封诸侯，天下由诸侯共治。

诸侯国对内高度自治，中央不干涉；但是诸侯国要对中央尽朝贡、出兵征战等义务。天子是由各诸侯国推选的一个天下共主。

比如在周代，西周的开国大王周武王本身只是一个诸侯王而已。他组建了一个反抗商王朝的反政府联盟，他被推选为盟主，他的身份并不比其他诸侯王特殊。大家推举他来领头反抗商纣王，胜利后，再由他主持瓜分胜利果实，所以各诸侯王都获得了分封领地。

诸侯们在领地内自己称王称霸，但要服从周天子的统一诏令，不听话，天子可以号令别的诸侯一起出兵征讨。天子自己也有最强大的中央军，因为周天子也是诸侯，不过是最大的诸侯国周国的领袖。

这种分封制有点类似于今天的西方国家那种联邦制，但前提是中央的天子要强大才能号召各个诸侯王。所以西周时代，基本上是"礼乐征伐自天子出"。到了东周时代，天下大乱，形成了"礼乐征伐自诸侯出"的"礼崩乐坏"的时代。

# 褒姒，褒姒，笑一笑

心之忧矣，如或结之。

今兹之正，胡然厉矣？

燎之方扬，宁或灭之？

赫赫宗周，褒姒灭之！

《诗经·小雅·正月》（节选）

宗周就是西周，"赫赫宗周，褒姒灭之"，这八个字就把西周灭亡的大锅一股脑扣在了一个女人的头上。这首诗属于小雅部分，是东周创作的国家歌曲，在盛大场合演唱，能这么唱亡国，足见整个东周对褒姒的仇恨。褒姒确实和西周灭亡有关，但不是决定性因素，西周的灭亡主要在于幽王。

镐京是周王朝的第一代首都。西周第一代天子周武王定都在镐京（今西安附近），史称西周。西周最后一任的倒霉国王是周幽王，幽王就是那个被国人暴动推翻的厉王的孙子，厉王被流放之后，儿子周宣王即位，传到孙子周幽王，然后西周就彻底没了。

幽王在位时，治国无能，深得他爷爷周厉王的真传，且极为好色，宠幸了一个叫褒姒的美女。褒姒是历史上著名的美女，且和后代很多美女一样被认为是导致亡国的红颜祸水。褒姒的美属于高冷范，就是从来不笑。幽王为了让美女笑，使出浑身解数，但褒姒都不买账，最后不知道谁教的幽王，发明了点起烽火，戏弄诸侯的弱智之举。烽火是最高军情的警报，国家危急时才点烽火求救，可周幽王为了让褒姒笑一笑就真敢点，这边一点烽火，对周王室还有最后一点忠心的爱国诸侯们以为天子有难，都率兵匆匆忙忙地赶来。但赶来一看，幽王说没事各位回去吧，我就是想逗我爱妃笑一笑。

诸侯们就这样被当成猴来耍，咬牙切齿，敢怒不敢言地带兵回去了。褒姒看了这个大军慌乱赶来又撤离的场景，竟然真的笑了，由此幽王爱上了这个烽火戏诸侯的游戏，时不时点一回那救命的烽火。

等有一天，镐京真被早就觊觎周朝肥沃土地和先进文明的犬戎部落大军包围时，幽王拼命点起烽火，但再也没人来了，镐京城破，周幽王被杀，西周灭亡。于是爱美人不爱江山的幽王，就活该丢了江山。

镐京被少数民族部落攻破，西周的首都丢了，天子被杀，这可是奇耻大辱。几个爱国诸侯一商量，周王朝不能就这么完了啊，完了咱们去哪儿当诸侯王去呢？于是找出了一个周王朝的宗室即位，这就是平王。

平王别的政绩没有，唯独干了件大事，就是迁都。镐京被攻破了，战火狼烟，不适合当天子都城了，万一哪天犬戎部落又杀来呢？

他把都城迁到了镐京东面的洛邑，就是今天洛阳一带。从此，西周过渡到东周。《三字经》有一句叫"周辙东，王纲坠"，东迁后的周王，对于手下的诸侯国们已经没有什么实质上的控制力了。

# 问鼎中原

## ——我真的只是问问

岂曰无衣？与子同袍。王于兴师，修我戈矛，与子同仇！

岂曰无衣？与子同泽。王于兴师，修我矛戟，与子偕作！

岂曰无衣？与子同裳。王于兴师，修我甲兵，与子偕行！

《诗经·秦风·无衣》

这首著名的《诗经·秦风·无衣》是描写春秋时期底层军士生活的经典之作。只要王于兴师，立刻修我戈矛，出去打仗，没有什么说的；哪怕穷得没衣服可穿了，也得立刻行动，不但自己去，还得安慰战友，只要上边要打仗，王于兴师，我就修我甲兵。这充分暴露了那个时代战争的频繁和残酷。要知道在那个时代，人口很少，没有专门的职业兵，都是种田的百姓，有战争就被征了兵，连干粮武器都要自己负担；打完了也没什么说法，死就死了，幸存者回来接着当农民。《诗经·秦风·无衣》中的诗句，就由一个当时经常参战的农民士兵所说，非常写实。为什么春秋时期战争频繁起来了呢？

平王东迁后的天下，权柄落到了诸侯国手中。诸侯们互相攻伐，刀兵四起，弱肉强食，贪得无厌，西周安定的天下被彻底打乱，所以古话说"春秋无义战"。在这些诸侯攻伐中，五位霸主相继而起，纷纷在某种程度上统一了天下，获得了众多诸侯的认可。而在洛阳城里的周天子，只能默默地看着。

春秋五霸里的每个霸主都是实际上的天子，齐桓公九合诸侯，谁与争锋？只不过由于历史的强大传统，齐桓公控制了天下诸侯后，也会礼貌性地去洛邑拜见那个仅存名义的天子，由天子再授予他一统天下的霸主之位。

所以这个时期，诸侯们办事还是需要天子的，天子的诏令毕竟是一块合法的招牌。比如春秋时期的晋国，本来是个强大的诸侯国，晋文公还继齐桓公之后称霸中原。但到了晋国末期，晋国这个诸侯国内的三个家臣韩、赵、魏逐渐坐大，干脆废掉了晋国国君，三家把晋国分了。

分了后觉得没个名分，都带着大兵去洛邑朝见周天子，吓得天子够呛。问明原委后，周天子赶紧下诏封韩、赵、魏三家的老大为诸侯，不但不追究他们大逆不道的叛国行为，还对他们瓜分自己祖国晋国的事实予以承认。威风扫地的周天子，就是靠着最后祖上留下来的天子旗号，在春秋时期艰难地生活着。

事实上，春秋时期的五霸每个人都有实力取代天子，可他们谁也没有迈出这一步，最想挑战一下天子的是五霸里的楚庄王。大家仔细观察五霸的名号就能发现：齐桓公、晋文公、宋襄公、秦穆公、楚庄王。

春秋五霸里唯一敢用王号的就是楚庄王，而别人称个"公"就很知足了。要知道在那时王已经是最大的称号了。王下边有公、侯、伯、子、男五等爵位。那四位也仅仅是称了个公爵而已。楚庄王，直接就称王了。

他不但称王，还真带着大兵开到了洛阳城边，开始盛大的阅兵式，向天子耀武扬威。当时的天子是周定王，定王又不傻，很清楚楚庄王的心思，就派出著名的外交官王孙满去劳军。楚庄王一见天子使臣，直接就问："天子的九鼎大小轻重如何？"

周王朝有个象征定鼎天下的神器——九鼎。传说是大禹治水之后亲自铸造的，象征九州安定。从禹开始，夏商周的国王递相授受，朝代更迭，但这神器始终流传。这九鼎就是中央王权的最高象征，诸侯别说看，连想都不该想，人家楚庄王就直接问了。所以楚庄王开创了"问鼎中原"这一成语。

王孙满微微一笑，说了一番不卑不亢的话："周德虽衰，天命未改。鼎之轻重，未可问也。"楚庄王也笑了，转而去进攻郑国，放过了周王朝。

王孙满说的没错，周王朝自平王东迁以来确实失去了西周的权威，但还不至于有诸侯国敢弑君篡位。因为从西周就确定的礼乐制度还在，诸侯国再猛，也就是称王称霸而已，天子还得供着。别说楚庄王这会还是春秋时期，就是到了后来的战国时期，周王尽管已无任何天子的权力，但依然得以保存名号，稳坐洛阳。

# 问鼎中原

## ——我岂能只是问问

> 大雅久不作，吾衰竟谁陈？
>
> 王风委蔓草，战国多荆榛。
>
> 龙虎相啖食，兵戈逮狂秦。
>
> 正声何微茫，哀怨起骚人。
>
> 唐·李白《古风五十九首》（其一）

李白这四句高度凝练的名句，把战国时代诸侯互相攻伐、周王朝曾经一言九鼎的天子权威都比喻成无用的蔓草，描绘得颇为深刻。

春秋和战国都是属于东周，春秋之后是战国，分界线是韩、赵、魏三个晋国的家臣卿大夫，把晋国瓜分了。

战国时已经十分强大的秦国有一位秦武王叫嬴荡，非常孔武有力，他提拔的人物也都是力拔山兮气盖世的壮汉。某次秦武王直接带兵打进了洛阳，这可是比楚庄王猛多了，直接就占领了周王朝都城。

嬴荡要干什么？还是来问鼎。传说大禹把九州之铜炼成这九个鼎，每个鼎代表一个州，九州是冀州、兖州、青州、徐州、扬州、荆州、豫州、梁州、雍州。九鼎上刻着每个州的山川形胜、田土贡赋。这九州的划分被记载在古籍《禹贡》上，这九州的称谓也都成了今天各地省份的简称，比如河北简称冀，河南简称豫。拥有九鼎，就是统治九州的象征。

秦武王进洛阳时，周天子是周赧王，这位周王哪惹得起秦武王？于是赶紧派使者去迎接，表达天子对诸侯的问候，并请秦武王来赴宴。秦武王根本不屑于和这个有名无实的天子吃饭，也可能是他心里对于和天子同桌吃饭还有一些顾忌，所以没理天子，直接去了周朝的太庙，太庙里整整齐齐陈列着九个刻着龙纹的赤色大鼎。

秦武王对威仪的九鼎赞叹不已，这就是权力和天下归心的象征。正因为九鼎从来没有移动过，所以十分稳定而可靠，这就叫定鼎，后人说话和做承诺有分量也被称为一言九鼎。

秦武王看着巨大的青铜龙纹大鼎，先叫手下的两个大力士任鄙、孟贲来举一举试试。他对手下的大力士是很有信心的，毕竟都是千挑万选出来的久经沙场的猛士。孟贲是齐国大力士，曾遇到两头疯牛打架，他冲上去分开两牛，一把按倒一个，另一头牛不服，他一愤怒硬生生地拔出了牛角。这就是孟贲站在秦武王身边的资本，就是这个孟贲，拼尽全力把鼎搬起了一些，然后就无力脱手，鼎重重地摔到原地，孟贲已累得两眼出血，瘫倒在地；任鄙早就已被九鼎的神圣给吓住了，浑身哆嗦不能尝试。秦武王嫌弃地看着瘫倒在地的孟贲和吓破胆的任鄙，自己走上前来，大喝一声，拼尽全力，真的举起了这个从周武王时代就定下的大鼎，从这个意义上说，秦武王嬴荡实现了毕生的梦想。

就在众人的惊呼声和赞叹声还没出口的时候，秦武王已经使完了最后一点力气，大鼎脱手，重重地砸在自己的腿上，砸断了小腿骨，失血过多，当天就不治身亡，史称"绝膑而亡"。

很多古人都批评秦武王太胡闹了，而这不更证明周王朝不可侵犯吗？其实秦武王即位以来，继承了父亲惠文王的遗风，而且在武功方面多有开拓，联合越国夹击楚国，联合魏国进攻韩国，纵横天下无人能敌。就是在这个大的形势背景下，秦武王想把九鼎在天子面前换个举起，这就能从象征意义上表示周王朝完了，天命已改，更想把代表他们秦国故地雍州的鼎举回去。

这就更能昭告天下，东周已经守不住九鼎，九鼎被我秦武王举回了秦国，所以一统天下的天命自然也应该在秦。这就是秦武王一定要来王都洛阳举鼎的战略意图，不能简单地说秦武王以王者之尊竟然去逞匹夫之勇，一代国王竟然无聊到去举那青铜铸就的大鼎。

秦武王不是昏君，更不是傻瓜，他只不过是一心为了秦国的扩张而敢于亲自动手，连命都不要的一代帝王，所以他的谥号是武王，也算对得起他了。纵观历史，对秦武王的负面评价也的确不多，大部分史籍都肯定了秦武王一生东征西讨，奠定他之后的宣太后、昭襄王乃至秦始皇一统六国成为千古一帝的基础。

# 谁横谁称霸的时代

## ——春秋

采薇采薇，薇亦作止。曰归曰归，岁亦莫止。靡室靡家，玁狁之故。不遑启居，玁狁之故。
采薇采薇，薇亦柔止。曰归曰归，心亦忧止。忧心烈烈，载饥载渴。我戍未定，靡使归聘。
采薇采薇，薇亦刚止。曰归曰归，岁亦阳止。王事靡盬，不遑启处。忧心孔疚，我行不来！
彼尔维何？维常之华。彼路斯何？君子之车。戎车既驾，四牡业业。岂敢定居？一月三捷。
驾彼四牡，四牡骙骙。君子所依，小人所腓。四牡翼翼，象弭鱼服。岂不日戒？玁狁孔棘！
昔我往矣，杨柳依依。今我来思，雨雪霏霏。行道迟迟，载渴载饥。我心伤悲，莫知我哀！

《诗经·小雅·采薇》

　　春秋时代，最早和天子公开掰手腕的是郑庄公，郑庄公的父亲在平王东迁时一直保护平王立了大功，但郑庄公就不像他父亲那么单纯地效忠王室了，他先把威胁到自己权力的亲弟弟给灭了（见《左传·郑伯克段于鄢》），统一了郑国，然后就抢了周天子地盘上的庄稼。东周第二任天子周桓王忍无可忍，按规矩发周国的重兵来征讨郑国。这是天子的权力，也是周朝的制度，敢于顶撞中央的诸侯国必须被天子的六师给夷为平地，但可惜此时已不是西周，而是到了东周。

　　郑庄公是历史上第一次和周天子公开决裂，而且带兵和周王真刀真枪地开战了，在战斗中一箭射中了周桓王的肩头。射中天子后，郑庄公也紧张了，毕竟这是诸侯对天子的第一次反抗，全天下的诸侯都看着呢，自己万一射死了天子会不会犯众怒？天子要用权威处罚自己，接受不接受？

　　然而，被射伤的周天子，没有给出任何说法，默默地接受了这一悲惨结局，并且再不敢和郑庄公作对，周王朝大事完全听从了郑庄公，郑庄公从此在诸侯中耀武扬威、说一不二。郑庄公比正式会盟诸侯称霸于天下的齐桓公还要早，他被称为"春秋小霸王"。

楚庄王最早在诸侯中称王这件事被记在了《左传》中，左传是左丘明为《春秋》写的传。《春秋》是孔子感叹于东周的礼崩乐坏而怀念西周那个理想社会所编写的编年体史书。

孔子在书里对僭越的诸侯们进行了无情而又含蓄的讽刺，这种讽刺被称为"春秋笔法"。他称齐桓公为齐侯、晋文公为晋侯、郑庄公为郑伯、楚庄王为楚子。"侯""伯"和"子"都是这些早已称王称公的诸侯们本来的爵位。"侯爵""伯爵"和"子爵"都是当年周天子分封时封给他们本来的封号。孔子在《春秋》里将最早称王的楚庄王直接写成楚子，恢复了他本来的爵位，不承认他自己僭越的王号。

公、侯、伯、子几等爵位，子爵是比较低的，楚国由于地处偏僻，在武王伐纣中也没出多少力，纯属周武王和周公为了笼络南方的偏远部落，才封了楚国先君一个子爵。没想到这个子爵竟然第一个觍着脸称王了，要知道齐桓公、晋文公也不过就是从侯爵自称了公爵，而楚武王是从子爵自称了王。所以按照现代心理学来分析，越凸显什么心理上就越自卑什么，他最早称王其实是对自己出身不高的极度自卑。

东周在历史上都没有自己的称呼，东周早期称春秋，晚期称战国。这就可以说明东周的衰败。《诗经》中的一首著名诗篇，能带我们去深刻体会东周没落的悲凉。

# 吾将上下而求索的屈原

节分端午自谁言，
万古传闻为屈原。
堪笑楚江空渺渺，
不能洗得直臣冤。

唐·文秀《端午》

在中国历史上，没有谁像屈原这样被后人无比怀念，人们在端午节这一天采取不同的方式纪念他。屈原对楚国忠贞不渝，化悲愤为文笔写就楚辞，成为我国传统文化中的不朽篇章。历代文人墨客只要到了端午节，都会怀念屈原的，唐代诗人文秀就感慨楚江浩渺烟波，可惜也不能给正直的屈原洗刷冤屈。

在先秦诗歌中，和《诗经》并立的就是屈原《离骚》所代表的楚辞。从西汉开始，才有了楚辞这个特定称谓。汉成帝时刘向整理古籍，搜集了屈原、宋玉和贾谊等人的文风相似的作品集成十六卷，命名为《楚辞》。楚辞多以兮字入诗，所以特点鲜明。楚辞在汉代被称为"赋"。

屈原，本名屈平，姓芈。春秋时楚国贵族。本为楚怀王近臣，尽心辅佐，主张联齐抗秦，但是，屈原的悲哀之处就在于怀王是个有名的昏庸之主，结合其后来一系列的政治失误，基本可以认定怀王的智商和情商均逊色于常人。

才能远高于常人的屈原尽心辅佐的是这样一位才智远低于常人的君主，悲剧就已经注定了。君主昏庸倒不一定对大臣不利，比如刘禅和诸葛亮，主昏臣明。诸葛亮大权独揽，刘禅不加干涉，反而默契配合。但屈原没有诸葛亮命好，怀王虽如刘禅一样昏庸，但却不如刘禅单纯。刘禅好歹相信诸葛亮，而怀王则是谁都相信，唯独猜忌屈原。

战国时期，秦国已经坐大，东方诸国已经需要联合起来才能制衡强秦了，著名的纵横家苏秦即提出"合纵之术"，就是让各国联合，对峙秦国。合纵取得了很大成效，一度令秦兵不敢出函谷关。

秦惠文王于是任用张仪，大推"连横"之术，就是忽悠小国与秦结盟，然后一起去侵吞别的小国。要连横就必须打破合纵，那需要比当年的苏秦更能忽悠的一张嘴，张仪太擅长这个了。魏国和秦国接壤，本来是反秦联盟中的主力，张仪来到魏国，对魏王说："您别跟其他小国联合了，割给秦国一小块地方，和强大的秦结盟，然后和秦一起去进攻别国，这样魏国从别处得来的土地远大于割给秦国的。"魏王放弃了合纵的抗秦联盟，转而与秦连横。

张仪在当着秦国国相的同时还当上了魏国的国相。反秦联盟中另一个主力是强大的楚国。楚国崛起于南方，楚庄王就敢于向天子耀武扬威，想要问鼎中原。即便到了战国时代，楚国也是举足轻重的大国。南方的楚国和东方的齐国一直结盟抗秦，这两大国的合纵，直接制约了秦的吞并进程。

于是著名纵横家张仪又来到楚国游说。张仪能把死人说活，他游说魏王靠的是道理论证，游说楚怀王基本就是利诱。他说："大王别跟齐国联合了，跟秦国联合吧，秦国愿意给大王六百里国土。"贪婪好色又愚蠢的怀王，听了这几句话，就毅然和已经是几代盟友的齐国断交了，还接受张仪的建议去秦国旅游度假。这是在弱肉强食的战国，这是在战争如家常便饭的战国，作为一国国君的楚怀王竟然会愚蠢到去敌国旅游。这在今天看来都很难想象。屈原作为极为尽忠的忠臣，拼死力谏。可无奈楚怀王信任的是那位能把死人说活的张仪，不是这位忠君爱国的屈原。一看楚怀王不信任屈原，靳尚、郑袖等一帮小人又趁机陷害，最终屈原被流放。

楚怀王满心欢喜地跟着张仪去秦国旅游。到了秦国后，怀王还很认真地问张仪，你不是答应给我六百里国土吗？在哪呢？张仪也很认真地说："我说的是六里啊，你听错了吧？"我们至今都能揣测到张仪当年说这句话时，内心对于楚怀王的嘲讽与些许同情。主上能力弱一些，其实并不可怕。因为君主意在统领全局，而不必事必躬亲。只要这位君主能力弱的同时脑子不要太昏庸，敢于放权给忠臣良将，还不失为一代明君。

比如秦惠文王，其个人能力不见得就高于其他六国国君，主要是人家敢于信任大臣：任用了一个张仪，就终结了几国联盟，不费一兵一卒，就逮住了楚怀王。所以说治国理政，首在用人。试想如果楚怀王能不自以为是，能够虚心地把大事托付给屈原，凭屈原的实力和才华，堂堂楚国怎么会那么轻易地败给秦国呢？张仪能够忽悠楚怀王这样的昏君，他能忽悠屈原吗？所以张仪来到楚国首先就是跟郑袖等一帮奸佞小人联合，先除去屈原再实行忽悠楚怀王的大计。

楚怀王最终被拘禁死在了秦国，这也成了春秋时期的一大政治丑闻。一国君主，还是可以和秦国抗衡的大国楚国的君主，竟然傻乎乎地自己跑到敌国，就因为相信了张仪那张嘴。张仪的不朽功名和屈原的千秋遭遇都是建立在楚怀王这个亘古少有的"奇葩"身上。

战国历史上彪炳千秋的两大纵横家张仪和苏秦俱学纵横之术于鬼谷子。鬼谷子，春秋末期到战国时人，生卒年不详，常隐居于地形奇异、林木茂盛的"鬼谷"中。传说他是和墨子一同修炼的奇人，天文地理无所不知，能服食饮药，白日飞升，被后世传说为神人。其有著作《鬼谷子》一部，被道家保留在《道藏》中。由于史料缺乏，鬼谷子的生平不可考，但单从他的四位徒弟来看，就知道这位鬼谷子先生的确是神人。他的四位徒弟是苏秦、张仪、孙膑、庞涓。这四位都是战国时期能纵横天下扭转乾坤的大人物，而他们四位出于同一位老师，这不能不说是一个奇迹。苏、张靠一张嘴搅动天下大事，孙、庞靠兵法决定战国版图。而他们的老师鬼谷子如果出山，历史将会被怎么改写呢？历史不能假设，但假设也不是毫无意义，合理的假设，能带给我们对于历史的敬畏和探索真相的勇气。

再说说可怜的屈原，眼看着国将不国，自己又无力回天，关键是自己的无限爱国情怀得不到施展，自己无限的忠诚换来的是流放的遭遇。所谓不平则鸣，志趣高洁如兰花的屈原，他太不平了，他最终选择在汨罗江边自沉，来和这个混浊的世界告别。郭沫若有一部话剧《屈原》，曾于抗日战争期间上演，十分激动人心。其中有一章叫《雷电颂》，借屈原之口抒发了难抑的悲愤。其实不用郭沫若杜撰话剧《雷电颂》，屈原留下的《离骚》，就已经把自己的心声说尽了，这部《离骚》也成为震古烁今的名著，被人们万古传诵。

离骚是什么意思，历代众说纷纭，概括一下，可能是指离愁别绪，也可能是古代楚国的曲名。

# 汨罗江畔的悲歌

## ——离骚

帝高阳之苗裔兮，朕皇考曰伯庸。

摄提贞于孟陬兮，惟庚寅吾以降。

皇览揆余初度兮，肇锡余以嘉名。

名余曰正则兮，字余曰灵均。

纷吾既有此内美兮，又重之以修能。

扈江离与辟芷兮，纫秋兰以为佩。

汨余若将不及兮，恐年岁之不吾与。

朝搴阰之木兰兮，夕揽洲之宿莽。

日月忽其不淹兮，春与秋其代序。

唯草木之零落兮，恐美人之迟暮。

不抚壮而弃秽兮，何不改乎此度？

乘骐骥以驰骋兮，来吾道夫先路！

战国·屈原《离骚》（节选）

　　《离骚》是一首宏伟壮丽的抒情诗，在中国文学史上有崇高的地位。这首长诗作于屈原放逐江南之时，是诗人充满爱国激情的抒忧发愤之作。在长诗中，诗人发表了他的美政思想，表白了他热爱祖国、关心人民的思想感情；叙述了他在国家危难关头的焦急与义愤，表现出他坚持节操、反对奸邪的九死不悔的斗争精神；反映了楚国政治的黑暗、广大人民的疾苦，以及诗人为国为民不懈奋斗的平生，也说明国家命运与个人休戚相关。长诗思想境界高超，文采华美，想象丰富，感情浓烈。

　　《离骚》三部分的层次及大意：

　　第一部分，抒写诗人的身世、抱负、政治遭遇中的痛苦心情和坚持理想的斗争决心。屈原用大段文字反复说明自己出身名门，志趣高洁，是一股清流，一心想为楚国的振兴而奋斗，表达了无比爱国的情怀。

第二部分写诗人驰骋幻想，探求实现美政理想的道路。为什么要幻想？因为写《离骚》时，屈原已被流放，无职无权，无依无靠。一个出身于楚国王族、20岁就身居高位的屈原，只能把满腔的爱国情怀和政治理想化作《离骚》那一段段不朽的文字。

诗人在第三部分，借神灵的劝告，也是自己在和自己对话，提出了既然在楚国这么被排挤，何不远离楚国去别国发展的设想。

毕竟春秋战国时代天下还有很多诸侯国，那是一个士人周游列国到处选择发展的时代。比如和屈原同时代的孟尝君也是出身名门的齐国贵族，也是在齐国执政，在受到国王猜忌后，就果断地出走他国，在齐国的友邦魏国、在齐国的敌国秦国都执政过，也就是说，那时候有能力有名望的士人是可以周游列国择主而仕的。但屈原毕竟不是苏秦、张仪那一类朝秦暮楚的游士，屈原忠于楚国，楚怀王再昏庸也是君主，屈原不会离开自己的君主和祖国，所以《离骚》最后是一片悲凉的气氛，神灵提出远离楚国，但屈原自己给予了否定，这样预示着屈原最终将死在流放之地。果然当秦军在一代战神白起的带领下，如屈原预料般地杀进了楚国的都城郢都时，楚国从此再无力与秦国争锋，更失去了南方大国的威势，苟延残喘地沦落为三流小国。屈原在写出了《哀郢》以悼念国都沦丧之后，就一步一步走进了湖南的汨罗江，再也没有上来。

屈原的死，震动了中华大地，其影响远远超出楚国一地，也远远超出春秋战国那一个时代。至今每年端午，汨罗江上一队队威武的龙舟和全国各地家家都包的粽子，就是屈原已成为中华传统文化不朽符号的象征。

当屈原的楚辞特别是《哀郢》传到秦国时，秦国执政的宣太后感慨万千。宣太后和屈原是亲戚，都是楚国的贵族。宣太后嫁给秦惠文王后，生下来公子嬴稷，惠文王死后，秦武王嬴荡即位，嬴荡东征西讨为秦国打出了一片声势，但可惜后来因举鼎而亡。秦武王无子，此时正在燕国当人质的宣太后母子，被燕国送回，嬴稷继承了王位，是为秦昭王。秦昭王即位之初，国政都在母亲宣太后手中，宣太后纵横捭阖，提拔名将白起，一步步地打败了强大的楚国，可以说楚国的一些奸诈小人，像不断迫害屈原的公子子兰、宠妃郑袖、大夫靳尚等都受到宣太后的支持，目的就是让这些小人得势，逼走屈原这样的栋梁。所以，当宣太后看到屈原的《离骚》和《哀郢》时，据说是流下了两行热泪，毕竟宣太后也是楚国人，她更清楚屈原是为什么而死。

我们选的这一段《离骚》，是开篇的自我介绍。这里屈原用大量的想象和卓绝的文采，为我们做了自我介绍，他是出身名门，应天而生的大贤，佩戴着象征高洁的秋兰。屈原出身屈门，是楚国豪门。他20岁左右从政，就已经位高权重。若不是怀王过于昏聩，他完全能够施展自己的抱负。屈原就是怀着这种"举世皆浊我独清，众人皆醉我独醒"的昂然自信在现实的极端黑暗中上下求索，最终以汨罗江为归宿，留下《离骚》供后人瞻仰。

建议大家去读读《离骚》，读《离骚》的障碍其实就是文字的古奥。其实这也不是障碍，屈原用的是楚地方言，本来是朗朗上口也不难懂的，但传到现在很多文字确实不是常用字了，只要有一部字典就足以解决问题了。而且现在的许多《离骚》选本都带注释，一目了然。《中华好诗词》第一季节目中，有一位叫杜伊琪的小朋友，她8岁就能极为熟练地背诵整篇《离骚》，当时的嘉宾范曾先生因此十分感动，送了杜伊琪一幅画作，以表达对这位小朋友的鼓励。这位小朋友还闯进了第一季的总决赛，其诗词量惊人。

2015年春节前，我参加录制《中华好诗词》的春节特别节目时，杜伊琪也去了，现场我们就挨着坐。我问她："还记得《离骚》吗？"她说："忘不了。"

小学生都能如此掌握国粹，我们还有理由不读《离骚》吗？

贰

秦汉风骨

伴随着《诗经》和《楚辞》，我们走过了春秋战国时代，大一统的秦朝结束了东周列国，也把中国带入了新的历史阶段。可惜秦朝在雄才大略的秦始皇死后，就很快土崩瓦解了。秦始皇生于邯郸死于邢台，在咸阳一统天下。他一统分裂的中国，建立了丰功伟业，把万里长城修好，把文字、钱币、度量衡统一了，再用中央集权的郡县制取代了周代的分封制，然后他就醉心于长生不老，吃了不少重金属丹药，最后死在河北邢台的沙丘宫，昏庸的秦二世和指鹿为马的宦官赵高成了帝国的最高统治者。

于是秦国很快就在陈胜、吴广掀起的全国性反秦大起义中灭亡了。秦朝尽管短暂，但对中国历史的影响是巨大而深远的。秦以前，中国没有中央一管到底的集权制，而是天子分封诸侯的分权制。在秦以后，项羽和刘邦的势力进行了大决战，刘邦是楚汉争霸的胜者，刘邦建立了比秦帝国版图还要辽阔的大汉，完全继承了秦的制度，把帝国的文化不断传递下去。秦汉时代，是大一统王朝由诞生到成熟的重要时代。这种空前的大变革时代背景下，反映到文学和诗歌上，也产生了诗体的变革。我们的故事就从楚汉争霸的最高潮——霸王别姬开始说起。

# 四面楚歌的项羽，不朽的霸王别姬

*力拔山兮气盖世，时不利兮骓不逝。*
*骓不逝兮可奈何，虞兮虞兮奈若何！*

汉·项羽《垓下歌》

诗歌一般都是由诗人进行加工创作的，诗人大部分是文人也就是读书人出身，因为有文采，所以用诗词来抒发感情，可这只是一般规律。在中国几千年历史长河中，偏偏涌现出很多不是文人也不算诗人的人，写出的诗歌却能彪炳千古。这不能不说是我们中华民族诗性的显现，我们的好诗可以由诗人创作，也可以由其他人随口吟出，比如随口吟出这首《垓下歌》的西楚霸王——项羽。垓下，在今安徽省宿州市所辖的灵璧县。灵璧县是楚汉争霸的古战场，也是霸王别姬的发生地。当时楚汉争霸末期，刘邦统领的诸侯联军团团围困了项羽最后的部队，忠于项羽的部下不断战死，导致项羽的势力越来越小，最后弹尽粮绝被围在垓下。

夜里，项羽忽然听见四周包围他的汉兵营里唱的都是楚地民歌，顿悟大势已去。因为刘邦的队伍里已经到处是楚人了，说明他西楚霸王的楚地已经都被刘邦拿下了。秦末之际，天下大乱，刀兵四起，兵员极其稀少，人口锐减。所以那时候当兵只要被俘或者投降一般都能很快加盟对方阵营。听到楚歌，项羽就知道自己大势已去，自己的楚兵都跑到刘邦那里了，由此产生了一个成语——四面楚歌，现在这个成语还是用来形容危机四伏、山穷水尽。

诸侯中最为强大的项羽加尊号为"西楚霸王"，霸王在灭秦之后召开了诸侯大会，分配秦亡后的江山。刘邦封为汉王，领地是陕西汉中一带。心怀不满的刘邦，从此开始与项羽的几年混战，史称"楚汉争霸"。最终更加阴险狡诈的刘邦，把英雄盖世却不善于政治的霸王包围在垓下。

项羽在最后关头，面对重重包围自己的敌军，对手下残兵说："今日之败，是天要亡我，可不是刘邦有多厉害，更不是我不能打。不信，我给你们表演一下，我单枪匹马冲向对面敌阵，为你们斩将夺旗，让你们知道这是天要亡我！"

说罢，霸王提刀上马，飞奔入敌阵，所到之处，望风披靡。项王手起刀落，斩刘邦一员大将，纵横跃马砍翻一片，夺回一面大旗，然后潇洒而归，问手下怎么样，看到了吧？手下都无比拜服，这真的证明了是天亡项羽，不是项羽不能打。

最后项王拒绝乌江亭长的邀请，不肯坐小船渡过乌江逃命，在两军阵前，挥刀自刎，留下千古英名。

项羽死后，天下诸侯纷纷归顺刘邦，只有鲁地的许多儒生不顾安危替项羽致哀。连一贯狡诈的刘邦都被圣人家乡忠义的儒学传统所震撼，表彰了鲁地儒生，厚葬了项羽。至此开始了大汉江山。

司马迁在写《史记》时，用本纪来写帝王，用世家来写诸侯王，用列传写一般人物。他为被刘邦逼死的项羽写了《项羽本纪》，为被人故意歧视的农民陈胜、吴广写了《陈涉世家》，司马迁用自己的标准为失败者项羽和陈胜找到了青史留名的位置。在这个意义上说，他们在当时失败了，在万古视域下成功了。

即位为天子的刘邦，非常吸取亡秦的教训，对内对外都采取与民休息、轻徭薄赋的政策。他之后的吕后及文、景二帝都能延续这个正确的路线。所以说文景之治，奠定了汉家三百年基业，更为我们总结出了治平大计：结合道、法，弘扬儒道，以仁者爱人为核心，似乎才是为万世开太平的正路。

项羽感慨四面楚歌的同时，美人虞姬陪着项羽落泪。项羽想起自己从年少就起兵反秦，在巨鹿破釜沉舟、以少胜多，一战打败秦军战神章邯，名震天下。后来攻无不克战无不胜，灭秦后，成为天下霸主，分封诸侯，号称西楚霸王。如今却只有一个美人听着四面楚歌陪自己落泪。项羽百感交集，对虞姬唱出了这四句《垓下歌》。

据说虞姬也回应了四句：

> 汉兵已略地，四方楚歌声。
> 大王意气尽，贱妾何聊生！

虞姬这四句唱腔保留在戏曲中，传承到了今天，喜欢京剧的朋友们可以听一听《霸王别姬》，其实虞姬能随口而歌是非常正常的，古时的美女丽人都能歌善舞。司马迁以自己对历史的精准把握和崇高的史学责任感，把项羽的故事毅然写进了"本纪"。"本纪"是《史记》中的题材分类，《史记》是纪传体通史，纪传体就是通过写人物传记来记录历史。"本纪"是专为帝王作传的题材。

像后来成为汉高祖的刘邦，《史记》中就写了一篇《高祖本纪》，司马迁给项羽也写了一篇《项羽本纪》，这就从历史的角度给项羽定性了——尽管项羽没有称帝，败给了称帝的刘邦，但他的功业一点儿不比刘邦小，项羽就是帝王。这就是司马迁《史记》"史家之绝唱"的过硬之处：敢写、敢担当、敢定论。

项羽和虞姬相对唱歌的事情，后来改编成了戏剧，就是舞台上长演不衰的《霸王别姬》。人们为什么同情项羽这个最终失败的西楚霸王？原因当然有很多，但最重要的一点，我想应该是我们中国人内心深处对英雄的一种崇拜和景仰，这种景仰是不以成败论英雄的。那么打败项羽建立西汉的刘邦呢？他是英雄吗？

# 搞笑的高祖还乡

社长排门告示，但有的差使无推故，这差使不寻俗。一壁厢纳草也根，一边又要差夫，索应付。又是言车驾，都说是銮舆，今日还乡故。王乡老执定瓦台盘，赵忙郎抱着酒葫芦。新刷来的头巾，恰糨来的绸衫，畅好是妆么大户。

瞎王留引定火乔男妇，胡踢蹬吹笛擂鼓。见一彪人马到庄门，匹头里几面旗舒。一面旗白胡阑套住个迎霜兔，一面旗红曲连打着个毕月乌。一面旗鸡学舞，一面旗狗生双翅，一面旗蛇缠葫芦。

红漆了叉，银铮了斧，甜瓜苦瓜黄金镀，明晃晃马镫枪尖上挑，白雪雪鹅毛扇上铺。这些个乔人物，拿着些不曾见的器仗，穿着些大作怪的衣服。

辕条上都是马，套顶上不见驴，黄罗伞柄天生曲，车前八个天曹判，车后若干递送夫。更几个多娇女，一般穿着，一样妆梳。

那大汉下的车，众人施礼数。那大汉觑得人如无物。众乡老展脚舒腰拜，那大汉挪身着手扶。猛可里抬头觑，觑多时认得，险气破我胸脯。

你身须姓刘，你妻须姓吕，把你两家儿根脚从头数：你本身做亭长耽几杯酒，你丈人教村学读几卷书。曾在俺庄东住，也曾与我喂牛切草，拽坝扶锄。

春采了桑，冬借了俺粟，零支了米麦无重数。换田契强秤了麻三秆，还酒债偷量了豆几斛，有甚糊突处。明标着册历，见放着文书。

少我的钱差发内旋拨还，欠我的粟税粮中私准除。只通刘三谁肯把你揪扯住，白甚么改了姓、更了名、唤做汉高祖。

元·睢景臣《般涉调·哨遍·高祖还乡》

刘邦当然也是英雄，他接过陈胜、吴广的反秦起义大业，从一个农村小混混九死一生逐步地成长为大汉的开国皇帝，他先打败强秦又打败更强的项羽，不可谓不英雄。可历史上崇拜刘邦的明显不那么多，到了元朝人们还用小曲的形式来编排讽刺刘邦这位大汉开国皇帝。

这是元曲名家睢景臣创作的作品《高祖还乡》，用一个村民的视角，用乡里的大白话来叙述功成名就的刘邦衣锦还乡。刘邦的皇家排场，在村民看来都是喜剧。

"猛可里抬头觑，觑多时认得，险气破我胸脯。"村民以为来了什么了不得的大人物，结果看了半天认出来了，就是同村当过亭长的无赖刘三。刘邦在村里厮混的时候确实连正式名字都没有，他不读书不做官，要名字干什么？然后这位可爱的村民朋友就反复揭露刘邦的老底，把刘邦骂得一无是处。最经典的是最后一句："你凭什么改了姓、更了名、唤做汉高祖？"村民无法理解这个衣锦还乡的大汉天子就是刘三，只是单纯地觉得太可气了，你刘三闹就闹，怎么还改了姓名？这首《高祖还乡》可以看作是后人对刘邦的一个整体印象了。

而后代无论史书还是民间故事，提起项羽都无人不竖大拇指。这就体现了中国传统文化中的精髓——对英雄的崇拜，对小人的厌恶。项羽起兵反秦以来，也干过不少杀人放火的事，但总体来说，心机和诡计比刘邦少得多。项羽曾俘虏了刘邦的老婆和父亲，以此要挟刘邦，但刘邦不为所动，还跟项羽说你要是把我爹烹了你就分我一杯羹。

项羽在人质威胁无效后，并没有无情地痛下杀手，对老弱妇孺下手，不是项王这个大英雄所为。项羽一直对人质礼貌相待，最后还在和谈时放回了吕后和刘太公。鸿门宴上，刘邦毫无反抗能力，所有人都劝项羽杀了刘邦免除后患，如果鸿门宴上项羽真的杀了刘邦，那若干年后的霸王就不用别姬了，他会和虞姬幸福地生活在一起，就像安徒生童话的结局。可项羽却不忍下手，就因为刘邦也是一起起兵反秦的伙伴，是他曾经的兄弟。所以，被刘邦手下大将卖狗肉出身的樊哙将军几句话一质问，项羽就被噎得不忍下手，直接放了刘邦。

樊哙说："我的老板刘邦九死一生打败暴秦先进了关中，那是为了等待项王您来，封存了各种财宝和美女就是为了奉献给大王。今天大王来了，不奖赏我老板也就算了，还打算杀有功之臣？"其实樊哙这几句鬼话谁都骗不了，刘邦先攻进咸阳，约法三章，秋毫无犯就是为了收买人心，图谋大业。只不过项羽领重兵前来兴师问罪，刘邦的兵力根本保不住关中地盘，刘邦怕了，才去鸿门宴上负荆请罪，请求原谅。

所以大家不要以为樊哙那卖狗肉出身的市场口才能够打动项羽，樊哙的那一套说辞项羽根本就不会相信。项羽是西楚霸王，是连皇帝都不屑于做的大王，他自有一份不把一切阴谋诡计放在眼里的自信和豪情。于是，项羽就很随意地扔给樊哙一条生猪腿，看着樊哙这个浑身肌肉的壮士大口吃生肉、大口喝酒，看得高兴了，就放了刘邦。这段精彩纷呈、高潮迭起的桥段，被太史公司马迁记录到了《史记》中。

大家不要认为项羽傻，年纪轻轻就打败秦朝名将章邯的项羽，是能够一统天下，分封诸侯的霸王，说他没脑子，那是笑话。可项羽就是这么放了刘邦，在后来的斗争中还放了刘邦的媳妇，就是后来统治大汉几十年的吕后。某次情势危急之时，吕后带着孩子和刘邦乘坐一辆马车逃命时被刘邦无情地踹了下来，刘邦怕车上人多跑得慢。吕后被项羽俘虏了若干年，最后平安放回。刘邦不把她当老婆，项羽却记得吕雉是曾经的兄弟的夫人，这就是刘邦和项羽性格迥异之处。

这些细节，司马迁都给我们做了详细记录。司马迁的《史记》是私人撰写性质，他以个人的博学和宁死不屈的个性为后人存一段信史，不像后来班固修《汉书》大都是官方口径。所以《史记》中的人物性格会格外鲜明，史料细节也格外生动。当然，班固的史学见解也是千古少有的。班固写《汉书》开始也是私人撰写，但私修国史是不允许的，班固还为此进过监狱，后来才在官方的许可下继续写《汉书》。班固就是这样戴着镣铐跳舞，最终写成了排在《史记》之后第二位的《汉书》。读者朋友们若是有兴趣钻研历史，可以从《史记》《汉书》入手，这是我国正史的源头，值得一读。

# 汉高祖的《大风歌》

大风起兮云飞扬，

威加海内兮归故乡，

安得猛士兮守四方！

汉·刘邦《大风歌》

　　如果说睢景臣的《高祖还乡》是民间歌谣里讽刺刘邦的，那这首《大风歌》则是刘邦本人留在文学史上的唯一代表作，可以在很大程度上反映刘邦的心路历程。

　　汉高祖刘邦和前面提到的西楚霸王项羽一样都起自民间，项羽还顶着个楚国贵族后裔的虚名，刘邦则是三代贫农的典范。要说刘邦还得从秦朝末年说起。刘邦和项羽都是秦朝末年人，秦始皇年轻时一统天下，把封建制改成了郡县制，统一文字、钱币、度量衡，做出了很大的历史功绩，可到了晚年迷信长生不老，不断修仙吃药，被骗子忽悠，最终糊里糊涂地死在了沙丘行宫，就是今河北邢台。秦始皇出生于赵国首都邯郸，一生都和河北大地有缘，生于邯郸死于邢台，中间求仙还去过秦皇岛。秦皇岛市区至今还有秦皇入海求仙的景点。

　　刘邦和项羽早年间都见过秦始皇，只不过秦始皇没注意他俩。刘邦和项羽都是平头百姓时在马路上遇见秦始皇巡游的车架，少不了跪地迎接，跪的过程中免不了抬头看一眼皇帝。这时候的刘邦和项羽都说了一句感慨的话，《史记》都给记录了下来。刘邦说："丈夫当如此也"，就是男子汉要是混成这样就满意了。

　　刘邦对秦始皇就是单纯的羡慕，这已经很惊世骇俗了，一个村里的二混子刘三竟然敢羡慕皇帝，后来刘三成了汉高祖，也坐着皇帝的车架巡游，刘邦的梦想实现了。项羽说了一句什么呢？项羽说："彼可取而代也！"我要取代他！这就是项羽，他不羡慕秦始皇，他是感觉秦始皇不配坐那个位置。这个一统六国的千古一帝，在一个破落贵族穷小子项羽的眼里根本就不配坐在那里，谁配？我项羽才配。尽管这时的项羽就是市井平民，好勇斗狠，不学无术，和刘邦在村里当混混差不多。

后来项羽成了天下起义军的领袖，彻底灭了秦国，放火烧了秦都咸阳的阿房宫，项羽自号为西楚霸王，号令天下，分封诸侯，达到了人生顶点。项羽也实现了梦想，他真的取代了秦始皇成了帝国的主人，实实在在统治着秦灭后到汉建立初的中国。项羽热爱家乡，他的霸王头衔前边还要加上西楚。他不住咸阳，看不上帝国的首都，看不上阿房宫里惊天的奢华，看不上秦始皇后宫如云的美女，一把火就报废了咸阳。他灭秦就是灭秦，干脆利索，灭秦后就回到家乡去当西楚霸王。注意，不是项羽当不上皇帝，而是他很看不起秦始皇"皇帝"的这个称号，在项羽看来叫皇帝远不如叫霸王来得霸气。

后来刘邦在楚汉战争中艰难获胜。刘邦没有称什么霸王，他直接继承了秦始皇的称号，成了皇帝；也不回家乡去显摆，而是稳稳地坐在了长安，成了汉高祖。

其实从刘邦和项羽的行为来看，我们就知道两个人个性的不同。个性的不同来自于两个人出身的不同。乡里小民出身的刘邦，很自然地继承了秦始皇废除封建中央集权的体制，所以叫汉承秦制，因为刘邦没有想法，能够模仿、继承秦朝就很好了，况且秦始皇废封建行郡县这一套办法确实有利于中央统治。

而项羽则不是这样想的。他是战国楚国贵族之后，祖上项燕是楚国名将，叔叔项梁更是反秦的先锋，项燕和项梁都被秦军所杀，可以说项羽引以为傲的先人都是倒在抗秦、反秦之路上的。项羽家传的贵族自尊也让他极端鄙视秦朝的制度，所以当他称霸后，并不谋求中央集权的专制统治，而是自然而然地采取春秋战国的分封手法，把天下根据功劳大小封给一同起兵的各路诸侯，势力在燕国的就是燕王，在赵国的就是赵王。天下一分了之，大家都认可项羽这个霸王是诸侯之主就可以了。

# 怎么治理这么大的中国

## ——从分封制到郡县制

骊山四顾，阿房一炬，

当时奢侈今何处？

只见草萧疏，水萦纡。

至今遗恨迷烟树。

列国周齐秦汉楚，

赢，都变做了土；

输，都变做了土。

元·张养浩《山坡羊·骊山怀古》

张养浩这首散曲，第一句就对项羽一把火烧了阿房宫做了描写，可见项羽破秦的力度有多大；项羽破秦后，没有继承秦朝的中央集权郡县制，而是实行了先秦的分封制。那么，郡县制和分封制是怎么回事呢？

中国幅员极为辽阔，要统治这么大的国家，必须有一套严密的制度设计，而古代中国最基本的治理脉络就是从分封制到郡县制。分封制是分权共治加地方自治的体系，郡县制是集权的垂直体系。秦始皇雄霸六国，一朝称帝，建立了空前统一和辽阔的大秦帝国。秦虽然短暂，但是其在中国历史上的意义十分深远。它开创的一系列制度被后世沿用，如中央集权制代替分封制。

秦朝结束了商周千年间流行的天子与诸侯共治的分封制，实行了天子独尊的中央集权制。秦被灭于农民起义的浪潮，继秦而起的汉，也完全继承了中央集权制。虽然汉初高祖曾大肆分封同姓诸侯王，各诸侯王也有相当的自治权，但这只能看作是传统分封制对新生的中央集权制的一个小小的反抗，不足以扭转历史潮流。景帝时的七国之乱，就是不甘于与天子共分政权的分封制拥护者对中央集权制最后一次成规模的反抗。七国之乱平息后，武帝又实行推恩令，彻底解决了诸侯国尾大不掉的问题。从此诸侯王仅有衣食租税的尊荣，再无地方自治的实权。

从西周就开始实行管理庞大中国的分封制，就是一种中央天子和地方诸侯王共治天下的体制，项羽的楚国贵族，自然而然继承了这种分封制的思路。秦始皇灭掉韩、赵、魏、楚、燕、齐六国，就是要改变这种分封制，要把权力统归中央，地方不允许出现能建国自治的诸侯。正是在这种思路下，六国都被秦国灭了，只不过秦国太短暂，秦始皇一死，几个贫苦农民拿着竹竿木棍就掀翻了大秦帝国。项羽还具有分封制度下的惯性思维，所以项羽不称帝，只分封，就连得罪项羽差点被杀在鸿门宴上的刘邦，项羽也给他封了个汉王。刘邦胜利后建立的朝代还叫汉朝，其实这大汉的称号还是项羽给他封的。

科普一下什么是封建制（分封制）。秦始皇之前的中国，实行的是从西周就建立的封建制，也叫分封制。就是周天子是大老板，把全国划分区域分给亲族和功臣去建立诸侯国，诸侯国对内自治，对周天子承担一些义务就可以，诸侯国内也会给子弟重臣层层分封下去。这种制度以血缘亲族受封为主，叫封邦建国，简称封建。这种封建制在西周早期起到了很好的作用，因为中国无比辽阔，周朝统治者刚刚立国，无力对全国实行有效统治，就把亲族和开国元勋们分封下去，放权给他们自立诸侯，这样就快速取代了商朝的残余统治，最终迅速地把全国纳入了周王朝版图。

当时的中国全国范围内到处都是国，比如齐国、鲁国、燕国、赵国等。这些国都是诸侯国，共同属于周王朝，诸侯国好像分公司，周王朝才是总公司。这种封邦建国制度的设计人应该是西周建立者周武王姬发，还有辅佐周成王的周公姬旦，这两位都是伟人，他们设计的这种封建制发挥了巨大的作用，能够在人力财力兵力都严重不足的情况下，让中央政权迅速稳定天下形势。因此周王朝也历经了西周、东周两个时期，尽管后期有些风雨飘摇但也延续了八百多年，成为历史上有信史记载的最长的朝代。

刘邦在继秦始皇之后成为又一个大一统的皇帝时，作了这首《大风歌》。虽然汉是秦之后的第二个大一统王朝，但请记住：推翻秦朝的不是刘邦。真正推翻秦朝的是陈胜、吴广的农民军，是西楚霸王的铁锤；刘邦是借着农民军的势力，成功打败项羽从而取得江山的幸运儿。

秦始皇开天辟地地建立了大一统的秦政权，但秦始皇能打江山却不善于治理江山。他过分信用秦国赖以强大的法家暴政思想，用严刑峻法来严酷地管控人民。这些严酷的手段，在战争年代能收到较好的效果，但到了和平时代，社会生产是需要宽松的休养生息来恢复的。秦始皇不懂这个道理，他把打江山用的暴政手段拿来治理江山，结果自然是二世而亡的无情嘲讽。这就像苏联刚成立的时候，用了一套十分严酷的战时共产主义政策：收缴一切百姓的余粮，一切生产成果归苏维埃。这些战时共产主义政策对巩固新生的政权很有帮助，苏联成功地顶住了列强围剿和国内白军的反扑。但在新政权稳固后，这些明显违背经济规律的严酷手段就极大地阻挠了苏联经济的复兴。所以列宁果断地用较为宽松的新经济政策取代了战时共产主义，这就是列宁同志比秦始皇更懂经济的地方。

秦朝的严刑峻法，在今天看来可以用惨无人道来形容。秦朝实行连坐——一人犯法全家连坐；一家犯事，全村连坐。而且刑法中一般没有什么活着的刑罚，基本上是犯事就死，区别只不过是死法不同。奴隶去服徭役，规定几天到，必须几天到，差一天就全砍头。这些严刑峻法从商鞅时代就在秦国流行了。商鞅的法家思想，用一句话总结就是凡不利于统治的一律处死。所以提倡了一辈子法家思想的商鞅，最终被君主认为不利于统治时，落了个车裂的下场。

请注意，商鞅死得不冤，他被车裂就是根据他自己制定的严刑峻法实施的。法家思想历来被统治者所钟爱，就在于法家思想是彻头彻尾地维护君主统治的思想。君主所欲就是法，君主所不欲就是非法，守法的活，非法的死，就这么干脆。相比较六国而言，秦国的严刑峻法使得秦国一度非常强大。比如秦兵的战斗力一直最强。各国兵员都是农民，都是被抓壮丁抓来的倒霉蛋。为什么秦国的战斗力最强呢？原因很简单，秦法最为残酷。上阵打仗，砍敌人头多的回来加官晋爵，打不赢的回来直接被砍。这就是秦国战斗力最强的原因。

当然也千万不要以为法家思想是万能的，如果靠严刑峻法能长治久安那就不会有后来的两汉魏晋南北朝了。吹捧法家思想的商鞅、韩非、李斯最后均死于非命，就是对法家思想最辛辣的讽刺。治理天下完全无为而治、顺其自然肯定不行，还需要立法来规范各种秩序。但是法不可乱用，法要被统治者乱用成压迫社会的工具，那法本身就成了动乱之源。

# 当草根也有梦想

## ——揭竿而起的陈胜

竹帛烟销帝业虚，关河空锁祖龙居。

坑灰未冷山东乱，刘项原来不读书。

唐·章碣《焚书坑》

这首《焚书坑》嘲讽了秦始皇对文化的禁锢和对文化人的暴虐。秦始皇担心文化人会威胁自己的统治，可这种暴虐阻止不了秦朝的灭亡，因为活埋的是儒生，烧毁的是书籍，而起义反秦的刘邦、项羽没有一个是读书人。比刘邦、项羽还要早的反秦起义的第一人是陈胜，他以一个农民的身份就掀起了一场惊天动地的大起义，直接把秦朝打得风雨飘摇，刘邦和项羽等各地豪杰也是紧随陈胜才兴起的。陈胜的起义之地，就是著名的大泽乡。

大泽乡，这个穷乡僻壤，在秦二世时代被载入了史册，成为家喻户晓的地名。

大泽乡有一天来了一群极为贫苦的农民，他们按规定去边境渔阳服劳役。渔阳就是今天北京密云一带，在秦朝，那里是长城的重要关隘，是帝国的北部边陲。天知道秦二世要搞什么重大工程，总之按照秦律，大泽乡这一伙人必须在某日前赶到。结果，这伙人在大泽乡偏偏就遇上了连绵大雨，那时候没有高速，都是泥土山路，一下大雨到处暴发泥石流，根本就没有路了。大家只能等雨停后，路通了再走，可这样一来一定会迟到。迟到怎么样？"失期，法皆斩。"这就是令人闻风丧胆的大秦律，秦朝是以法家思想治国的，法家就是用严刑峻法约束百姓，用严刑峻法保证军队战斗力，总之一切都是靠严刑峻法的威慑来治国。

请注意，皆斩的"皆"字，是全和都的意思。

这一伙农民，没有文化，也没有背景，穷困潦倒，身无长物，被迫去咸阳干苦力，可他们不愿意死啊，他们再苦也还有求生的本能。

这些农民在大雨滂沱中一合计，去了渔阳也是被斩，咱们不如不去，不去去哪儿呢？逃回去？逃回去等于逃避劳役，那就是死罪。去渔阳是死，跑回家也死，怎么活？

这时农民中领头的一个农民说了句名言："今亡亦死，举大计亦死，等死，死国可乎？"

翻译过来就是：现在跑也是死，咱们干一票大的也是死，都是死，死得轰轰烈烈不好吗？

其实揣测当时大泽乡的情况，陈胜说的应该是我翻译的这个口语化语言。前边那几句文言文不一定是陈胜的原话，因为陈胜一天书没念过，应该很难说出这么文雅的语言。要知道，中国古代口头语和书面语是严重分离的。

陈胜是个比一般农民还苦的雇农，就是自己连一点土地都没有，必须靠出卖劳动力替人种地才能换口饭吃。

可这个雇农，从小就见识不凡。他曾在种地时，说出了"王侯将相，宁有种乎"的名言。当他被周围的雇农朋友们嘲笑为不知天高地厚时，他又说了句："燕雀安知鸿鹄之志哉？"

陈胜的这些与其身份极不相称的名言，都被史学家司马迁先生写进了史学巨著《史记》中，从此永垂不朽。

陈胜不但敢说，关键是敢做。他说完"死国可乎"的名言后，就真的带着这百十号农民揭竿而起了。为什么起义造反要揭竹竿？因为没有刀剑等武器。秦朝实行严格的武器控制，连菜刀都不许多存；存多了属于意图谋反，杀。就是这样，陈胜和另一个有志青年吴广，共同领着一群农民和小兵，真的拿着竹竿棍棒去攻打县衙，揭开了反秦的序幕。

历史让我们震惊的是，陈胜、吴广的起义很快取得了惊人的胜利。

他们连下几十个郡县，攻城略地，所到之处，所向披靡。没有人知道当年扫灭六国的秦朝铁骑为什么才短短十几年过去就如此不堪一击了。没有任何战斗经验的陈胜、吴广的民兵连，竟然可以攻城略地。

更可怕的是，陈胜、吴广的起义引发了推翻秦朝的连锁反应——四方不甘寂寞的人们，都纷纷起来推多米诺骨牌，这其中有一支起义军的头领叫刘邦，另一支的首领叫项羽。

所以从反秦的资历上来论，陈胜、吴广是刘邦、项羽的前辈。陈胜这个出身雇农的草根英雄，终于也称了王，还建立了"张楚政权"，陈胜就是陈王。

秦二世终于反应过来，或许他开始就不认为一个农民能够得上朝廷的对手。秦二世匆匆派出秦军主力围剿各地起义的民兵。他把全部火力集中对准了第一个揭竿而起的陈王陈胜。陈王政权在秦军主力的围剿下，经过艰苦卓绝的抵抗，最终失败，陈胜、吴广也都英勇牺牲。他们的死不是轻于鸿毛，如果陈胜一辈子种地，当个守法的良民，可能早就轻于鸿毛了。

就在秦军全力围剿陈胜时，刘邦、项羽、张良、韩信等各路兵马纷纷向着大秦帝国发出最后一击。陈胜死后不久，项羽破釜沉舟以力拔山兮的气势消灭了秦军大将章邯的主力。刘邦则一路向西，奇兵突出，一举攻占了首都咸阳。秦二世死，留守的秦王子婴上缴传国玉玺向刘邦投降，秦国真的灭亡了。

陈胜、吴广在大泽乡起义那年是公元前209年，刘邦攻进咸阳是公元前207年，陈胜起义不到两年后，秦国就真的灭亡了。秦之后，经过几十年的混战，刘邦的汉朝终于一统天下。刘邦的媳妇姓吕，叫吕雉，和刘邦是一个村的，共同创业，还做过项羽的战俘，受尽辛苦，终于成了皇后。可成了皇后的吕雉发现，当年只有自己一个女人肯跟他的刘三，已经成了拥有无数后宫佳丽的汉高祖，刘邦喜欢的当然不是人老珠黄的自己，而是任是无情也动人的戚夫人。

# 赵王的妈妈是奴隶

## ——可怜的戚夫人

子为王，母为虏。

终日舂薄暮，常与死为伍。

相离三千里，当谁使告汝。

汉·戚夫人《永巷歌》

　　历史的车轮驶过了楚汉争霸，已经稳稳地开进了汉朝。汉高祖刘邦在逐步剪除了韩信、彭越、英布等诸侯王之后，终于坐稳了江山，可他没有料到，自己最宠爱的夫人的儿子，会死在自己的大老婆吕后的手上。

　　汉高祖刘邦死后，惠帝即位，但实际掌权的是刘邦的媳妇吕后，惠帝在吕后的淫威下生活，肯定压力巨大。吕后在刘邦生前很不受待见，只是碍于吕后同患难的地位和朝中重臣的说和，刘邦才勉强立了吕后的儿子刘盈为太子，刘盈就是汉惠帝。吕后主政期间让吕家各种外戚掌握军政大权，自己大权独揽，同时对刘邦当年宠爱的后宫嫔妃进行报复性打击，对他们的子嗣，就是刘姓诸王进行斩草除根式的消灭。

　　比如刘邦最为宠爱的戚夫人所生的儿子赵王刘如意，刘邦生前处心积虑地为刘如意盘算将来，先是想立刘如意为太子，尽管阻力太大最终没有实行，但刘邦种种安排就是怕自己百年之后这个爱子被吕后所害，因为刘邦太了解自己的媳妇了。吕后在刘邦贫贱时就嫁给了他，后随着刘邦东征西讨还被项羽抓走当了战俘，可以说也是对汉朝建立有功的女人。吕后有其大气坚忍的一面，但最可怕的莫过于善妒和狠毒的一面，特别是对后宫其他女人的嫉妒。

　　刘邦后来把刘如意封为赵王，赵国都城在河北的邯郸，和陕西的西安相去甚远，就是要他远离西安，远离权力中心，还安排吕后的大恩人周昌老先生做刘如意的太傅。这都是为了吕后能放刘如意一马。

结果吕后还真给刘邦"面子"。刘邦刚死，吕后就把和自己争宠的戚夫人给收拾了——让戚夫人去永巷舂米，干粗活。戚夫人一边舂米，一边唱歌。戚夫人的文采是非常高的，随口一唱就唱出了文学史上的名作《永巷歌》。

"子为王，母为虏"，多么鲜明的对比，句句都是血泪。"终日舂薄暮，常与死为伍"，要一个受尽尊崇的戚夫人来干舂米的体力活，还要忍受各种虐待，当然是随时会死去，但戚夫人还有最后一点希望，那就是已经是一方诸侯王的儿子赵王刘如意。"相离三千里，当谁使告汝"，这一句就是戚夫人给刘如意的口信。其实戚夫人不知道，就是这一句，害死了自己的儿子。

吕后一听，你个戚夫人还敢向赵王告状，你以为一个无权的诸侯王能对我怎么样？那好，我连你儿子一块儿收拾了。

刘邦在生前确实也极力推动过废掉吕后的孩子刘盈，立戚夫人的孩子刘如意为接班人的想法，当时就是一帮老臣死谏才把这事拦下。老臣中尤其替吕后和惠帝说话的就是周昌，当时周昌冒死给刘邦上课，说一定不能废长立幼，吕后曾经跪谢周昌以报答他替自己母子说话的恩情。

所以刘邦任命周昌为赵王刘如意的赵国王太傅，这样就是让吕后最尊敬的周昌去保护自己的爱子。刘邦不愧是开国之君，虽然管不了身后事，但是这样有着严密预判性的安排，都已经是尽到了人事，剩下的结果只能听天命了。

吕后下诏，召刘如意进京。刘邦的预防性安排起了作用。刘如意的老师周昌生性耿直，他身历两朝，非常清楚吕后和戚夫人的矛盾，更知道吕后要赵王进京是什么意思。他当年护着刘盈和吕后是为了江山稳固，今天他挺身而出护着赵王，也是维护朝纲，哪有一国太后来残害诸侯王的？所以他以诸侯王太傅的身份，屡次挡住了吕后的诏令，轰走了一拨又一拨吕后派来的使者。

汉朝有制度，诸侯王幼小时，王国内的国政是由国相或者太傅来打理的。也只有周昌这种和吕后有交情的老臣才敢顶着吕后的诏令。一连顶了几次，吕后招不来赵王，干脆下诏招周昌进京。周昌是臣，太后叫你你没理由不去啊！周昌进京后，吕后拿这位耿直的老头子也没办法，也没把他怎么样，就是直接给他换了个闲职，从此你别在赵国给我碍事了。

没了周昌保护的刘如意，很快就被带到京师。尽管善良的皇帝汉惠帝和刘如意兄弟情深，惠帝也没少替刘如意求情，而且吃住坐卧都让刘如意跟着自己，就怕吕后突然派人弄死弟弟，但有个痛下杀手的亲娘，他这个无实权的皇帝最终护不住这个小弟弟。刘如意终于被吕后弄死了，戚夫人更惨，被吕后做成"人彘"，割鼻挖眼，泡在茅坑。

这个极为变态的残酷事件在《史记》和《汉书》上都有明文记载。我们没有理由怀疑司马迁和班固这两位彪炳千秋的大史学家的史学操守，所以我们只能相信这个事情真的发生过。如此看来，历史如此清晰，吕后的心灵确实不是一般的变态和惨无人道。

正所谓凡事不可做绝。吕后信用诸吕，大肆剪除刘姓诸王和功臣后，引起了强烈的反弹。吕后病逝前，让她的娘家人吕禄和吕产控制了军政大权，但这没用。陈平、周勃等老臣集团在内，朱虚侯刘章等刘姓诸侯在外，内外合力很快诛杀了吕氏诸人，一举荡平了吕家势力。

吕后处心积虑地为吕氏寻找出路，不惜大开杀戒，整死了刘邦的四个儿子。可我们批判吕后如此残忍的同时，也不能忽略她这么残忍的性格成因。

吕后跟着刘邦其实没过几年好日子，从刘邦揭竿而起开始反秦时，她就因为刘邦住进了监狱，在监狱中备受虐待。一个妙龄少妇在秦朝的沛县监狱里能受到什么样的折磨没有明确记载，我们想象一下就知道吕后的遭遇必定好不了。由此我们就能理解后来吕后行事决断的性格来源。当时，沛县监狱中有一个叫任敖的狱卒，和当过泗水亭长的刘邦是哥们儿，他实在看不下去吕后受的种种虐待，一怒之下打伤了虐待吕后的狱卒。从此，吕后在监狱里才好过一些。

若干年后，已经是太后的吕雉大权在握之时，那个卑贱的狱卒出身的任敖，就突破各种学历、资历、能力的限制被任命为御史大夫，和丞相、太尉并列为三公，所以说吕后确实是个有恩必报的女人，当然她有仇也必报。

在说吕后残忍的同时，也不应忽略刘邦的冷漠。吕后和刘邦的父亲曾经同时被项羽俘获，项羽数次以老父和妻儿威胁刘邦，但刘邦在两军阵前嘻嘻哈哈地鼓励项羽动手撕票，连项羽都被刘邦的极度无耻震撼到了。项羽是真英雄，不会冲女人撒气，他没有撕票，最终在关押了吕后两年多后，这位西楚霸王放吕后回到了刘邦身边。如此有爱心的项羽面对如此狡诈和无情的刘邦，从性格上，两人的输赢已分。

为刘邦忍受了两年多俘虏生涯的吕后终于回国了，可回国后，却没有得到老公的宠爱与关怀。她看到的是老公身边多了位年轻貌美的戚夫人，戚夫人还为刘邦生了个儿子，就是后来的赵王刘如意。

讲到这里，大家对吕后把戚夫人做成"人彘"、整死刘如意这些极端残忍的事件就有了一些新的认识。历史是丰满的，历史人物也不是脸谱化的，他们都是活生生的人，有情有义，有血有肉。看待历史人物，一定不要说这是好人还是坏人，好与坏的分法太过幼稚。就像《三国演义》曹操的身后诗说道"书生轻议冢中人，冢中笑尔书生气"。吕后执政时期，不但对内打压刘姓诸侯王，而且对远在岭南的高度自治的南越国也进行过征讨战争。也就是这次征讨，逼得南越王赵佗在广州直接称帝了，不再承认汉朝，这位称帝的南越王——赵佗又是谁呢？

# 和汉高祖平起平坐的赵佗

一派青山锁赵陵，行人吊古望峻嶒。

海疆割据今成昔，抔土长存慨废兴。

古木猿啼月淡淡，荒郊秋老草层层。

只今唯有英雄血，化作烟云绕树凝。

清·韩国瓒《赵陵烟树》

　　韩国瓒是清朝雍正年间的获鹿知县，获鹿县就是今河北省石家庄市鹿泉区，赵佗先人墓就在石家庄市内。获鹿县在石家庄市区西面，沿太行山走势南北铺开，和正定一样也是一个千年古县，收获的"获"当地人都习惯读成 huái，这是一种方言读法，就像唐山的乐亭，这个"乐"字在当地就习惯性读成 lào。获鹿是以韩信在此征战获一白鹿而得名。韩国瓒对辖区内赵佗先人的陵墓十分重视，来此怀古，写下了这首名作，清朝知县都要来参访秦汉时代修的赵佗家的陵墓，可见赵佗的影响力已经贯穿了千年。

　　赵陵是赵佗父母先人的陵墓。由于赵佗的重要性，赵陵从汉文帝时代开始就受到保护和纪念，至今古迹尚存，在陵墓周围已建起赵佗公园，我们今天的故事就从这位生于秦始皇时期，死于汉武帝时代，秦皇、汉武都经历过的，活了一百多岁的一代雄风的赵佗大王开始说起。

　　赵佗，秦朝东垣（yuán）县（东垣县的县城遗址在今石家庄市长安区滹沱河南岸的东古城村）人。东垣是秦汉之际华北平原上的一座重要城邑，始建于春秋时期的中山国，叫东垣邑，是一座控制滹沱河渡口和扼守华北平原的军事要塞，在《史记》和《汉书》中屡次提到。秦朝实行郡县制，东垣县属于恒山郡。恒山郡的治所就设在东垣。到了汉代东垣县改称真定县，因为刘邦带兵征战过程中，打下东垣城后，想取个真正平定安定的意思，东垣就改名真定了。

赵佗，这位土生土长的河北人，是如何跑到岭南称王称帝的呢？

赵佗从秦始皇时期活到了汉武帝时期，是著名的百岁帝王。他本是秦朝武将，受秦始皇委派，和官员任嚣一起带着三十万秦军进入岭南，征讨当时很偏远落后的百越之地。任嚣和赵佗经过数年的东征西讨，又不断与当地少数民族积极地沟通融合，最终把百越之地纳入了秦朝版图，秦朝在这里设置了郡县，南海郡、桂林郡、象郡等都是这时所设立。南海郡大体就是今广东一带，桂林郡是在广西，象郡偏南，范围都延伸到了越南腹地。任嚣、赵佗等人成了南下广东、广西开发岭南的第一批中原人。他们带来了先进的中原生产技术和文化，并尊重了当地习俗，积极和当地民族融合，逐渐获得了当地人民的认可。

因为扩土有功，赵佗被任命为南海郡龙川县首任县令。任嚣当了南海郡的郡尉，郡尉是主管军事的副职，比太守小。别看赵佗和任嚣的官职都不大，连个郡的太守都没当上（在秦汉，郡守的级别是年薪两千石粟米。超过两千石的属于高官，两千石以下都是小官），但都手握重兵，在乱世，兵权可比几千石粟米管用得多，特别是岭南这种远离秦朝中央政权的地方。胸怀大志、手握重兵，又熟悉当地风土民情的任嚣和赵佗也就逐渐萌生了割据自立的野心。趁着中原大秦帝国灭亡、楚汉争霸的烟尘漫漫，赵佗以番禺（今广州）为中心，吞并桂林和象郡，建立起横跨两广，北到江西、湖南南部，东到大海，南入越南，西接夜郎（今贵州遵义）的庞大帝国。此时的中原已经尘埃落定，刘邦刚刚成了大汉皇帝不久，赵佗也建国称帝。在长安有个汉高祖，在广州有个南越皇帝。一个中国，南北两个皇帝，刘邦一想起赵佗就头疼，估计派赵佗去收服岭南的秦始皇地下有知赵佗在岭南称帝也得头疼。头疼怎么办？打？不行，没那个能力。那怎么办？只能谈。派谁去？陆贾。

# 刘邦和陆贾说得对

## ——赵佗归汉

五羊城下草如茵，欲访遗台迹久湮。

上客何来真汉使，老夫原是旧秦人。

雄图已尽珠江晚，往事徒留锦石春。

惆怅函关千万里，乱山斜日少停轮。

清·吴绮《寻朝汉台遗迹》

在千年之后，清朝诗人吴绮来到广州城，寻访着朝汉台的遗迹，感慨着赵佗归汉的英明，赞誉千难万险出使南越的陆贾。陆贾和赵佗的历史性会面也被诗人反复吟咏。

"五羊城下草如茵，欲访遗台迹久湮。"清朝诗人在当时已经找不到朝汉台的遗迹了，所以叫迹久湮，遗迹都湮灭了。

"上客何来真汉使，老夫原是旧秦人"，这两句是模拟赵佗见到陆贾时惊讶的对话。先生你竟然是那很久不通音信的汉朝来的特使，其实老夫也不是这南越的蛮夷之人，我是秦朝故人啊！我家在恒山郡东垣县（今河北石家庄），我的先人陵墓都在那里。"雄图已尽珠江晚，往事徒留锦石春。"这些历史大事都早已过去，只有珠江依旧流淌，怀古给人的就是"青山依旧在，几度夕阳红"的感伤。

这首诗中说的朝汉台就是赵佗在接受了陆贾建议，承认了汉朝中央政权后，为表示自己归附汉朝而立的高台。古迹今已不存，但历代诗歌中多有吟咏，可知这座朝汉台在广州城中是著名建筑和景点。

汉高祖时，刘邦的心思都用在剪除像韩信、彭越、英布等功臣和异姓诸侯王上，连年征讨；北方又有匈奴的强大威胁，即便知道赵佗锁关自立，也实在是无力收服岭南，但岭南毕竟也是大汉国土，不能长久放任南越国和中央分庭抗礼，所以就派遣一代大儒陆贾出使南越。

陆贾，此人读书万卷，特长是口若悬河，能言善辩。赵高当年杀死秦二世后，想和刘邦结盟，刘邦不信任赵高这个奸佞，拒绝谈判；他派陆贾去直接游说秦军各个将领，一举获得了秦军支持，很顺利地攻下武关。刘邦成为第一个进入咸阳灭秦的起义军领袖。

陆贾刚来广州番禺时，赵佗并不以为然，还放了只老虎在身边当宠物。但陆贾毕竟是独闯过秦军大营的谈判专家，只能对着老虎详细分析形势，比如说你这只老虎虽然猛，能有西楚霸王猛？你虽然在南越称帝，但你父母祖坟都在河北，你不管了？最终劝谏赵佗接受汉朝册封。

赵佗毕竟是久经沙场的政治家，也不愿与一统天下的强汉公开为敌，就接受了汉朝的册封，赵佗为南越王，只不过过去是自立为王，现在是汉高祖刘邦册封的合法南越王了。

南越国从一个独立的国家形式上变成了高度自治的汉朝诸侯国，国内的军政大权依然是赵佗掌握，刘邦无力也不愿干涉南越国具体政务。所谓汉朝册封就是个名义上的臣服中央，赵佗自己屈尊了一下，接受了这个名义上的册封，使大汉版图得以完整。汉和南越两地的军民得以和平共处互市贸易，避免了国家分裂，避免了流血战争，发展了南越经济。这都是赵佗的功绩，也被载入了史册。

赵佗先人陵墓就是赵佗归汉的历史见证。赵佗归汉，汉隆重保护赵陵，赵陵就是岭南和大汉和好的见证，历经千载风霜，至今古迹依然完好地保存在被繁华都市包围的城中村——石家庄市新华区赵陵铺，从赵陵铺村名就能看出赵陵的历史以及逐渐形成村落的由来。

此后，在刘邦在世时，赵佗和汉朝的关系一直良好，可就在刘邦死后，惠帝即位，吕后掌权时期，赵佗和汉朝又掰了。

# 我给汉文帝一个面子

## ——重新归汉

秋城睥睨倚云霄，
战后中原霸气销。
夜雨空山行旅过，
赵陵烟树莽萧萧。

清·梁清标《赵佗先冢》

这首诗说到了和赵佗征战过的吕后，逼赵佗称帝；赵佗在和吕后决裂后，也失去了汉朝的贸易和经济，所以叫"战后中原霸气销"。最好的是第三、第四句，"夜雨空山行旅过，赵陵烟树莽萧萧"，道尽了历史的沧桑。

吕后即位后，一改刘邦优容南越国的政策，对赵佗和南越国进行了各种经济封锁和贸易限制。赵佗屡次正常上书均无果，于是就攻打了邻近南越国的长沙国，吕后趁机派大军进攻南越，两国终于撕破脸，最后，赵佗指挥得当，打退了吕后的大军。对吕后气愤至极的赵佗就宣布称帝，不再当大汉的南越王，要自己当南越国皇帝。这性质就严重了，一国两个皇帝，谁是君谁是臣？这是南越国和汉朝的破裂期，自从赵佗称帝，南越和大汉又不通消息几十年，直到汉文帝即位。

文帝即位后对内休养生息，对匈奴和亲，自然不会对称帝的南越国的赵佗再动刀兵。文帝一改吕后对南越国的敌对政策，并且隆重修葺了在石家庄的赵佗祖先的陵墓，并派兵驻守，拨专人祭奠。

至今在石家庄市新华区内，赵佗先人陵墓所在地叫赵陵铺村，大家可以看到村子的由来就是因为有了赵陵，又有汉朝的礼遇，守墓的、祭祀的人等不断定居才逐渐形成了村落。赵陵铺的位置很重要，自古就是正定县城通往鹿泉和井陉这些古县的驿道经过之地，今天的赵陵铺已被都市的繁华所包围，只有在石家庄赵佗公园内的赵佗先人墓那高高的坟茔，还记录着历史的沧桑。

汉文帝非常明智地选派陆贾第二次出使南越。陆贾熟悉岭南情况，和赵佗又有个人交情，也只有陆贾出使才能很好地说服赵佗。

文帝也为和谈做足了准备，首先隆重修葺并祭扫赵佗先人墓，还厚待了赵佗的宗族亲戚。这就极大地表达了善意与诚意，获得了赵佗的高姿态回应。

所以当已经风烛残年的陆贾再次出使南越，这位赵佗的老朋友带来了汉文帝给赵佗写的言辞恳切、态度谦恭的《赐南越王赵佗书》之后，赵佗立刻回信一封，去南越王皇帝的帝号，接受文帝册封，继续称臣当诸侯王。

赵佗重新归附汉朝，从此继续经营岭南，发展生产，在秦朝还是蛮荒之地的岭南地区，在赵佗治理下已经得到初步繁荣发展，南越国都番禺也是繁盛一方的大都会。赵佗在石家庄的祖先陵墓，也得到汉朝的隆重礼遇，从此历代均有保护。赵佗活了一百多岁，期间称王称帝，雄霸一方，郡县制和分封制并行，因地制宜地和岭南民族共荣，发展生产，繁荣经济，识大体，顾大局，归附汉朝。

文帝之后，赵佗又经历了景帝和武帝，到武帝早期，生于秦始皇时代死于汉武帝时代，经历了秦始皇、秦二世、秦子婴、陈胜、吴广、项羽、刘邦、惠帝、吕后、文帝、景帝、武帝十二个帝王枭雄之后，留给后人无数传奇和未解之谜的百岁帝王赵佗才在番禺安然谢世。

赵佗去世后，由孙子即位，南越国继续独立发展，又传了四任国王。到了南越哀王赵兴即位后，汉武帝要求赵兴和太后樛氏入长安朝拜，这引发了国相吕嘉的不满，主张对汉朝激进的吕嘉和主张对汉朝依附的太后樛氏爆发了武装冲突。吕嘉攻杀了南越王赵兴、南越太后樛氏及汉朝使者安国少季等人，吕嘉另立南越明王赵婴齐之子术阳侯赵建德为南越王，同时，吕嘉整军备战，防守汉朝。

同年，汉武帝在得知吕嘉弑王叛汉的消息后，发兵十万南伐南越王国，吕嘉战败，番禺被攻陷，末代南越王赵建德亡国。自赵佗建国，到赵建德亡国，南越国传国五代，享国九十三年。

赵佗本人的陵墓至今未被发现。如今赵佗南越称雄的霸业已烟消云散，唯有在石家庄的赵佗先人陵还默默地经受着历史和时代的风霜，也只有赵陵还在诉说着那个传奇的赵佗。

历代文人墨客路过赵陵，都会感慨历史的沧桑，走过赵陵时，都会留下动人的诗句：

殊方久识汉廷尊，异代能忘圣主恩。
南粤若逢人僣问，尉佗先冢至今存。

元·傅若金《过真定尉佗先冢》

傅若金是元顺帝时期的著名文人，曾出使安南（越南），不辱使命，是很有风骨的外交使节。傅若金出使时，往返北京和越南之间，都路过石家庄的赵佗先人冢。诗人感慨赵佗开发岭南创建南越国的伟业，在赵陵题写了这首诗。诗中的尉佗就是赵佗的别称，因为赵佗初到广东时，官职是秦朝的南海郡尉，所以赵佗也被称为尉佗。

# 解忧公主为谁解忧

玉帛朝回望帝乡，
乌孙归去不称王。
天涯静处无征战，
兵气销为日月光。

唐·常建《塞下曲》

金钗坠地鬓堆云，
自别朝阳帝岂闻。
遣妾一身安社稷，
不知何处用将军。

唐·李山甫《代崇徽公主意》

　　这两首诗，都是唐代大诗人给和亲的公主所写，一首歌颂了和亲公主的伟大，一首批评了和亲政策的软弱，正好是历代对和亲问题辩论的正方反方。究竟是"天涯静处无征战，兵气销为日月光"比较合适，还是"遣妾一身安社稷，不知何处用将军"比较屈辱呢？我们还是从汉朝著名的解忧公主说起。

　　常建这首诗，咏叹的是汉朝著名的和亲公主刘解忧。解忧公主远嫁乌孙之后，乌孙王倾心归附汉朝。解忧公主牺牲一个人，远离故土，嫁给了语言都不通的异族首领。她为汉朝边境的安定，为乌孙和大汉双方的将士得以存活立下了汗马功劳。而这种让公主远嫁少数民族部族首领的政策，就是从汉文帝时确立起来的和亲国策。汉文帝是刘邦的儿子，本来是封在偏远之地的诸侯王，结果阴差阳错地成了九五之尊的皇帝，还开创了被后世津津乐道的文景之治，这是怎么回事呢？

刘邦死后，惠帝即位，大汉政权是掌握在惠帝的生母吕太后手中的。吕后用雷霆手段打击了很多非自己所生的刘姓诸王，以报复刘邦生前长期冷落自己去宠幸各种年轻貌美的姬妾。吕后还剪除了好多朝中支持刘姓皇权的大臣，朝局逐渐被吕后的亲戚子侄所取代。吕后剪除了诸刘，诸吕当权；吕后一死，拥护刘姓皇权的大臣们又剪除了诸吕，这时问题来了，谁当皇帝呢？

当时在位的有一个学龄前儿童，是吕后在亲儿子汉惠帝死后扶的傀儡小娃娃，这肯定不能在位了。那找谁即位呢？

汉惠帝刘盈无子，那就继续从汉高祖刘邦的儿子中找吧，刘邦生了八个儿子，此时仅存两个了。一个是在山西的代王刘恒，一个是在南方的淮南王刘长。这哥俩的母亲当年都不受刘邦宠爱，没有和吕后争过宠，所以能在吕后大举屠刀时幸运地躲过一劫。就是这两位当年极不受重视的被分封到偏远荒凉之地的诸侯王，此时倒成了皇位候选人。这就是人生荣辱变幻，了无规律，其实看多了历史变幻，人的虚荣之心也就淡薄了。

最终代王刘恒胜出，坐着小车从山西跋山涉水地进了长安，被功臣们拥立为帝。

文帝在乱世由藩王即位，见惯了刀光剑影，从小为了躲避吕后的屠刀，和母亲战战兢兢地在山西活着，这就养成了他做事谨小慎微、低调不喜张扬的性格。他对内对外都以宽和为主。他轻徭薄赋，休养生息，为老百姓实实在在减轻了负担。比如文帝多年不修宫殿，自己住得简陋一些，老百姓就多年不用出苦工服这个修宫殿的徭役了。

古代人口稀少，国家有大工程时，都是摊派到居民头上，义务出工出力。万里长城就是平民服徭役才得以完成的。文帝对外以妥协为主，国家没有大的战争，所以百姓的赋税就收得很低，一度从高祖时的十五税一降到了三十税一，就是百姓交税只要交年收入的三十分之一，还屡次减免赋税和徭役。

客观上说，文帝在历史上的形象远不如他孙子汉武帝高大。武帝开疆扩土大破匈奴，留下了浓墨重彩的一笔；可文帝朝的百姓，生活得绝对比武帝朝幸福。武帝朝的百姓不但要交重税还要被迫向边境移民，服大量徭役，做许多苦工，要给朝廷养马，服兵役，幸运的缺胳膊少腿，不幸的直接死于战场。

常建这首诗是歌颂和亲的，还有一句很有名的诗叫"汉家青史上，计拙是和亲"。这是对汉文帝时采取的对匈奴妥协政策的严厉批判。其实要看怎么说，嫁出去几个公主确实屈辱，但几个公主牺牲个人幸福就能换来国家的长久和平，和亲也未必不是成功的政策。

所谓和亲，就是主动或被动地挑选几个皇室公主，也可以是诸侯王的女儿，带着丰厚的嫁妆嫁给匈奴部落的各种单于为妻妾，以结亲来避免战争。这个政策收到了良好的效果，匈奴进犯时就嫁出去几个公主，把匈奴需要的丝绸、茶叶等物资直接送给匈奴；匈奴因为娶了公主也得在形式上向汉朝低个头，再回敬一些牛羊、皮货，这样双方就能维持一段时间的和平，边境还能开放一些互相交换的市场，使两边的人民都能受益。能用和平方式获取汉朝的物资，匈奴也不愿意打仗，所以和亲政策从文帝开始大行其道，一直延续到后世。我们熟知的解忧公主、王昭君都是汉代和亲的公主代表。她们嫁过去之后，努力沟通了汉朝和少数民族的文化，维持了双方长久的和平。这种既定的对外和亲政策，到了汉武帝时期有了调整，汉武帝难以忍受和亲的屈辱，用兵力沉重打击了匈奴，逼得匈奴远遁他乡。

但是从民生的角度来看，武帝时举全国之力，数十年苦战，攻击了仅如汉朝一个郡县实力的匈奴。除了火了卫青、霍去病这两个外戚外，大汉收获了什么呢？

汉武帝晚年面对残破的边境，颠沛流离的百姓，他也在思考自己实行了一生的"武功"。所以好战的他下诏罢了在新疆轮台的一次大规模戍边军事行动，还开创了皇帝检讨自己错误的先河，颁布了《轮台罪己诏》。这一个诏令使得数十万家庭留住了男主人，使得远在新疆的轮台少了数十万具白骨。武帝的形象，通过几次战争没有树立起来，真正让汉武帝跻身为历史上明君行列的，是这道感情真挚的《轮台罪己诏》。

我们介绍了汉文帝的各种文治之功，但是对光辉的汉文帝也并不是一边倒的赞誉，在当时乃至后世的史册上，就有宅心仁厚、宽政爱民的汉文帝逼死兄弟的残忍记录。

# 我可不会杀弟弟

## ——汉文帝和淮南王

一尺布，尚可缝；一斗粟，尚可春。兄弟二人不能相容。

西汉歌谣《淮南王歌》

　　这是汉文帝时代民间广为流传的民谣，作者是民间百姓。该民谣歌咏的是被汉文帝逼死的亲弟弟淮南王刘长，可谓家喻户晓。我们要是能穿越回汉文帝时的长安，一定能在大街小巷听到奔跑追逐踢毽子的小朋友们，嘻嘻哈哈地唱着这首《淮南王歌》，这首歌谣传到皇宫中时，会令当朝天子汉文帝羞愧不已，但也无可奈何。

　　这是一首什么歌谣，怎么这么厉害呢？

　　这要从经过吕后大屠杀之后，汉文帝仅存的兄弟，也是刘邦除汉文帝外仅存的儿子——淮南王刘长说起。

　　文帝即位后，轻徭薄赋，休养生息，基本上是人人叫好。可淮南王刘长，这位和自己争过皇位的在世的仅有的亲兄弟，却一直在文帝的心里起着疙瘩。

　　刘长对于一步之遥的皇位肯定也耿耿于怀。

　　刘长的身世也很坎坷。他的母亲是当时的赵王作为美人计送给刘邦的，后来赵王犯事，刘长的母亲赵姬被牵连下狱。这时，赵姬已经怀有身孕，这个苦命的女人把活命的唯一希望寄托在和吕后感情极好的审食其身上。

　　审食其曾经和吕后一起当过项羽的俘虏，在战俘营里处处维护吕后，比刘邦对吕后好得多。吕后对审食其可以说是言听计从，审食其出面说和，应该就能把刘长的母亲救下。但审食其早就知道吕后的嫉妒之心，没有为刘长的母亲赵姬出面求情，于是赵姬在生下刘长后，就不堪折磨在监狱自尽了。

　　刘邦当然没有在乎过赵姬这个可怜的女人，只是发现自己多了个儿子，就随手把没了娘的刘长交给了吕后这个正宫皇后去抚养。

吕后讨厌的主要是和自己争宠的女人，一看赵姬死了，对刘长这个孩子倒还不错，一直把刘长抚养成人，还顺利地让他当上了淮南富庶之地的诸侯王。吕后虽狠，那也是分人的，对于自己一手带大的刘长，她是充满母爱的，刘长能躲过吕后的疯狂屠杀，这是个重要的原因。

　　当了淮南王的刘长，对于吕后的感情比较复杂，干脆就把杀母之仇全记在了当时见死不救的审食其身上。审食其由于深受吕后信任，已经封了辟阳侯，稳坐高官厚禄，完全没意识到淮南王把杀母之仇记在了自己头上。

　　果然，在吕后执政时期找不到机会的刘长终于等到了文帝继位，审食其的最大靠山吕后已倒。孔武有力的刘长利用一次进京朝贺的时机，怀揣利刃，在审食其的侯府门口，一刀杀了审食其，然后大大方方地去找汉文帝自首。刘长表现出来的这种血性，还真像纵横天下的刘邦，淮南王也由此名扬天下，成了一代雄风的诸侯王，当然说得不好听点，就是刘长目无法纪，骄横异常。以诸侯王的身份当街杀了一个同朝为官的侯爵，也只有刘长有这个胆子。

　　汉文帝也知道这件事情有可原。审食其毕竟是吕后的人，而吕后是他们刘氏的大敌，刘长杀审食其对自己有利，于是象征性训斥了刘长一顿后，就从轻发落了他。

　　不久，各种小报告就汇总到汉文帝那里，说刘长越发骄纵，什么不尊重朝廷，自行号令一类的，总之是各种违法犯罪都有刘长，最后竟然还有人举报刘长要联络匈奴谋反，于是刘长被汉文帝抓到了京城。谋反可是要死人的。当然谋反也是一个整人的最佳理由，有事实算谋反，没有谋反事实，可以说意图谋反，这也能治罪。汉文帝收到刘长谋反的举报一听就是胡扯，那都是和刘长有仇或者揣摩圣意的小人们要整死刘长。刘长要谋反，他的淮南国离北方匈奴十万八千里，去哪儿联络匈奴？那么强大的草原部族匈奴能听他的？

　　总之，淮南王骄纵应该是事实，毕竟也是距皇位一步之遥的人。在自己的封国内骄纵一些得罪人了完全可能，但说他谋反，实在是欲加之罪。

　　如果他要谋反，何必等文帝即位稳固之后呢？当时吕家势力被铲除后，朝中是权力真空。朝臣去山西大同反复动员汉文帝来即位，还是代王的汉文帝一时吃不准局势；加上这么多年在吕后的淫威下生活，文帝和他母亲薄太后都有着极高的政治智慧和谨小慎微的性格，对于天上掉下来的皇位大馅饼并没有乐疯了，而是非常犹豫，耽搁了很久，才一步三看地来到长安即位。

这期间，如果同是刘邦亲儿子的淮南王刘长带一支自己的队伍杀到京师，控制长安的重臣，未必轮得到汉文帝慢悠悠地从大同走到长安来即位。但他没有行动，乖乖地在自己的地盘当一个淮南王，汉文帝即位后他也忠心拥戴，杀了审食其也是直接去自首，这些都证明他野心不大，而且一贯尊重汉文帝的皇权。他可能仅仅是骄纵而已，再说了，皇子有不骄纵的吗？

汉文帝很怕担上杀弟的恶名，他是不会亲自下令处死刘长的。刘长先被废黜了王位，再被发配。发配途中，刘长被装在囚车里，整天连囚车门都不给打开，就这么在闷罐里憋着，没走几天，这个性情刚烈的淮南王就死了。史载是绝食而死，囚车打不开怎么往里送食物？不绝食行吗？不绝食也得饿死啊。可汉语词汇有着极大的表现力，说饿死那责任在皇帝，说绝食责任在刘长自己。刘长死后，汉文帝还给刘长来了个谥号"厉"，这可不是什么好词，有暴虐无道的意思，从此刘长成了史籍中的淮南厉王。

自以为高明的汉文帝成功让刘长绝食后，还没来得及松一口气，兄弟二人不能相容的民间歌谣就唱遍全国了。这些未经乐府采集的大量民间歌谣，就是民间的思想对历史的真实记录，有时比经过乐府修订的诗歌更能反映一个真实的历史。汉文帝在正史中一片千秋万代爱民如子的颂歌，但这首"一尺布，尚可缝；一斗粟，尚可春。兄弟二人不能相容"的民间歌谣，就把正史所不载的阴暗暴露无遗。

汉文帝的皇权能够左右正史，但民间歌谣是他皇权所不及的范畴，不知在逼死淮南王之后，汉文帝刘恒偶尔出门上街，会不会听到大街小巷的学龄前儿童，边跑边跳地唱"兄弟二人不能相容"。也不知听到后，他这个做哥哥的会做何感想，毕竟做弟弟的淮南王刘长躲过了吕后的大屠杀，却没躲过亲哥哥的逼迫，这就是小歌谣背后的大历史，令人无尽唏嘘。

说完了歌谣，我们再来看看汉朝代表性的诗歌"汉乐府"。乐府是官方机构，乐府诗的产生，即把民间歌谣经过官方的加工整理和文人的润色而成。汉代诗歌的成就从此一跃而上，至今汉代被人所称道的诗歌，都是乐府诗。一首好诗，背后就是一段历史，有些历史已经穿越了大唐的烽烟，直插悠久的过去，令我们读罢深思。下面我们就通过白居易的一组诗《放言五首》，来回到西汉东汉之交，去看看母仪天下六代的老太后王政君和她的好侄子王莽，以及推翻王莽重新建立起汉朝的东汉光武帝。

# 豪门里的穷小子

赠君一法决狐疑，不用钻龟与祝蓍。试玉要烧三日满，辨材须待七年期。

周公恐惧流言日，王莽谦恭未篡时。向使当初身便死，一生真伪复谁知？

唐·白居易《放言五首》（其三）

这首诗，是白居易写给元稹的名作，本意是告诉元稹如何辨别人性优劣，这首诗拿来评说王莽的一生也极为贴切。王莽谦恭地苦苦读书时，谁不说王莽好呢？白居易的主要观点是对人的评价不要被一时现象迷惑，盖棺才能定论。比如"周公恐惧流言日"，说的是周朝初立，周武王去世，年幼的成王即位。但成王是个小孩，不能理政，大政都交给了成王的叔叔、周武王的弟弟周公。周公是摄政王，代天子行政，讨伐诸侯，治理得很好。但时间长了，流言来了，许多人说周公一定会篡位。自己那么强势，侄子那么幼小，不篡位才怪。周公感到非常恐惧，但历史证明了周公的清白。到了成王成人后，周公马上奉还大政，用实际行动堵住了那些造谣生事的小人的嘴。这是周公活到了成王成人，如果周公在恐惧流言时就提前死了呢？那恐怕他这篡位的罪名就坐实了，流言能杀人啊。

而王莽是汉成帝太后王政君的侄子，属于外戚。早先谦恭下士，辅佐汉室，在天下万民拥戴声中成了汉朝的安汉公。可惜王莽没有一直做汉朝的忠臣外戚，一激动，取而代之，成为新朝的天子。如果王莽在早期谦恭下士时就死了呢？恐怕历史会记住王莽是个多么谦恭的君子。

当然，白居易是站在正统观点认为王莽取代西汉自立是篡位。其实如果说王莽这要算篡位，那西汉开国皇帝刘邦的皇位又是从哪里篡来的？所以历史分析切莫先入为主，今天说白居易的诗歌，目的是让大家重新认识王莽的是是非非。在跟着诗歌去旅行的过程中，带大家来一次穿越，到达汉朝，去看看母仪天下的王政君和她那个集是非功过于一身的侄子王莽。

少年王莽不会想到，未央宫里一个女人的兴衰命运，竟然注定了自己一生的沉浮。

公元前53年，汉宣帝刘询为太子选妃。此时的太子刘奭（shì）正沉浸在痛失爱妾的悲伤中，对爱情心灰意冷。宣帝把四个备选美人陈列在刘奭面前，让他挑选。太子大概是太过于厌倦这种包办的婚姻，所以就心不在焉地随手一点，于是这个被皇太子随手点到的女人就成了日后母仪天下的皇后、太后、太皇太后，她就是王莽的姑姑——王政君。

王政君被立为太子妃后，得到了崇高的地位。可作为女人，她却没收获什么幸福。太子刘奭对她基本不加任何恩宠，她就像摆在太子身边的美丽木偶，表面雍容华贵，心里满是辛酸。就在这样备受冷落的境遇里，王政君却为刘奭生下了唯一的儿子——刘骜（áo），这也是大汉王朝弥足珍贵的香火。不久，宣帝驾崩，刘奭即位成了汉元帝，小刘骜成了太子，王政君这个饱尝后宫凄凉的女人，母以子贵，登上了后宫之主的宝座。

她可能不会想到，自己母仪天下的时代从这一刻开始竟能连续跨越六代帝王。此后元帝驾崩，刘骜成了汉成帝，王政君升格为太后。少年即位的刘骜深知母亲内心凄楚，即位之初就通过加倍恩宠几个舅舅来弥补母亲。王政君的五个平民兄弟在一天之内都被赐封为侯爵，史称"一日五侯"。侯爵是秦汉时代的顶端爵位，有大块封地，可坐食租税，能世袭子孙，犯法还可抵罪。所以封侯自古就是仁人志士一生的追求。同样是在西汉，"飞将军"李广苦战一生、喋血大漠最终也没能封侯，而无丝毫贡献于国家的王氏五兄弟，仅凭着国舅的身份就能轻易封侯，历史通过这戏剧性的一刻宣告了一个新世道的到来——那就是外戚专权的时代。

少年的王莽面对叔叔伯伯们的封侯拜相，有着说不出的苦涩。他虽是太后的亲侄子，可由于父亲早逝，"一日五侯"也没封到他家头上。于是在烜赫一时、骄奢淫逸的王氏外戚集团中，王莽成了生于豪门的孤儿，奢侈大户里的穷人。

他含辛茹苦地侍奉着寡母和寡嫂，还养育着几个未成年的侄子。他从不去大富大贵的叔伯家流连，也拒绝那些叔伯们的施舍。他穿着和平民一样的粗布破衣，干着粗活，靠卖苦力养活家人。王莽对寡母极尽孝道，偶尔得些接济也悉数分给周边贫苦的百姓。王莽从穿衣到吃饭和当时街上的苦力几乎一模一样，和他们的唯一区别就是王莽会从破旧的衣衫里掏出一本诗书站在破瓦柴扉下抽空苦读。

# 奢靡贵族中的一股清流

> 朝真暮伪何人辨，古往今来底事无。
>
> 但爱臧生能诈圣，可知甯子解佯愚。
>
> 草萤有耀终非火，荷露虽团岂是珠。
>
> 不取燔柴兼照乘，可怜光彩亦何殊。

唐·白居易《放言五首》（其一）

"朝真暮伪何人辨"，这是白居易留给我们的千古深思，这句话用来说王莽也最为贴切，王莽的真伪谁能说得清呢？在亲叔叔大司马大将军王凤临终力荐之后，王莽从此踏上了仕途，踏上了开启理想的大路。

青年王莽就是凭着至忠至孝的节操和知书达理的风度获得了良好的口碑。人们在对王家日益不满的同时，慢慢把希望寄托在了他的身上。这时王家的领军人物大司马大将军王凤得了重病，他的儿子们整日骄奢根本不把病危的老父放在心上。这位权倾朝野、红极一时的大将军竟落得个床前无孝子的晚来凄凉。就在王凤万念俱灰时，被他冷落许久的侄子王莽穿着补丁摞补丁的衣服来到了床前，开始了衣不解带的侍奉。几个月后，王凤病逝，临终前他拉着太后妹妹的手，没有提他的儿子，而是全力推荐了王莽。

当官之后的王莽，继续保持着朴素儒生的本色，一步一个脚印地向着权力巅峰迈进。他恪尽职守地履行着臣子的职责，对皇上和太后极尽恭顺，对同僚礼敬有加，丝毫没有把王家熏天的权势当作靠山。他治家严格得近乎苛刻，所得俸禄赏赐一律扶危济困，自己的妻子却穿着比平民还破烂的衣衫，以至于宾客上门都会把王莽的妻子错当仆妇。为了给侄子寻得名师，王莽三顾茅庐去拜访贫寒的硕儒，感动得那些被冷落多年的大学者热泪盈眶。

王莽的种种善行，在日益腐朽的西汉贵族中闪烁着耀眼的光芒。不但平民一片拥戴，连贵族集团也为他的善行而有所动容，愿意把王莽树立为自己集团的偶像。由于错过了当年的封侯，王莽一直没有爵位。继任大司马、大将军的王商，主动向外甥皇上和姐姐太后上书要求把自己的侯爵封地分一块给王莽。此事一经朝议，满朝文武竟都激动地要割自己封地给王莽。在舆论的一片颂扬中，王莽也被封了侯。依汉代惯例，封侯才能拜相，这是王莽仕途的第二个飞跃。

尽管王莽一直做得很出色，可他的仕途也时刻伴随着危机。长期沉湎于赵飞燕姐妹石榴裙下的成帝刘骜，终因酒色过度英年早逝。成帝无子，定陶王刘欣入继大统，史称汉哀帝。

哀帝一即位，王莽的家族势力就受到巨大冲击。哀帝的祖母傅太后和生母丁太后的娘家马上崛起为新的外戚。这时的王莽表现出极高的政治智慧，没有和丁傅两家争锋，而是主动上书辞去一切职务，带着全家回到封地养老。于是当丁傅两家新贵不断争权夺利，向本已十分尖锐的社会矛盾又添了一把火的时候，王莽在新都这个穷乡僻壤过着苦行僧似的隐居生活。而大汉王朝从武帝后期就埋下的各种危机，已经到了集中爆发的时候了。

农民起义开始风起云涌，农民用最后的力量向政权发出了呐喊。而外戚和庞大的贵族官宦集团却依旧不知道收敛，继续向民众一味地索取，不断地压榨。年轻的汉哀帝面对如山的政治危机毫无招架之力，有着断袖癖好的他义无反顾地把自己的男宠董贤提拔为大司马大将军。

这位年轻的皇帝无比相信自己钟情的帅哥。而颇有男色的董贤除了和皇上断袖外似乎再无作为。于是在此危急时刻，朝野又把目光投向了超然世外的王莽，凭着毫无瑕疵的口碑和严于律己的节操，王莽被平民和权贵两个阶层公认为是汉末政治危机的最终解决者。

# 终结了汉朝，我是新朝皇帝

世途倚伏都无定，尘网牵缠卒未休。

祸福回还车转毂，荣枯反覆手藏钩。

龟灵未免刳肠患，马失应无折足忧。

不信君看弈棋者，输赢须待局终头。

唐·白居易《放言五首》（其二）

"输赢须待局终头"，白居易用下棋总结了王莽一生的高潮和低谷，一时的进退得失算不得数，最终的胜利才是真的胜利。汉哀帝时代，哀帝的外戚傅太后和丁太后揽权，年轻貌美的帅哥董贤把持着大司马一职，王莽的家族势力受到极大排挤，王莽一度被迫辞官归隐。可这不是最终的结局，棋还没下完。饱经沧桑的太皇太后王政君再次发力，首先废了董贤和支持哀帝的赵飞燕，其次清除了哀帝的外戚势力，把大司马权柄又给了王莽。

或许是上天赐予了机会，一上台就压制王莽家族势力的哀帝一病不起了。哀帝死讯方出，已历三朝的老太后王政君就以迅雷不及掩耳之势驾临皇宫，收取了传国玉玺。老太后凭此决绝的手腕向世人再次宣告她才是母仪天下的大汉国母。她背后的王家才是大汉真正的栋梁。王政君马上召群臣公议，重新任命王莽为大司马大将军，取代了刚刚自杀的绝色美男董贤。之后迎立年幼的中山王入继大统，是为汉平帝。从成帝到哀帝到平帝，大汉天子的年龄一个比一个幼小，且均无子嗣，似乎上天也借此发出了预兆，大汉的气数将尽了。

平帝即位之初年龄幼小，军国大事一决于王莽。大权在握的他没有让朝野失望。他做的第一件事就是带头捐出自家封地财产，去赈济全国各地遭灾的百姓，并且向对自己恩重如山的姑姑王政君上书，请求老太后也带头厉行节约，以纾国难。王莽的一片赤诚之心获得了上自太皇太后下至市井平民的一片赞颂。公元2年，多灾多难的大汉王朝又经历了一场天灾。是年全国大旱、蝗虫肆虐、颗粒无收。受灾最严重的青州，百姓流亡，十室九空。

全国马上又酝酿起一波巨变。这时已加封安汉公尊号的王莽毅然决然地挺身而出，毁家纾难。在他的带领下，230名高官和富豪献出了大量土地房屋来救济流民。他下令灾区政府减免租税，使灾民得到充分抚恤。他又上书皇帝把几处豪华的皇家园林改成了安民县，用以安置灾民，并在首都长安城中为灾民建了1000套安置房。这场蔓延全国的大灾在王莽的管理下得到了妥善处置。大司徒陈崇上表赞颂王莽的功德，说他就是古代的圣人。

此时的王莽对于愈演愈烈的政治危机有着清醒的认识，他洞察了危机的根源，可他却无能为力。此时的西汉已经如同一个病入膏肓的患者，保守的治疗已经再难发挥效用，大汉需要一次彻底的换血，而此时的王莽显然还没有这种权力。所以，他依然在等待，等待着重整河山的机会。

公元6年，做了6年天子的汉平帝病逝。王莽迎立年仅两岁的孺子婴为帝，自己在太皇太后王政君的诏命下代行天子朝政称"假皇帝"。这时的王莽，已经从汉代权臣向新朝天子迈出了实质性的一步。此后是全国各地如雪片一般飞来的请求王莽登基的表章。公元8年，王莽在朝野一片劝进声中登基称帝，开创了历史上又一个朝代——新朝。

王莽能够取代刘姓称帝，可以看作是全社会各个阶层在汉末政治、经济、社会全面危机中对刘姓王朝的彻底失望和对王莽这个有理想、有节操的道德完人的期待。王莽没有浪费手中的权力，他从小就饱读的圣人经典和从底层起步的艰辛历程，促使他刚一登基就开始了震撼千古的大改革。

# 我的理想真的是天下太平

谁家第宅成还破，何处亲宾哭复歌？

昨日屋头堪炙手，今朝门外好张罗。

北邙未省留闲地，东海何曾有定波。

莫笑贱贫夸富贵，共成枯骨两如何？

唐·白居易《放言五首》（其四）

"共成枯骨两如何"，白居易说贫贱和富贵最终会同归于白骨，这是彻悟之后的感慨，也是对历史兴衰深思之后的回应。王莽那么处心积虑地夺得大位为了什么？不就是要用权力来实现自己修齐治平的理想吗？

可他的理想太过浪漫，太过疯狂，他的一生心血和千秋大业都随着这次不成功的改革而付诸东流。"东海何曾有定波"，东海从来没有风平浪静的时候，支持和反对王莽的人，共成枯骨两何如，这就是《放言五首》（其四）留给我们对于王莽的深思。

王莽除了要限制地主不断兼并农民的土地，还规定不许再买卖奴婢，他要让一大批失地农民恢复自由身。他还禁止高利贷，实行"五均六管制"去管理城市的市场，尽全力抑制资本豪强囤积居奇盘剥平民。这一系列的政治经济改革措施无一不是顺应天意民心的，以至于一千九百多年后的胡适先生都要大声赞叹王莽是真正的"社会主义者"。

他不是长于深宫的纨绔子弟，他知道市井平民的苦乐辛酸。他是饱读诗书的儒家弟子，他是目光坚定的铁腕新皇。他敏锐地抓住了汉末一切危机的根源即土地私有导致了无限制的土地兼并。富者田连阡陌，贫者无立锥之地。被地主豪强不断吞去土地的失地农民，为了活命只能沦为奴隶，靠出卖人身自由来换取主人的残羹冷炙。所以富豪们骄奢淫逸，百姓们水深火热。

王莽改制的第一条也是最根本的一条就是把全天下土地命名为王田。王田归国有，禁止买卖兼并。重新丈量土地，规定每人可以占有的田亩数，地主不能多占，农民不能少占。超过此数的一律分给不够此数的乡党亲朋。这是最大胆、最革命的平均地权，这更是历史上唯一一次敢于再现西周井田制的壮举。

西周的井田制被历代读书人认为是解决土地私有和兼并的不二法门，可要实现井田制需要和全天下以占地为生的地主豪强们决裂。没有哪个帝王敢去碰这个扎根于中国封建社会命脉的钉子，王莽却碰了，不但碰了，还真把从孔子时代就不断描绘的井田制蓝图绘成了现实，所以后世好多评论家认为王莽归根结底不是个政治家，别看他称了帝，他还是个读书人，还是个有理想、有抱负的热血书生。

可就是这位有理想有实践的改革家，一心要做古圣先贤和万古明君的王莽却彻头彻尾地失败了。他所推行的各项改革不但全面失败而且招致了社会各阶层的齐声怒骂，一如他称帝前享受的各阶层的齐声赞美。这就是现实，所有美好的理想在现实面前永远不堪一击，哪怕这个理想的拥有者是皇帝。

王莽改制失败的原因其实也简单，透过复杂的历史条文我们可以很简单地打个比方：他要地主豪强把多占的土地吐出来还给农民，他要奴隶主释放如绵羊一般的奴婢，他要奸商、巨富砍掉暴利去降低物价，这些过于理想化的条款在实践层面上本身就是一个笑话。

一个农民拿着新朝的谕旨去督促地主返还侵吞他的土地，地主答应吗？一个奴隶拿着新朝的圣谕去要求奴隶主释放自己，奴隶主答应吗？一个贫民拿着新朝的诏令买东西时要求富商降价，富商答应吗？如果地主、奴隶主和富商都不答应，那这个拿着新朝谕旨满心欢喜的农民、奴隶或贫民答应吗？改制在既得利益集团的强烈抵制下难以开展，而拿着空头支票满心欢喜的平民最终是空欢喜一场。结果就是王莽在上得罪了利益集团，在下又招致了平民的怨恨。再加上不断扩大的天灾人祸，最终的结果就是在万民的真心拥戴中登皇帝位的王莽又在万民的真心怨恨中结束了自己的一生。

新朝地皇四年（公元 23 年），做了 17 年皇帝的王莽终于在反莽浪潮中承认了自己的失败。他带着仍忠于自己的残留文武官员去南郊举行了新朝最后一次高规格活动——哭天大典。

王莽对天祷告痛哭不已，群臣更是哭声一片。这里的哭声和城门外绿林军攻城的呐喊声交织在一起，直达上苍。王莽这位从贫民窟一步一步走出来的天子，这位满怀理想饱读诗书的书生皇帝，哭了。他是用哭声在和苍天交流，或许是询问改制为什么会失败，或许是叩问民心究竟是什么。

不久长安城破，王莽避往渐台。渐台是宫中的一处高地，在这里他可以清楚地看着绿林军是怎么杀过来的。此时随扈在王莽身旁的还有文武百官侍从宫女共两千人。这些人拒绝趁乱逃走，他们愿以自己的生命陪伴这位拿理想赌了一生的皇帝，王莽走得并不孤单。

不管后来官方文献如何诋毁抹黑，就凭临死还有两千人自愿陪死，就能看出一点：即便改制失败，王莽本人也是受到相当拥护的。而甘愿陪死的这些人也从一个侧面说明，王莽的美好理想毕竟是有人认同的。尽管在现实面前摔了个粉碎，但理想终究是神圣的，是值得用一生去追求的，至少王莽和那两千多名殉葬者是这样认为的。

# 槿花一日自为荣

泰山不要欺毫末，颜子无心羡老彭。

松树千年终是朽，槿花一日自为荣。

何须恋世常忧死，亦莫嫌身漫厌生。

生去死来都是幻，幻人哀乐系何情。

唐·白居易《放言五首》（其五）

"槿花一日自为荣"，这是白居易对理想主义的诠释，无论开放的时间有多短，哪怕只开一天就凋谢，也足够槿花荣耀终身。这就是理想的光辉，理想哪怕实现一大也是足够的荣耀，王莽的理想就是一日为荣的槿花。

王莽从一个幼年丧父的悲惨少年一步一个脚印地入仕、为官、封侯、拜相最终改朝换代，说他不懂为官之道那是笑话。他出身于豪贵的外戚之家，多年在官场摸爬滚打，经历了几代皇帝御驾前的权力之争，非常清楚那都是代表各方利益的豪族在博弈。他对于豪强势力的认识绝对深刻，因为他本身就是那个阶层的一员。

他非常明白拿享受着既得利益的豪贵阶层开刀是什么后果，他更明白之所以能够顺利称帝就是由于上层豪富集团把他当作了利益的维护者和代言人。他当然知道，如果不去碰既得利益集团就能够顺利地当皇帝，他完全可以以对豪族的优待来换取新朝的千秋万代。这也是历代统治者最终与富可敌国、势力庞大的豪强集团达成的默契。

可他没有这样做，他没有遵守这个默契。他选择了最书生意气最纯粹理想的一条改革之路，同时也是自己的不归路。他毅然抛弃了自己所代表的豪门巨富阶层，而转身站在了他们的对面，只为了给小民实现"耕者有其田"的朴素理想，只为了描绘美丽的大同社会。他觉得有了至高无上的权力就可以给臣民一个理想。可是他错了，他忘了从理想到现实的距离往往是生与死的隔阂。

王莽从 23 岁出任黄门郎开始，一步一步地走到了权力的巅峰，很多人注意到的是他背后王政君的影子。的确不能否认，这位经历两个朝代、六个皇帝而始终母仪天下的老太后对王莽的巨大帮助。她是王莽权力之路上的伯乐，王莽的每一次升迁都有老太后的力挺。王莽在新朝建立后就大规模损毁了汉朝皇室的宗庙，他要摆脱一切大汉的阴影，却唯独对这位前朝留下的孤老太太敬重有加。王政君在母仪天下了元帝、成帝、哀帝、平帝、孺子婴五个大汉时代之后又被尊奉为新朝的文母太皇太后。

历史上没有哪个女人可以身历六代帝王而连续母仪天下，更没有哪个女人能在改朝换代后继续保持自己在深宫中的地位与尊崇。其实王政君与王莽是外戚专权的一体两面，两人不是谁单纯有恩于谁的关系。早期是王政君这位姑姑给了侄子王莽机会，而越往后其实是侄子在一直反哺着姑姑，没有王莽的一次次杀出重围，深宫中的王政君也不可能连续六代为天下母。

史载，新朝建立那年，王莽去找老太后要传国玉玺。王政君这个见证了太多帝室兴衰的老人罕见地发怒了。她说我是汉家的老寡妇，你们断了大汉江山还有什么脸面去要这亡国的不祥之物？最终她把那块用和氏璧雕琢的玉玺愤怒地扔到了地下，据说还摔坏了一角。王莽心疼地用黄金把玉修补完整，这就是金镶玉的典故来源。这个久历政治旋涡的老太后似乎敏锐地意识到了王莽对自己阶层的背叛。

王家是靠做刘家的外戚才得来全部权势，而现在毁了刘家宗庙岂不是也断了自己权势的源泉吗？王政君不愧是汉末最伟大的女人，她预见到了未来。新朝建立后不久她抑郁而死。新朝灭亡后，刘秀恢复了刘姓江山，王家这个曾经"一日五侯"的荣耀之家被灭族。

从《汉书》开始，王莽的形象就被刻画好了：乱臣贼子，篡汉元凶。《汉书》是正史，有着相当影响力，后世基本沿袭了这个观点，没有人去深究王莽改制的条款究竟是否有利于民生，人们只是习惯性地站在胜利者一边对失败者评头论足。刘秀是最大胜利者，他踩着王莽的头颅收拾了残局，成了贵族豪强新的代言人，并在这一阶层的鼎力支持下剿灭绿林、赤眉等单纯为了吃饭才造反的农民军。

刘秀在一片拥戴声中建立了东汉，成了恢复汉家江山的圣人，自己也由南阳大土豪一跃而成了光武帝。这就是和权贵阶层互相合作的好处，权贵们总需要一个代理人去维护他们的既得利益，而这个代理人获得的奖赏就是九五之尊的荣耀。

刘秀是从农民起义的血泊中成长起来的帝王，他也深知农民的疾苦，更忌惮横扫天下的造反风潮。他和王莽一样清楚地主豪族对土地的无限制兼并是一切祸乱的根源，所以在即位之初也发出过清理全国土地、遏制地主豪族侵占农民土地的占田风潮的"度田令"。这和王莽发布的"王田令"有着同样的核心，这两个诏令在发布之初也同样遇到了豪富阶层的强烈抵制，不同的是，一个继续用皇权去强制推行，一个明智地终止了诏令。结果是一个成了谋朝篡逆的大奸巨恶，一个成了中兴汉室的千古明君。

班固是伟大的史学家，他并不是阿谀权贵的御用文人，他年轻的时候还因为未经许可就编纂《汉书》而被捕下狱。尽管他没有司马迁那种和政权决绝的勇气，尽管他出狱后选择和权势妥协，但《汉书》毕竟也是《史记》之下最为权威的史传。班固后来官至兰台令史，《汉书》的修成靠的是东汉政权的强力支持。凭班固洞穿历史的睿智不应该看不出王莽的理想。班固选择的是在体制内完成传世巨著，所以体制的要求他必须照顾。从《汉书·王莽传》中保留的对王莽节操和品质的零星记述，我们不得不说班固还是称职的史官。虽然他不如司马迁那般敢于直面君权，但在层层渲染抹黑下，千秋之后的我们还能从《汉书》中寻到一些还原真实王莽的线索，这就是班固的伟大，也是《汉书》的价值。

不过，班固做的是东汉的史官，他弟弟班超是东汉封的定远侯，他还有个祖姑是久历深宫和王政君关系良好的皇家婕妤。班固没有和自己所处的阶层决裂，他没有王莽那种为理想而牺牲一切的决绝。当然我们不能指责班固对王莽的丑化与抹黑，就像不能指责汉武帝对司马迁的腐刑。

他们都是在按照自己阶层的是非标准来行事，他们没有错，错的只有王莽。他出身外戚豪族，坐拥无上权力，骄奢淫逸才是本职工作，可他背叛了自己的阶层，出卖了力挺自己的豪强集团，要斩断别人骄奢淫逸的基础，竟然痴人说梦似的想要恢复井田。他真的错了，他以为古圣先贤的书可以当真，他以为凭着手中的皇权可以为平民争得土地，他以为一心为理想而战就会取得成功，他真的错了。

王莽治国并不是没有缺点。比如推行政策后缺乏完善的执行，而再好的政策也离不开基层的有效贯彻。对于基层执行缺乏管控，一味使用严刑峻法，激化了次要矛盾、掩盖了主要矛盾等，这些都是王莽的致命伤。这种改革中上层的急躁和基层的有效执行之间的矛盾导致的惨败，和北宋的王安石拼着老命去变法还失败如出一辙。再比如王莽对周边少数民族的无理挑衅、盲目用兵等也都是他不容否认的过失。但这就是王莽的天空，有缺点、有野心、有理想又敢于为理想去拼命的性情天空。

　　斯人已去，空谷余音。王莽早已化作烟尘，可关于他的是是非非却争论到了今天。他的名字没有随风湮没在古道黄沙中，或许这本身就是历史对他的回报。"人世几回伤往事，山形依旧枕寒流。"谁都愿拨开历史风尘的睫毛，看透岁月篇章的瞳孔。可谁又真有那如炬的目光呢？随手释卷，远望窗外，青山依旧在，几度夕阳红。

　　王莽的故事说完了，我们再来看看推翻王莽的刘秀。刘秀也有理想，他的理想是如何从南阳土豪升格为光武大帝，他成功了；班固也有理想，他的理想是如何让自己的《汉书》传之千古，他也成功了；只有王莽失败了。失败者的历史是由成功者书写的。刘秀和班固两个成功者为王莽刻画好了脸谱，这就是今天还在王莽头上写着的那个大大的"篡"字。

　　站在东汉的立场上看王莽的确是篡逆。可刘秀应该知道，没有王莽的篡逆，他一辈子只能在南阳当土豪，只是这个因由他至死都不会说出口。

# 一个有理想的土豪

## ——我是刘秀

过了长江与大河，
横流数仞绝滹沱。
萧王旧事今何在？
回首中天感慨多。

风沙睢水终亡楚，
草木公山竟蹙秦。
始信滹沱冰合事，
世间兴废不由人。

宋·文天祥《过滹沱河二首》

这两首诗，是南宋末代丞相文天祥被元军押往大都时过滹沱河所作。文丞相是南宋科举状元出身，文采一流；时逢国破家亡，又投身抗元大业，亲历炮火，成了文武双全的一代雄杰。无奈时运不济，南宋败亡已是大势所趋，忽必烈的元帝国一统天下，势不可当。故文丞相屡败屡战，兵败被俘，被押解进京途中，渡滹沱河，感叹光武中兴大汉滹沱河都结冰相助，"萧王旧事今何在？回首中天感慨多"。

文丞相是多么希望滹沱河像帮助刘秀一样帮助自己啊，可惜横流数仞的滹沱河水留给他的只有涛涛的感慨。文丞相无奈自己几番奋斗为南宋抗争最终都功败垂成，所以写出了"始信滹沱冰合事，世间兴废不由人"的千古一叹。

第二首中风沙睢水是楚汉争霸的战场，第二句是说令前秦皇帝苻坚草木皆兵的八公山。楚汉相争，前秦东晋淝水之战，光武中兴渡滹沱河，三句诗三个典故，契合滹沱河的风浪，真不愧是英雄之作。

东汉也叫后汉，西汉是前汉，因为西汉在前，东汉在后，汉代的皇帝都是刘姓，刘秀也算是汉高祖刘邦的子孙，只不过全家定居在颍川，成为在南阳一带的地主豪族，属于皇室偏远的旁支，和平年代怎么轮也轮不到他当皇帝。

西汉末年，大权独揽的王莽在一片歌功颂德的劝进声中，废掉前帝自立为帝，改朝换代建立了新朝。王莽的新朝是个被历史承认的正规朝代，字典后边的年表是能查到的，新朝存续了19年。就是王莽的这19年把汉代拦腰斩断，王莽之前的刘邦建立的定都长安的是西汉，王莽之后刘秀创立的定都洛阳的是东汉，正好洛阳也在长安的东边。

新朝末年，持续推行多年的激烈改革措施激起了地主豪族和平民等各社会阶层的不满，加之水旱天灾不断，新朝的社会矛盾到了总爆发的时刻，绿林和赤眉等势力强大的由各地豪强率领的农民起义开始了反抗新莽政权的总爆发。王匡、王凤领导的绿林军在绿林山聚义，打败了新莽政权的正规军，声势浩大。

山东的赤眉军等多地武装纷纷响应，刘秀和他哥哥刘縯这样挂着皇室后裔虚名的实力土豪也纷纷入伙，新莽政权一时分崩离析。绿林军攻克长安结束了新莽政权，一个刘秀的南阳老乡刘玄被立为皇帝，因为皇帝还姓刘，百姓对新莽政权又无比痛恨，所以刘玄政权就打出恢复汉朝江山的牌，国号更始，刘玄就是更始帝。

更始帝的政权很脆弱，依靠豪族和农民起义起家，但又不能获得各路豪族的衷心拥护，所以斗争异常尖锐。刘秀和他哥哥刘縯虽然都被封了官，刘縯还是大司徒这种位列三公的大官，但刘秀兄弟都意识到早晚得跟更始帝来个鱼死网破。因为更始帝刘玄本身就不是帝，他和刘秀是老乡也是姓刘而已，他和刘秀情况差不多，家里有不少地，囤积了不少粮，趁着乱世纠集了一群平民跟着自己打天下，大家都是一个起跑线，凭什么你刘玄就是高高在上的皇帝，我们哥俩就是下跪的臣子？

当然，刘玄也很不满刘秀兄弟，刘玄清楚地知道刘秀兄弟屡立战功，比自己有威望得多，他们是自己当稳这个更始帝的最大阻碍，于是干脆趁刘秀带兵外出作战的时候，一狠心杀了在家的大功臣刘縯。更始帝在立国之初就无故大杀功臣，迅速激起了豪族势力的普遍不满。

刘秀呢？自己领兵血战，亲哥哥却被剪除，他仔细权衡，还不具备和更始政权公开翻脸的资本，自己手里的兵马也不够另立江山，所以此时的刘秀，展示出了奥斯卡影帝般的演技：先不造反，而是带兵回到更始帝身边，交回兵权、向更始帝赌咒发誓地承认错误，表示哥哥刘縯死有余辜，自己必须忠心耿耿。

这一下刘秀换取了只是狠毒却手腕不够的更始帝的信任，然后赶紧找机会离开虎口。正好那时河北各地尚未归顺更始政权，在河北各地割据的群雄都不服更始帝这个绿林军扶起的傀儡，所以刘秀就很适时机地向更始帝讨了个招抚河北的差事，表示不带兵，就靠自己去忽悠河北群雄归顺更始政权。

这当然把更始帝乐坏了。刘秀这个推翻王莽政权的起义元勋很有人望和能力，如果他去河北招抚绝对省自己不少气力。尽管有一些更始帝的心腹大臣反对放刘秀出走，怕放虎归山，但更始帝找不到反对刘秀去河北创业的理由，就封了刘秀一个招抚河北的虚衔。后来看刘秀逐步坐大又给他封了个萧王的王位，当然都是虚衔，刘秀也不稀罕，不过是挂着羊头卖狗肉罢了，所以刘秀在河北一直是叫萧王。

刘秀不能带兵，于是拉着几个共同创业的兄弟就过了黄河来河北创业了。那时天下大乱，河北各地群雄并起，一县一郡纷纷自立为王。反正天下无主，王莽已败，新政权又没有建立，更始帝那个更始政权则不被河北豪族承认，最夸张的是邯郸城里摆摊算卦出身的江湖骗子王郎，都在邯郸建国称帝了，可见当时河北局势的混乱。

刘秀选取如此复杂且混乱的河北来谋取霸业，足见他的大智大勇。刘秀一来河北就娶了正定藁城（今河北石家庄市藁城区）豪族郭家的女儿郭圣通为妻，郭圣通就是刘秀的大皇后。要知道刘秀娶郭圣通的时候已经有了阴丽华为妻，但刘秀依然放弃心中所爱和"娶妻当娶阴丽华"的誓言，果断迎娶了郭家小姐。也正是凭借和本地豪族联姻等笼络手段获得了河北豪杰的支持，刘秀得以慢慢地在河北立住脚跟、招兵买马有了立国的资本。

# 拯救过皇帝的滹沱河

光武经营业未兴，
王郎兵革正凭陵。
须知后汉功臣力，
不及滹沱一片冰。

唐·胡曾《渡滹沱河》

刘秀虽然是河南人（刘秀是颍川豪族，今南阳人），但其成就大业全在河北；刘秀成就霸业基础虽然在河北，但他刚来河北时，却并不顺利，简直是九死一生。刘秀一来河北就遇到了邯郸王郎政权的追杀，乱世造英雄，称霸邯郸一代的王郎本来是摆摊算卦测风水的江湖骗子，赶上天下大乱，竟然也占据了一个大城市就称帝建国了，王郎一看刘秀来了河北，意识到这是心腹大患，就发兵追杀。那时的刘秀兵微将寡，刘玄给他的就是个招抚河北的虚衔，无兵无将，所以打不过王郎，一路败退。

沿途连饭都吃不上，不敢进城只能夜宿荒村野店，所以在刘秀当年和王郎争霸的区域，如河北邢台的南宫，石家庄的正定、深泽、无极、藁城、晋州等县市区，至今流传着很多刘秀凄惨夜宿，到处避风、避雨、煮没脱皮的麦粒当饭吃的故事，许多古村落的地名也多与刘秀的故事相关。比如深泽县的水冻村（据传滹沱河水结冰之意）、息马村（据传刘秀在此休息战马之意），石家庄市长安区的凌透村（滹沱河水冰凌透开之意）等都与我们要讲的滹沱河结冰救刘秀的故事有关。

刘秀被王郎追杀，东躲西藏，终于到了滹沱河一带。滹沱河发源于山西，横贯石家庄，流经华北平原最后到天津入海。滹沱河是流经石家庄境内很多县域的一条古河，古书中就有记载为"滹沱水"，一直到近代都是水深波浪阔的大河，尤其滹沱河北岸的正定城，自古就是三关雄镇，滹沱河沿岸渡口都是历代车水马龙聚散之地。

刘秀此时，前有大河后有追兵，狼狈不堪，只得派手下王霸去查看渡口有无船只。王霸去看了一圈，哪有船只？滔滔滹沱水遮天蔽日。王霸回来说，虽然没有发现船只，但是不要怕，滹沱河已经结冰了，我们可以直接过去。王霸这是瞎说的，目的是稳定人心，否则说出实情，刘秀手下这点仅有的残兵败将也得一哄而散。刘秀估计也知道王霸在胡说八道，但他不能拆穿，只得硬着头皮领着人过去。到了河边一看，神奇的一幕出现了，滹沱河在那个并不是特别寒冷的日子里真的结冰了，这就是滹沱河冰合的奇迹，刘秀瞬间得以过河，不等王郎追来，那本就脆弱的冰就融化了，从此滹沱成了拯救光武帝的神河，历代文人墨客过此无不写诗咏叹。

王霸估计也是目瞪口呆，但王霸的忠心和随机应变都深得刘秀喜爱，因为过河有功，王霸还被赐爵关内侯，王霸后来重整旗鼓再次渡过滹沱河，一举灭掉曾经让刘秀和自己无比狼狈的王郎，随后屡立战功，东汉政权建立后位列云台二十八将，封富波侯，荣光无限，成了名垂青史的东汉开国元勋。

这个神奇的故事被言之凿凿地写在《后汉书·王霸传》里，感兴趣的朋友可以去读史料原文。可以确定的是，刘秀当年躲避王郎过滹沱河就是在石家庄境内的滹沱河流域。具体渡河地点当然已不可考，但根据这些古村落的名称来分析，可以大体推断刘秀过河是从凌透村往东，水冻村往西。凌透村过去归属正定县，水冻村归属深泽县，所以刘秀的故事肯定发生在正定县到深泽县之间的滹沱河沿岸地带，包含滹沱河流经的藁城区和无极县，这也是刘秀经营河北给石家庄大地留下的一段难忘的往事。

我们再来看这首诗，"光武经营业未兴，王郎兵革正凭陵。须知后汉功臣力，不及滹沱一片冰。"说得太好了，胡曾是晚唐大家，擅长咏史，前两句客观还原了王郎在光武未兴时对光武的打击，最后两句用神来之笔描绘出后汉功臣的力量，赶不上滹沱河一片冰对光武帝的帮助大。

说来也是神奇，刘秀这次渡过滹沱河后，重整旗鼓，主动出击杀向邯郸，一举灭掉了王郎，不久就逐步统一了河北。那个杀了他亲哥哥的更始帝还给刘秀封了个萧王的头衔，试图拉拢。刘秀哪里是胸无大志却狠毒无比的更始帝能拉拢的？有了这个萧王头衔后，刘秀继续招兵买马，驰骋河北，逐步开始了和更始政权决裂的进程。后来萧王在鄗县千秋亭称帝，逐步扫平公孙述等割据势力，一统天下，建立东汉。

鄗县故址在今河北邢台市柏乡县固城店镇，当地至今有千秋亭遗址。鄗县一直隶属于常山郡。常山郡是千年古郡，又称恒山郡，治所在正定，辖区很大，往北到保定的定州，往南延伸到邢台。鄗县也一度改名为高邑县，正定、高邑两县今属石家庄，柏乡县今属邢台。这些古县的县域区划屡有变迁，但萧王刘秀在河北大地成就了光武帝业则是事实。

近世以来，随着上游水库的修建以及城乡建设环境的变迁，滹沱河故道已少有了滔滔的巨浪和横流数仞的壮阔，但石家庄城区和正定县交界的一段河道又被人为地修复了。我时常在滹沱河沿岸远眺，看着水色苍茫，想着萧王奇遇，真的是感受到了历史的沧桑和文化的感动，我也和了古人一首诗。

萧王奇遇在冰合，
每过滹沱感慨多。
浩浩连波三万顷，
英雄如雨落烟波。

叁

三国风云

上承东汉下启西晋，在中国，一段同时存在三个皇帝的历史，不好说是哪国，便只能称为三国时期。后来魏国攻破难于上青天的蜀道灭掉蜀国，而后又有晋吞魏吴，三足鼎立的局面不复存在，天下三分归为晋。

　　晋代陈寿所著《三国志》传神地描述了三国时期的史实，在罗贯中笔下的《三国演义》中，我们也认识了阴险奸诈的曹操、不择手段的曹丕、足智多谋的诸葛亮……而现在，我们将随诗歌一起，去感受三国的变幻风云。

# 魏武挥鞭

东临碣石，以观沧海。

水何澹澹，山岛竦峙。

树木丛生，百草丰茂。

秋风萧瑟，洪波涌起。

日月之行，若出其中。

星汉灿烂，若出其里。

幸甚至哉，歌以咏志。

东汉·曹操《观沧海》

这首诗是三国时魏国政权的奠基人曹操在灭了袁绍的河北政权后，在秦皇岛的碣石山，面对苍茫的渤海所作，其志向在于一统天下。为什么要统一？因为天下到了曹操所在的汉献帝建安年间就已经乱了。建安是汉献帝的年号，讲汉代历史，记住三个皇帝，脉络就清晰了。

第一个汉高祖刘邦，这是开国之君。第二个光武帝刘秀，这是在西汉被王莽终结后又终结了王莽的大新帝国，建立东汉的开国之君。历史上由于刘秀是出身于刘邦的若干代后的旁支子孙，虽然血统很远，但好歹姓刘，他自己也没敢叫别的国号，一直打着复兴汉朝的旗号在革命。毕竟像王莽先生那样敢改朝换代，事事都讲究标新立异的魄力皇帝很少。所以刘秀建立的朝代仍称汉，首都从西安搬到了洛阳，所以叫东汉。

第三个就是东汉献帝刘协了。有开国之君就要有亡国之君，刘协就是和刘邦相对应的亡国之君。

刘协一生居天子之位达二十多年，但没有一天能自己做主，没有一天不被危险所包围。

他幼年即位于董卓之乱中，是董卓扶持起来的傀儡皇帝。他眼见着董卓专权骄横，又目睹了吕布和王允诛杀了董卓，还看着李傕、郭汜大闹首都，最后在乱兵之中，凄凄惨惨的他被一位看起来非常忠君爱国的将军所收留。年纪不大却饱经风霜的汉献帝满以为遇到了忠臣良将可以恢复自己的天子威仪，但他马上就意识到自己错了，因为收留他的这位将军姓曹名操字孟德。在混乱的汉末群雄割据中，曹操的势力虽然开始时很弱小，但在各种攻伐交战中始终居于正位，这和曹操劫持了汉献帝有着极大的关系。

有了汉献帝，曹操这位掌握住大汉天子命运的人自己当了丞相，曹丞相的一切行为都可以以圣旨的名义来颁布。尽管谁都知道圣旨发自曹操，但毕竟哪路诸侯也不敢率先担一个乱臣贼子的恶名。虽然他们各路诸侯的实际行为都属于乱臣贼子，但名义上还都是大汉忠臣。

比如刘备手下的第一猛将关羽，在刘备兵败后曾被迫归顺曹操，但提出了一个很有面子的条件，叫"降汉不降曹"。就是说我投降汉献帝，这不丢人，我们都是大汉臣子，不是投降你曹操。曹操当然同意，曹操说我也是大汉丞相，降汉就是降曹。从这件事上就能看出来，汉献帝还是有一点政治资本的，在那个乱世中，大家心里还是尊敬汉朝皇帝的。

有一个割据淮南的诸侯袁术曾经捡到了混乱中丢失的大汉传国玉玺，把他高兴疯了，真的拿着玉玺称帝了，结果瞬间被各路诸侯联手消灭了。本来割据淮河流域兵强马壮、人人敬仰的袁术，落得个身死国灭的下场。这就说明，你割据一方、称王称霸都可以，但想取代大汉天子的名号，还不行，历史的时机未到，时代还不允许。

从此，曹操带着汉献帝，以许昌为都城，纵横天下，北边灭了袁绍，占据了河北、山东乃至辽宁的广大地盘，南边拿下了荆州直接控制了湖南湖北，最后在赤壁和孙权对垒，展开了决战，决战前曹操横槊赋诗，写了渴望天下归心的《短歌行》：

> 对酒当歌，人生几何！譬如朝露，去日苦多。
> 慨当以慷，忧思难忘。何以解忧？唯有杜康。
> 青青子衿，悠悠我心。但为君故，沉吟至今。

呦呦鹿鸣，食野之苹。我有嘉宾，鼓瑟吹笙。

明明如月，何时可掇？忧从中来，不可断绝。

越陌度阡，枉用相存。契阔谈讌，心念旧恩。

月明星稀，乌鹊南飞。绕树三匝，何枝可依？

山不厌高，海不厌深。周公吐哺，天下归心。

可惜的是，曹操也只是统一了北方。他被周瑜指挥的大军火烧赤壁，惨败而归，终其一生再无能力进攻东吴。而刘备赤壁之战后，也趁机拿下荆州，进而占据益州（四川），于是魏、蜀、吴三足鼎立的局势渐渐形成。

# 三足鼎立

问人间谁是英雄？有酾酒临江，横槊曹公。紫盖黄旗，多应借得，赤壁东风。更惊起南阳卧龙，便成名八阵图中。鼎足三分，一分西蜀，一分江东。

元·阿鲁威《蟾宫曲·问人间谁是英雄》

这首元曲是蒙古族诗人阿鲁威所作，寥寥数笔，勾勒出了三国鼎足而立的画面。商周时期的鼎都是三足，三足正好稳定地托起鼎，所以叫三足鼎立。曲中提到了诸葛亮撑起的蜀国和称霸江东的吴国，但首先说起的就是魏国的奠基人——横槊赋诗的曹公。

曹操本人终其一生，挟天子以令诸侯，确实嚣张跋扈；但他统一了北方，使北方生产得以恢复，民众得以远离战火，这都是历史功绩。他一生都只是把献帝当傀儡，没有迈出取而代之的一步。曹操确实骄横，当时骄横到什么程度？仅举一例：某日，曹操听太监宫女打小报告，说皇上和皇后说他坏话呢，曹操就带几个人冲进皇宫，提溜出和汉献帝相依为命多年的皇后，当场就给杀了。

汉献帝痛哭流涕地求饶都不行，说杀就杀。一代天子连自己的皇后都保护不了，大汉实际上早就亡国了。即便这样，曹操杀皇后也不敢杀皇上，他还把自己的女儿配给汉献帝当皇后。

三国时的各种关系掌故我们耳熟能详，这得益于罗贯中的名著小说《三国演义》，至今京剧戏曲中，三国戏也长盛不衰，都知道曹操是大白脸，可大家知道吗？我在高中当老师时，经常遇到一个关于曹操的高考题，特别有名。这道题目是：

下列哪个人物不属于三国时期？

1. 孙权　2. 刘备　3. 曹操　4. 邓艾

很多同学当年答题都认为是灭了蜀国的邓艾，觉得邓艾灭了蜀国肯定不在三国之内了，其实错了，邓艾奉魏国皇帝之命去灭蜀，最终成功地让刘禅投降，但他依然是生活在三国时期。正确答案是曹操。

别惊讶，曹操毕生只活在东汉末年，到他死时，当时的年号还是汉献帝建安年号，他最后的爵位都封到了魏武王，这也仅仅是大汉的魏武王，王也是臣，君仍然是汉献帝。那么三国时代从什么时候开始？

曹操死后，曹丕世袭了老爹的军政大权，第一件事就是找汉献帝谈心：皇上，您也在位这么多年了，担惊受怕的，何必啊，让给我吧，我可没我爹那么虚，我就要实在的皇位。

汉献帝以泪洗面，又能如何？

他一定想说：你爸爸那么嚣张都没敢废我，你小子刚上台就等不及了？但这些话他必然不敢说出口。于是曹丕筑了座高台叫受禅台，请汉献帝上座，下最后一道圣旨，让汉献帝自己说大汉气数已尽，朕决定把皇位禅让给曹丕同志。

曹丕先推辞一次，表示自己水平不够，恳请陛下收回成命。陛下自然不能收回成命，于是再下一次圣旨，曹同志再推辞一次，等皇上第三次下圣旨，曹同志就说："好吧，我勉为其难地干吧。"

这叫谦虚有礼，事不过三。曹丕就此完成了改朝换代，汉朝正式灭亡，曹丕建立了曹魏帝国，史称魏文帝。

三国开始于曹丕称帝，曹丕一当上魏文帝，这最后的窗户纸就捅破了。

在汉末建安中，除曹操、刘备、孙权外天下还有好几个割据政权，都是自立一方，《三国演义》最后有一首古风，形容得极好："张燕张鲁霸南郑，马腾韩遂守西凉，陶谦张绣公孙瓒，各逞雄才占一方。"这里边除淮南的袁术敢于称帝外，其他的都是很务实的割据，而不是称帝惹事，至少还在表面上奉行着汉朝的法统。比较有特色的就是汉中张鲁的宗教政权。

张鲁人称"张天师"，继承了汉中一带流行的五斗米教，就是入伙就交五斗米，然后有难时教会就出来帮忙，在当地信众极多。他那个汉中政权有病不吃药，吃饭不要钱，家家信天师，张鲁就这样靠着独特的政教合一体制割据汉中三十年，后来在曹操大军压境时拒绝了刘备的拉拢，归顺了曹操。曹操大军压境时，张鲁手下官员曾劝张鲁放火烧毁粮仓物资，不给曹操留下，张鲁却说这都是国家财产，要保护。所以投降后的张鲁深受曹操赞许，曹操把张鲁和汉中官僚集体迁徙到邺城，给张鲁全家加官晋爵，也促成了五斗米教的北传。

张鲁南边的刘备早就成了大汉皇叔，直接就跟汉献帝攀上了亲戚，成了西汉的中山靖王之后，汉景帝的玄孙。这辈分比汉献帝还高一辈，所以称皇叔。

中山靖王叫刘胜，是西汉封在保定定州一带的诸侯王，现在他的金缕玉衣还静静地躺在河北省博物馆里，成了镇馆之宝。当上皇叔，这是曹操劫持献帝后，刘备所出的最为高明的一招。成了皇叔后，你曹操才是汉的丞相，是臣，是打工的；我是大汉皇叔，是皇亲，是老板。这样草根出身的我也可以名正言顺地造反割据。当然汉代皇室的族谱是严肃的，更是严格的，不可能刘备一个卖鞋的就能轻易冒认皇亲。刘备这个皇叔能快速被汉献帝承认，主要是因为汉献帝被曹操挟持多年，实在想在军阀中找个靠山以对抗曹操。

后来曹操死后，曹丕真成了皇帝，刘备就以延续大汉皇统为名，在四川成都即位，称大汉皇帝。他打的旗号是大汉不能被你们曹贼废了，我也姓刘还是皇叔，我来即位延续汉统。因为他是蜀国，所以他这个政权称为蜀汉。

曹丕称帝时，割据江东的孙权头衔还是汉献帝封的吴侯，其实是找曹操要的。后来曹丕称帝后又给孙权封了个吴王，表示笼络。孙权当然不用他来封，孙权的心里话是：曹丕、刘备你们两个都成了皇帝，我要顶个吴王、吴侯的职称，不是太贱了吗？于是孙权也在南京称帝了，史称吴大帝。

率先称帝的魏文帝做梦也想不到，没过几十年，他弄的这座受禅台又被司马懿的孙子、司马昭的儿子司马炎给用上了。司马昭欺负魏国后期的几个小皇帝比曹操当年欺负汉献帝还狠，可就是"司马昭之心，路人皆知"的时候，他死了，终于没来得及迈出篡位的一步，这和曹操也很像。

他的毕生志愿得由下一代来完成。经过和司马炎谈心，早就被训练得很懂事的魏元帝曹奂就把皇位禅让给了司马炎。司马炎开创了西晋，完成了天下的统一大业，武功卓著，史称晋武帝。当然这是后话，现在我们接着来看三国里蜀国的兴衰往事。

# 诸葛亮的无奈

## ——蜀国灭亡

猿鸟犹疑畏简书，风云长为护储胥。

徒令上将挥神笔，终见降王走传车。

管乐有才真不忝，关张无命欲何如？

他年锦里经祠庙，梁父吟成恨有馀。

唐·李商隐《筹笔驿》

李商隐用浓墨重彩的笔触，写了诸葛亮的才华和命运的无奈。

"上将挥神笔""降王走传车"，这鲜明的对比，把诸葛亮的才能和兢兢业业与蜀国最终的国运做了简明的概括。"关张无命欲何如"，关羽是靠着过五关斩六将名震天下的英雄，但有过五关就有走麦城，一个名不见经传的吕蒙用了区区小计就暗算了关羽夺取了荆州，张飞又莫名其妙死于自己的手下，这些都构成了刘备集团的没落和后来西蜀政权的江河日下。

刘备的宝贝儿子刘禅即位，事无巨细均由诸葛亮打理，诸葛亮乐得以相父之尊大权独揽，六出祁山意图吞并中原。他在《出师表》中叙述了自己坚持主动出击的理由：蜀国弱小，必须以攻为守，来报答刘备三顾茅庐之恩。他这个精神可嘉，但战略上是否正确还需探讨。那么弱小的蜀国，自保没问题，但连年征战，伤筋动骨，加重国民负担，来挑战最强大的魏国，实在算不上明智。

而且诸葛亮治蜀政治虽然清明，但刑罚太重；他重用刘备带过去的荆州豪族人马，严厉制裁蜀国本地豪族士人，这和团结依靠本地豪族的孙权政权截然相反，这样做也失去了很大部分的人心。所以在诸葛亮死后，魏国进攻成都时，钟会和邓艾的残兵败将竟然可以长驱直入，未遇有力抵抗，就是明证。成都武侯祠至今都悬挂着一副著名的攻心联，从另一个角度探讨了诸葛亮治蜀的功过：

能攻心则反侧自消，从古知兵非好战；

不审势即宽严皆误，后来治蜀要深思。

魏国首先灭掉了蜀国。刘禅在姜维大军都驻扎剑阁，城中还有兵的情况下，决定开城投降。魏国用钟会率领攻蜀的主力部队牵制住了蜀国姜维的大军，口吃的邓艾率几千从悬崖绝壁上裹着被子毯子滚下来的遍体鳞伤的残兵敢死队，突破了难于上青天的蜀道，偷袭了成都，直接俘虏了刘禅。这如神话般的情节可惜不是神话，而是历史。

我们受《三国演义》等小说戏剧影响，往往觉得刘禅这个蜀国后主是多么无知，其实不是。刘禅不傻，他是三国时在位最长的君主，执政前期任用诸葛亮为相，诸葛亮死后继续维持国家运转几十年，他可能不是天才但绝不是傻子。

刘禅先后任用杨仪、蒋琬、费祎、董允等主内，姜维主外，基本实现了诸葛亮在《出师表》里的人事安排。把诸葛亮推荐的"贞良死节之臣"都"亲之任之"了。在邓艾从绝壁翻滚而下、神兵天降偷渡阴平直逼成都时，刘禅也不是拱手而降。他仍然任命诸葛亮之子诸葛瞻率兵于绵竹做最后一战。蜀道难，绵竹更是崇山峻岭，处处都是一夫当关万夫莫开的险隘。诸葛瞻若能于险要处以精兵驻守，凭邓艾那点从悬崖上刚滚下来的残兵，怎么可能攻破绵竹呢？只需静待邓艾无粮，再和前方剑阁的姜维主力前后夹击，邓艾就直接壮烈牺牲了。

可天知道一代大神诸葛亮的儿子除了尽忠报国的忠心继承了老爸外，别的才能好像没有遗传。他在第一战先取得小胜，不分兵把守隘口，反而率军和邓艾决战。这可是破釜沉舟背水一战的邓艾敢死队求之不得的，一场血战之后，诸葛瞻父子血染沙场，绵竹失守。在这种情况下，刘禅拒绝了儿子北地王武装百姓、坚守成都、拼死一战的建议，接受了谯周开城投降的建议。北地王拒不投降，哭死于刘备的昭烈庙，各个剧种对北地王哭庙均有刻画，十分感人。

刘备有个平庸的儿子，却有个这么有血性的孙子，也可以瞑目了。或许是想到诸葛瞻父子败得太惨，或许是出于对姜维大军的远水不解近渴的担忧，或许是厌倦了杀伐，或许是不想成都百姓卷入战火，已经在位 40 年的刘禅做出了惊人决定，结束了刘备集团在汉末血雨腥风几十年建立的蜀汉政权。蜀汉共存43年，刘备3年，刘禅40年。刘备开国后很快故去，蜀汉的政权绝大部分时间是在刘禅的统治下，能带领蜀汉在风起云涌遍地硝烟的三国时代坚持40年，刘禅虽然是后主，但也不可不谓是一代真正的帝王。

而立下不世之功的邓艾和钟会却都没有享受到胜利果实，很快死于内斗。挑唆钟会奋勇内斗的却是蜀国最后一个忠臣，诸葛亮遗志的继承者——姜维。姜维带着大军拼死守卫剑阁这个入川要道，和钟会的魏军主力厮杀了很久，然而没料到邓艾越过剑阁偷袭成都。所以得知后主投降，姜维仰天长叹。后主传来诏书，要他也投降，于是姜维就投降了钟会，钟会对这位蜀国老将军无比崇敬，对邓艾的抢先立功也很不满，于是姜维就开始了自己的复国大计。

钟会先奏报司马昭说邓艾谋反，本就对邓艾极为不满的司马昭就下令把邓艾押解回京。其实邓艾也是一代名将，刘禅投降后，马上以魏国天子的名义封刘禅为骠骑将军，刘禅太子为奉车都尉，让蜀国官吏全都留任，迅速稳定了局势。但就是这些自行封赏的举措让魏国执政的司马昭深为不满，且邓艾对司马昭篡魏的野心很不以为然，司马昭当然早就想除掉这个在军中极有威望的老将。当司马昭的监军卫瓘宣布逮捕邓艾时，邓艾的手下兵士无不愤怒，邓艾却告诫将士不可违法，自己和儿子束手就擒，主动上了囚车。其实当时邓艾要反，成都投降的十几万蜀军都在自己手里，杀了卫瓘就是分分钟的事，可邓艾依旧约束部队，束手就擒。邓艾和野心家钟会不同，他是奉公守法忠于魏国的名将。直到晋武帝司马炎时代，那时西晋一统全国，司马炎感念邓艾灭蜀的大功和被诬陷而死的遭遇，下令给邓艾的儿子封官，正式予以平反。

除掉了邓艾的钟会野心膨胀，此时刚刚投降过来的蜀汉大将军姜维又力劝钟会割据蜀地自立为王，钟会心动，真想做第二个刘备。钟会马上假托奉了魏国太后遗诏，要讨伐执政的司马昭。其实这是姜维不甘心蜀汉灭亡，设计挑动钟会造反，再寻机恢复蜀国。钟会大军压境时，姜维领着蜀军主力和钟会在剑阁对峙，使钟会不能前进一步，这才逼出了邓艾率敢死队翻山越岭偷袭阴平直取成都。

姜维的忠心毋庸置疑，计策也很实用，但人算不如天算。姜维首先力劝钟会先杀光军队中的魏国将领，以免这些人不服，钟会稍有迟疑，杀人的机密泄露，引发了魏军兵变，各路将领纷纷杀出营寨，领着乱兵洗劫了成都，钟会、姜维都死于乱军。据说姜维死前左右拼杀，手刃乱兵无数，死后尚且圆睁双眼不能瞑目。平息此次兵乱的监军卫瓘曾对着姜维尸体说："天要亡蜀，纵使诸葛孔明复生也无济于事，何况将军？"此时姜维才闭上眼。魏军将姜维分尸，看到姜维的胆大如斗。此次钟会兵乱，刘禅的太子和关羽、张飞等元勋的家眷也惨遭兵火，因为担心乱兵抢走在囚车里的邓艾，卫瓘也派人追上囚车把邓艾杀了。卫瓘虽是个小人，但其书法很有造诣，至今学书法临摹的很多碑帖还是卫瓘留下的。

一场变乱，使灭蜀后还在策划灭吴的魏国大功臣邓艾死了；不甘心让邓艾抢了头功又很有野心的钟会也死了；对蜀国很有感情想利用钟会复国的姜维也死了。钟会和邓艾联手灭了蜀，却没有享受到什么尊荣，反不如他们的俘虏刘禅活到了公元271年，这一年，他曾经的敌人，邓艾、钟会、司马懿、司马师、司马昭、孙权等都死了，从寿命论，刘禅才是最大的赢家。

# 司马懿可以笑了

## ——三国归晋

> 王濬楼船下益州，金陵王气黯然收。
> 千寻铁锁沉江底，一片降幡出石头。
> 人世几回伤往事，山形依旧枕寒流。
> 今逢四海为家日，故垒萧萧芦荻秋。
>
> 唐·刘禹锡《西塞山怀古》

刘禹锡这首诗，详细写出了吴国灭亡的历程。西晋的楼船从益州顺江而下，吴国首都金陵的王气就黯然了。自千寻铁锁沉江底后，吴国再无抵抗能力，只能打出一片降幡投降了晋朝。三国时代最先灭亡的是蜀国，蜀国被魏国灭了之后，第二个魏国又被晋取代，第三个灭亡的就是吴国。

吴国的灭亡更是神话。

孙皓是末代吴帝，此人十分残忍，动不动割人脸皮。他防御魏国的方法很简单，也很有效，就是在长江上安装上千条铁链，铁链上再浇筑上大铁锥，只要有船从上流而下，就会被铁锥扎烂。这叫铁索横江。这还真是一个创举。蜀国是被魏灭的，等灭吴时，魏就已经换成晋了。晋国派出大将杜预从陆路进攻，老将王濬从四川出发，顺流而下，走水路直取南京。

最终，在杜预、王濬的联合进攻下，"千寻铁锁沉江底，一片降幡出石头"。理论上固若金汤的千寻铁索，被王濬用装满油的火船一烧，纷纷沉入长江，为后世的刘禹锡创作这首著名的《西塞山怀古》，提供了极佳的素材。

客观上说，三国时期对于前朝君主，还是比较人道的。后来三分归晋，晋武帝司马炎对于魏、蜀、吴三国末代皇帝也没下杀手。

魏国的末帝曹奂，就在魏文帝曹丕筑的受禅台上，把皇位禅让给了司马炎。司马炎封他为陈留王，让他立即滚蛋，不许进京。这和汉献帝的山阳公如出一辙。当年曹丕篡汉时，汉献帝跪在地下，接受魏文帝曹丕的册封，封他为山阳公，马上滚蛋，不许再来首都。

山阳公虽然爵位比天子低，但成为公爵后的刘协好歹有了块自己的封地，只要不干政，就可以优游岁月，安享晚年；陈留王也是，只要不谋反，就可以在封地内善终。

再说吴国。吴国末代皇帝是孙皓。他是孙权的孙子，性情十分残暴。他经常大宴群臣，命令大臣都要喝酒，必须喝多，然后派很多黄门侍郎站在大臣身后，看谁喝多了失态、乱说话，一句说错，立马弄死。

他本来是个中规中矩的藩王，不该由他即位。是大臣张布和朱太后在权力真空时，感觉一个年长的君主对国家有利，才在众多藩王中把这个看似中规中矩的孙皓扶植起来。孙皓一即位，很快就把拥立自己的朱太后和张布杀了，理由不详。这就是孙皓展露他个性的开始。

他好给群臣灌酒。有个大臣叫韦曜，酒量很小，孙皓宠着他，偷偷让太监把他的酒换成茶水，以保证他不会喝醉失态。这就是"以茶代酒"的成语来源。你是不是觉得孙皓这不也挺风雅吗？但是，没多久，韦曜也被他杀了。

就是这么个"奇葩"当皇帝，吴国基本是亡定了。其实历史的规律本就如此，五四运动的旗手陈独秀先生有一句名言："自来亡国多妖孽。"一国开国时，皇帝总是英明神武，亡国时，必是昏君暴君。试想，如果蜀国君主不是刘禅而是刘备，邓艾那种不高明的偷袭，能奏效吗？

魏国把末帝曹奂换成曹操，别说司马炎了，就是司马师、司马昭乃至司马懿加起来也不值得一提。吴国如果不是孙皓这个昏君在位，而是孙权当着皇帝，司马炎能过江吗？连那么神武的曹操不是都被赤壁一把火烧回去了吗？但历史不能重来，只能遐想。古今多少事，都付笑谈中。

等吴国灭亡，孙皓被俘虏到晋国首都洛阳。孙皓虽说是亡国之君，但并不怯懦。司马炎怪罪他投降太晚，指了指孙皓的座位说："朕设这个座位待卿久矣。"孙皓马上回一句："臣在江南也设这个座位待陛下久矣。"司马炎哈哈大笑，这是英雄相惜，他按照优待前朝君主的传统，给了孙皓归命侯的爵位。

曹奂是陈留王，刘禅是安乐公，孙皓是归命侯。王、公、侯全有了，他们的父辈起自草根，一路打拼到称帝，最后后代也落了个贵族身份，也算他们的父辈没有白拼一场。

至此，曹操、曹丕建立的魏，刘备建立的蜀，孙权建立的吴统统灭亡，中国再次一统于晋朝的版图内。晋朝的建立者是晋武帝司马炎，司马炎是司马昭的儿子、司马懿的孙子。

司马家族从曹操时代开始，就是军师参谋，辅佐曹操横扫天下，但曹操始终提防司马懿，未见重用。到了曹丕时代，司马懿开始逐步被皇帝倚重，有了实权。从曹叡开始，司马懿深受魏国第二任皇帝的器重，大权在握，司马懿也在东征辽东、抵御孙权、防守诸葛亮的北伐中为曹魏江山立下了汗马功劳。到了第三代曹芳当皇帝开始，曹家的皇帝变得年幼无知了，司马懿这个几朝元老就坐大了。当然，司马懿的崛起也是充满危机。曹芳时代比司马懿更有权力的是大将军曹爽，曹爽对司马懿十分小心，处处监视，这时的司马懿果断装病，对外一副不久于人世的样子，让曹爽放松了戒备，《三国演义》里写得特别生动，这一回叫《司马懿诈病赚曹爽》。

司马懿趁着曹爽和皇帝出城打猎游玩时，忽然发难，发动政变，一下控制了首都。如梦初醒的曹爽未敢抵抗，就成了俘虏，从此曹家政权尽归司马家族掌控。司马懿死后，他儿子司马师继续掌控大局，司马师之后是弟弟司马昭接手，可惜的是司马昭最终也没当上皇帝，司马昭死时还是魏国的年号。司马昭的儿子司马炎终于完成了司马家族几代处心积虑谋夺的江山社稷，废掉了魏帝曹奂，建立晋朝。司马炎的晋，史称西晋，不知道九泉之下的司马懿，是不是到这时才真的笑了。

# 建安风骨，那个年代不朽的诗篇

汉献帝在位二十多年，只有一个年号，就是建安。在建安时期，产生了诗歌创作上的黄金时代——建安风骨时代。曹操父子三人和孔融、王粲等建安七子，面对战火纷飞的时代，以豪迈苍凉的笔触，书写了一首首经典诗篇。本节就选取几首那个年代英雄豪杰的代表作，让大家领略一下那个年代的文采飞扬。

曹操的女儿，也就是曹丕的妹妹，当年听说哥哥要废掉老公的皇位时还大骂哥哥浑蛋。那意思就是老爸那么牛都供着天子，你是哪根葱，敢篡位？据说还是汉献帝好好劝解了媳妇半天。要知道，曹丕生气起来可不管什么兄弟姐妹。

他弟弟曹植被逼着七步之内要写一首兄弟题材的诗，写不出来就死，写出来有怨言也得死。曹植一边流泪，一边构思，七步之内真的写出了这首《七步诗》：

> 煮豆燃豆萁，豆在釜中泣。
> 本是同根生，相煎何太急？

这首诗写完，在场的文武百官莫不垂泪，曹丕可能也被感动了。最重要的是他妈妈老太后出面说情了，曹植才免于一死。后来曹植被封了个陈王，开始了名为藩王实为囚徒的郁闷生活，年纪不大就郁郁而终。他留下了《洛神赋》《白马篇》等不朽诗篇，特别是《白马篇》里表现出了那种视死如归的大气磅礴。

> 白马饰金羁，连翩西北驰。
> 借问谁家子，幽并游侠儿。
> 少小去乡邑，扬声沙漠垂。
> 宿昔秉良弓，楛矢何参差。
> 控弦破左的，右发摧月支。
> 仰手接飞猱，俯身散马蹄。
> 狡捷过猴猿，勇剽若豹螭。

边城多警急，虏骑数迁移。

羽檄从北来，厉马登高堤。

长驱蹈匈奴，左顾凌鲜卑。

弃身锋刃端，性命安可怀？

父母且不顾，何言子与妻！

名编壮士籍，不得中顾私。

捐躯赴国难，视死忽如归！

　　"少小去乡邑，扬声沙漠垂。"这是对那个勇猛少年的概括。少年不恋家，自小离家就为了实现男儿壮志，这就是建安年间怀有壮志的风骨。"弃身锋刃端，性命安可怀？父母且不顾，何言子与妻！名编壮士籍，不得中顾私。捐躯赴国难，视死忽如归！"这几句把壮士立志为国捐躯完全舍弃妻儿老小的悲壮豪情表现得淋漓尽致，这就是建安年间，以曹操父子三人为代表的建安风骨。

　　曹丕本人的文采也不可小觑。

　　曹丕，身历汉末建安直到三国，他善于文学写作，在文学史上留下了很多不朽的名篇。其《典论·论文》一篇，可以说是我国文学评论的开山之作。在这篇文章中，他特别肯定了文章的家国之用，把文章的地位空前提高，他说：

　　盖文章，经国之大业，不朽之盛事。年寿有时而尽，荣乐止乎其身，二者必至之常期，未若文章之无穷。是以古之作者，寄身于翰墨，见意于篇籍，不假良史之辞，不托飞驰之势，而声名自传于后。故西伯幽而演易，周旦显而制礼，不以隐约而弗务，不以康乐而加思。夫然，则古人贱尺璧而重寸阴，惧乎时之过已。而人多不强力；贫贱则慑于饥寒，富贵则流于逸乐，遂营目前之务，而遗千载之功，日月逝于上，体貌衰于下，忽然与万物迁化，斯志士之大痛也！

　　"盖文章，经国之大业，不朽之盛世。"曹丕把文章的作用和影响提到前所未有的高度，赋予其无与伦比的价值，他认为文章可以传之于百代。曹丕认为就个人而言，一切荣华富贵都将随着生命的终结而消逝，只有文章可以永世流传。所以"成一家之言"，体现创作者的价值。这与汉末战乱中人们普遍的逐利现实思想格格不入，他认为荣华富贵、宦海沉浮都是过眼烟云，而精神层面的文学追求才是人生不朽的意义所在。人生追求应当是靠文章而名传千载，不是靠一时的荣华富贵，这种观点的提出在汉末三国中有着拨云见日的重大影响。曹丕的《典论·论文》中把文学的价值提高到了不朽的地位，提出功名利禄都是粪土，唯有文章可以永存。这是历史上的开创之论，历代文人莫不被曹丕的这些理论所激励。

再来看其代表作《燕歌行二首》（其一）：

> 秋风萧瑟天气凉，草木摇落露为霜。
> 群燕辞归鹄南翔，念君客游思断肠。
> 慊慊思归恋故乡，君何淹留寄他方？
> 贱妾茕茕守空房，忧来思君不敢忘，不觉泪下沾衣裳。
> 援琴鸣弦发清商，短歌微吟不能长。
> 明月皎皎照我床，星汉西流夜未央。
> 牵牛织女遥相望，尔独何辜限河梁。

本诗不但在文学史上开七言歌行之滥觞，抛开其文学价值，单从其所反映的历史背景和诗中本事来讲，也具有极高的研究价值。诗歌是作者生平经历和心情的集中反映。曹丕经历了汉末的黑暗和民不聊生，又随着曹操东征西讨亲历战火，又在复杂的夺嫡斗争中惨烈胜出最终称帝，他的经历之丰富成为他诗歌创作的不竭源泉。本诗所描绘的是汉末非常普遍的"征夫思妇"场景。"君何淹留寄他方？"这是思妇的无奈之问，其实谁又知道征夫为何客游他方有家难回呢？前方有多少一去不返的征夫，后边就有多少独守空房的思妇。这是时代的悲剧，更是下层百姓的悲剧。时局的动荡、大小军阀的割据导致各地都有征夫游子一去不返，空闺少妇雨泪涟涟的惨景。

社会普现的场面，不可能对豪族士人的思想没有影响。百姓的悲剧和揪心的呼号，对豪族产生了强烈刺激，曹丕亲历战火多年，所以对"可怜无定河边骨，犹是春闺梦里人"的凄惨有一种格外的同情，心中又有无助的纠结。曹魏集团打出的是一统天下平定四海的大旗，目标是要消灭荼毒民生的战乱。可他们自身又是一场又一场惨烈大战的发起者。曹丕的内心是复杂而纠结的，所以他用文学这种他认为传之不朽的形式来记录自身的复杂心理。

丰富的经历会影响文学造诣的高度，这也是千百年后人们评论曹丕与曹植的文学成就时，往往认为曹丕胜于曹植的原因。曹丕的经历是复杂的，其内心也是复杂的，所以其人生观就不再是一元的儒家经典精神了，而必然形成多元的，既有对功业的渴望，又有对战乱的排斥；既有位高权重的风流，又有处在政治旋涡中心的忧惧；既有称帝的强烈野心，又不得不接受对汉室是否忠心的考问。

他作的《燕歌行》这首诗歌开创了七言诗的滥觞。诗歌由《诗经》的四言，过渡到汉代的五言，是一大飞跃。由五言到后来的七言那更是巨大飞跃。字数多了，能表达的感情和事理也更丰富了。曹丕的代表作《燕歌行》是其原创的七言诗，他很好地利用了七言字数的丰富，给古诗的叙事和传情都做了开创性的范例。

曹丕在政治上非常强势，但在文学上非常细腻；潘岳在政治上比较软弱，可他的《闲居赋》非常了不起；宋玉在政治上和为人上比他老师屈原懦弱多了，但他的楚辞功力完全可以和老师媲美，以至于今天研究楚辞最头疼的就是哪篇是屈原原作，哪篇是宋玉的手笔。

客观而论，在汉末与三国时期的领袖中，唯一在文学和政治上都不朽的只有曹操父子。三曹和建安七子都属于魏国，他们共同代表了汉魏之交的文学硕果。

曹操自己的诗歌，苍凉豪迈，而且多与政治大事结合。如前文提到的《观沧海》"东临碣石，以观沧海"的巍巍诗句就是他与袁绍大决战于官渡后，又追击袁绍残敌到了秦皇岛，看到苍茫的大海，所留下的不朽诗篇。

他在赤壁和东吴大军隔江对峙时，写下了千古传诵的《短歌行》，其"对酒当歌，人生几何"的豪迈情怀激励了无数后人。

在蜀汉的诸葛亮，受刘备三顾茅庐的知遇之恩，从军师一路干到开国丞相封武乡侯，诸葛亮的草根逆袭激励着无数后人。刘备是楼桑（今河北保定）卖草鞋的，张飞是附近卖肉的，关羽也是小贩，这些英雄人物在桃园结义之后纵横天下，终于杀出了一片锦绣江山。三分天下有其一，刘备蜀汉集团都是草根逆袭的典范。

诸葛亮在刘备去世后，鞠躬尽瘁，决定以攻为守，北伐曹魏，临行之时写了一篇感动千古的《出师表》：

先帝创业未半而中道崩殂，今天下三分，益州疲弊，此诚危急存亡之秋也。然侍卫之臣不懈于内，忠志之士忘身于外者，盖追先帝之殊遇，欲报之于陛下也。诚宜开张圣听，以光先帝遗德，恢弘志士之气，不宜妄自菲薄，引喻失义，以塞忠谏之路也。

宫中府中，俱为一体，陟罚臧否，不宜异同。若有作奸犯科及为忠善者，宜付有司论其刑赏，以昭陛下平明之理，不宜偏私，使内外异法也。

侍中、侍郎郭攸之、费祎、董允等，此皆良实，志虑忠纯，是以先帝简拔以遗陛下。愚以为宫中之事，事无大小，悉以咨之，然后施行，必得裨补阙漏，有所广益。

将军向宠，性行淑均，晓畅军事，试用之于昔日，先帝称之曰能，是以众议举宠为督。愚以为营中之事，悉以咨之，必能使行阵和睦，优劣得所。

亲贤臣，远小人，此先汉所以兴隆也；亲小人，远贤臣，此后汉所以倾颓也。

先帝在时，每与臣论此事，未尝不叹息痛恨于桓、灵也。侍中、尚书、长史、参军，此悉贞良死节之臣，愿陛下亲之信之，则汉室之隆可计日而待也。

臣本布衣，躬耕于南阳，苟全性命于乱世，不求闻达于诸侯。先帝不以臣卑鄙，猥自枉屈，三顾臣于草庐之中，咨臣以当世之事，由是感激，遂许先帝以驱驰。后值倾覆，受任于败军之际，奉命于危难之间，尔来二十有一年矣。

先帝知臣谨慎，故临崩寄臣以大事也。受命以来，夙夜忧叹，恐付托不效，以伤先帝之明，故五月渡泸，深入不毛。今南方已定，甲兵已足，当奖率三军，北定中原，庶竭驽钝，攘除奸凶，兴复汉室，还于旧都。此臣所以报先帝而忠陛下之职分也。至于斟酌损益，进尽忠言，则攸之、祎、允之任也。

愿陛下托臣以讨贼兴复之效，不效，则治臣之罪，以告先帝之灵。若无兴德之言，则责攸之、祎、允等之慢，以彰其咎；陛下亦宜自谋，以咨诹善道，察纳雅言，深追先帝遗诏，臣不胜受恩感激。

今当远离，临表涕零，不知所言。


在这篇表文中，诸葛亮首先用质朴无华的语言给后主叙述着自己与先帝刘备的种种往事，告诉后主，我越是感念刘备，就越会鞠躬尽瘁地报答你，然后论述了北伐中原的准备工作，最后告诫后主亲贤臣、远小人。全文感人至深，令后代忠臣良将、英雄豪杰读之落泪。

肆

晋代风神

# 我们八个人都想当皇帝

## ——八王之乱

夜中不能寐，起坐弹鸣琴。

薄帷鉴明月，清风吹我襟。

孤鸿号外野，翔鸟鸣北林。

徘徊将何见？忧思独伤心。

魏·阮籍《咏怀八十二首》（其一）

这首诗是"竹林七贤"之一阮籍的代表作。诗中看似悠闲，其实充满了对现实的无奈，但这种无奈绝对是隐蔽的，不能明说的，因为明说会死。

司马氏从魏国后期开始垄断了政权，就实行了一系列的恐怖政策来禁锢文人的思想，特别是禁锢文人的政治思想，以防止文人讽刺自己篡位。尽管"司马昭之心，路人皆知"，但在当时的文学作品中很少有体现，因为有自由想法的文人都被干掉了。比如阮籍的好友嵇康，一生追求养生，也不能容于司马氏，所以被杀。嵇康死时数万太学生跪地请愿，司马昭依然下令处死，嵇康留下一曲《广陵散》，从容而死。剩下的阮籍只能每天喝酒买醉，靠装疯发狂来抒发胸中的郁闷，来躲避司马家族残酷的杀戮。阮籍不会料到，逼得他只能装疯买醉才能活命的司马家族，在真正统一中华后，也没能坐多久的江山。

当司马炎处心积虑地废魏自立，又东征西讨，终于三国归晋，他大概不会想到自己的大晋江山，其实是昙花一现。

先播放一个西晋灭亡吴国时的插曲。

某次，司马炎和宠臣贾充下棋，刚被俘虏的亡国之君孙皓也被拉来作陪。贾充想戏弄孙皓，就故意问："听说你在吴国的时候，经常把人脸皮扒下来，这是什么酷刑啊，啥人至于用这个刑罚啊？"

孙皓冷冷地说："身为臣子，敢于弑君犯上，奸回不忠的，就该这么整他！"

贾充当时瘫软，一身冷汗，这几句话点到贾充的死穴了。他本是魏国的重臣，世受曹家厚恩，后来一看司马家族得势，马上投靠过去。等魏帝曹髦冲冠一怒，带着一群太监宫女去悲壮地讨伐司马家族时，他竟然做了急先锋，下令让武士一戟刺穿了年仅20岁的皇帝。无论你多么想给司马家献媚，曹髦毕竟是皇上，司马师、司马昭本人也没胆直接弑君吧？可贾充这种奸佞小人就干得出来，从此他获得了司马昭的信任，官运亨通，可弑君的恶名已经传遍三国。

孙皓虽然残暴，但毕竟有天子的威严，几句话就顶住了贾充的戏弄。他的潜台词是：要是你在我们吴国，我早把你小子的脸皮整个扯下来了。贾充是宠臣，自己是俘虏，按说孙皓不敢得罪贾充，可就凭这几句掷地有声的话语，孙皓在三国时代的几位亡国之君中，形象顿时高大起来。贾充的女儿在西晋时代成了影响天下兴衰的大人物，他的女儿就是晋武帝的儿媳妇，晋惠帝的皇后，贾南风。

雄才大略的司马炎驾崩了，他这一死，西晋立马到了分崩离析的边缘。即位的晋惠帝司马衷是一个智商相当低的"奇葩"，基本听不懂人话，他的皇后贾南风就自然而然地走上了历史的舞台。

司马衷的皇后贾南风，十分丑陋，权力欲却极大。她当太子妃时，就骄横到把怀孕的其他姬妾给打流产，她的公公司马炎都怒了，要废了她；但一帮大臣求情，贾南风竟然保住了太子妃的位置，于是才成了后来的贾皇后。

贾后利用白痴老公不能理政的空子，一手专权，但此时司马炎的夫人杨太后稳坐后宫，外戚杨骏是当朝太傅。这杨家人当权严重干扰了贾后的野心，于是贾南风就暗中拉拢手握重兵的汝南王司马亮和楚王司马玮，忽悠他俩入朝诛杀杨太傅。

这两位野心极大的藩王一看有如此进京的良机，马上答应贾后，直接进京杀了太傅，废了太后。二王自以为可以专擅朝堂了，谁料想，贾南风容貌不美，手段却极高明——她巧妙利用二王之间的矛盾，先唆使楚王杀了汝南王，又顺道杀了楚王，自己稳坐钓鱼台。

贾后在诛杀了两位王爷后，忽然发现白痴皇帝的太子又构成了威胁，就废掉了太子。这一下犯了众怒，赵王司马伦借口为太子报仇，带兵杀进了皇宫，幽闭了贾后。贾后被抓前曾向在场看热闹的皇帝老公大呼求救，但这位以白痴著称的皇帝，却没有任何表示。或许在他低于常人的心智里，对贾南风早有了判定。

赵王司马伦杀了贾后之后，大杀张华等元老重臣。这些重臣是治国安邦的柱石，贾后专权的 8 年里，虽然残暴，但对这些忠心的老臣还是非常重用的。比如任命张华执政，重用"竹林七贤"里最小的王戎，所以尽管史书记载贾后心狠手辣又不知检点等生活劣迹，但史书对贾后秉政的 8 年，还是给予了充分肯定的。她执政这 8 年是西晋在武帝之后少有的太平盛世。

贾后薨，太平盛世结束了。杀掉贾后的赵王司马伦顺手废掉了白痴晋惠帝，自立为帝。这个愚蠢之举给本就对谋反作乱跃跃欲试的西晋诸王提供了绝佳的口实。大家纷纷来讨伐司马伦，于是经过几番混战，城头变幻大王旗，最终东海王司马越带着几次逃离首都几度被人劫持的晋惠帝回到首都，取得了最终胜利。这场大混战从公元 291 年开始一直到 306 年结束，历时 15 年，打光了西晋的财政积累，打死了一大批功臣良将，打散了一个统一的国家。

这起混战中，主要有八位姓司马的王爷轮番登场，轮番砍杀。这是对晋武帝当年封了 27 个同姓诸侯王的莫大讽刺。司马炎一直认为，曹魏灭亡是因为姓魏的王爷太少。因为魏国的执政官曹爽曾经拒绝大肆封亲戚当王，所以司马炎坚持认为只要多多封宗亲当王，大晋江山就可永固。谁知，灭亡西晋的不是别人，都是司马家的手足兄弟。

# 更悲催的永嘉之乱

三川北虏乱如麻，

四海南奔似永嘉。

但用东山谢安石，

为君谈笑静胡沙。

唐·李白《永王东巡歌十一首》（其二）

李白这首诗，直接就把西晋的永嘉之乱给我们描述了出来。三川北虏，形容中原之地已经到处都是北方来的强虏，全国一片乱麻，四海之人疯狂向相对安静的江南跑去。李白是唐朝人，他当然没经历过永嘉之乱，但李白是在安史之乱时写的这首诗，他用永嘉之乱来形容安史之乱，无比贴切。

西晋政权经过八王之乱后，已经残破不堪，接踵而来的是毁灭性的永嘉之乱。

匈奴部族的首领刘渊首先叛晋自立，起兵攻晋。刘渊在晋武帝司马炎时代被封为北部都尉，负责镇守北疆。到晋惠帝时，又被加封为五部大都督。这都是晋朝中央政府对手握重兵的刘渊的笼络，但别看刘渊改了汉姓，骨子里对于晋朝还是有着强烈的反抗意识的。刘渊起兵后，势如破竹，任用猛将羯族人石勒为先锋屡破晋军，歼灭了西晋的十万大军，最后攻破洛阳，西晋宣告覆灭。

随后刘渊称帝，国号为汉，为了表示自己的正统，刘渊还把乐不思蜀的蜀国后主安乐公刘禅的牌位抬出来，遥尊刘禅为先帝。很快，西晋灭亡。从司马炎废魏自立开始，到晋愍帝被俘，前后不过51年。曾经一统三国的西晋，就灭亡了。

晋愍帝即位时不过15岁，死时不过18岁。他可以说是命运十分悲惨的亡国之君。汉献帝和魏、蜀、吴的亡国之君都受到了新朝廷的礼遇，这是儒家礼法仁心的教化功德。可晋愍帝司马邺投降的是匈奴人建立的前汉政权。没怎么受儒家教化就匆匆立国的少数民族政权不会再像前朝那样礼遇亡国之君了。晋愍帝被俘后，要干洗刷杯盘等粗活，即便如此也未能保命，很快被杀。

西晋被少数民族政权取代有着历史的必然。比如西晋一立国，很多内附中原王朝的胡人少数民族部落就杂居在晋国的各地，和各地汉人矛盾不小，晋国也没有好的政策来处理。八王之乱中，很多王爷为壮大实力还用这些胡人当兵，这就使得西晋的军事虚实尽被胡人掌握。所以，一有西晋中央混乱的时机，胡人就会乘虚而入，刘渊的匈奴政权率先攻破西晋都城洛阳就是最好的证明。此后刘渊的大将石勒等人也先后建立了政权，北方一片混乱。

刘渊也为从古就在中国北方游牧，并且和中原汉人不断摩擦的匈奴人挣足了脸面。

刘渊建国称帝，这是匈奴人作为一个独立民族所取得的最大成就。匈奴在汉代被卫青和霍去病穷追猛打后，分裂为南北两部。

北边一部打不起躲得起，一直向西迁徙，中亚、西亚、中东、欧洲都有他们的足迹，匈牙利这个国名据说就是匈奴的音译。这些西迁的匈奴人不断和中亚到东欧的民族碰撞与融合，最终融入当地。

南部匈奴则归顺了汉族政权，纷纷内附，不再厮杀，搬进长城内，放弃游牧开始农耕，或在长城附近半牧半耕。刘渊就是南匈奴的一支，内附后的匈奴，地理上搬进了长城内，但文化上并未与汉族结合，所以始终有着独立性，在文化发展上也一直落后于中原王朝。

等中原王朝发生八王之乱这样的大乱时，由几个杰出领袖率领，就有可能乘虚而入掌握政权，但这种政权只是武力上的征服，没有文化上的统一，难以持久。接下来南方的东晋和北方的十六国对峙就是证明。

北方自西晋灭亡后，前后出现过十六个小国，金庸在《天龙八部》里提到的慕容复要复兴大燕，就是指十六国时期鲜卑族慕容氏所建立的前燕、后燕等小政权。鲜卑族还有一支是拓跋氏，最终建立了比较统一的北魏政权。

但是大家发现一个问题没有，当年五胡乱华的鲜卑、匈奴、羯、氐、羌等这些曾经称霸北方的民族后来怎么都消失了呢？其实没有消失。正是五胡乱华这样的历史契机，让文化和经济都落后的少数民族能够迅速掌握政权，但他们掌握政权后，又不得不依靠大量汉族豪门士族和前朝的汉族官吏来管理政权，这样就极大地促进了民族融合。

武力上少数民族统治了中原广大地域，可文化上又被先进的中原汉文化所征服，最后，连本民族的固有特性也被同化了，这就是现在为什么找不到匈奴、鲜卑等古代少数民族的原因。

以我为例，我姓王，这不是一个少数民族姓氏，是汉族的传统大姓。可从我们家这一支王姓的姓氏源流来一步步地寻根溯源，就会发现民族融合的痕迹。我的老家在石家庄市区西部、太行山东麓的鹿泉区上寨村，那是我祖父和父亲的出生地，上寨村的王姓又是在明代大移民时，由山西迁来。山西的王氏中有一支就是当年北魏鲜卑族可颓氏的后裔。

北魏时期，从孝文帝开始，政府进行了大规模的鲜卑族汉化进程，很多鲜卑族人纷纷汉化，其中一个重要举措就是改汉姓，如皇族拓跋氏整体改姓"元"，贵族可颓氏整体改姓"王"等。所以，我很可能也是古代少数民族鲜卑人的后裔，但查我户口确实又是汉族，所以说汉族并不是单一的来源，而是中华民族会聚起来的象征统一的民族符号。

北方从刘渊起兵开始，匈奴、鲜卑、羯、氐、羌五个少数民族，穷兵黩武，混战中原，建号称帝；北方山河一片破碎，人民死生无所，社会经济生产遭到空前破坏。

西晋的许多豪门大族和皇族，为避战乱，纷纷渡过长江，去相对安定的江南发展，史称"衣冠南渡"。南渡过去的豪门士族，带去了先进的北方文化和生产技术，加速了江南地区的开发，从此中国的经济重心开始南移。

经过几次北方大的变乱，南方始终保持相对的稳定和繁荣，于是曾经发达的北方地区，在经济上慢慢被江南地区超越，一直到宋高宗赵构建立南宋为止，经济重心彻底完成南移，至今也没移动回北方。这是中国古代经济史的一条重要线索。

衣冠南渡的皇室成员中，最幸运也是最有眼光的人，是琅邪王司马睿。

# 东晋立国

## ——有名无实的皇帝

朱雀桥边野草花，乌衣巷口夕阳斜。

旧时王谢堂前燕，飞入寻常百姓家。

唐·刘禹锡《乌衣巷》

　　刘禹锡走过王家和谢家生活过的乌衣巷，感慨东晋最大的两个豪门贵族王家和谢家曾经的权势与繁华，留下了这首千古名作。至今去南京游览，在秦淮河畔，夫子庙旁，依然能够看到那座见证了无数兴衰的朱雀桥，走过朱雀桥就是东晋豪门王家和谢家居住的乌衣巷。乌衣巷也可以说是东晋的真正的中枢，东晋的皇宫并不是权力中枢。王家和谢家跟着司马睿衣冠南渡后，就定居在了乌衣巷。

　　说琅邪王司马睿有眼光，是因为他做了正确的选择。在一片混乱时，他没有趁乱参与争权夺利的八王之乱，而是在天下大乱时，考虑换个地方发展。事业的成功在于规划，虽然我们鼓励埋头苦干的精神，但请记住，苦干一定要在良好的规划之后，没有规划的苦干只会事倍功半。

　　封地在山东的琅邪王司马睿先规划了一下，去蹚八王之乱的浑水不合适，早早地联络琅邪和江南的豪族，早早自请镇守江东。当时晋国的中心在洛阳，远离中央在别人看来是愚蠢的，可司马睿自己要求去当了江南地区的最高领导——镇东大将军，别人过江是避难，司马睿过江可是要发展。过江之后，司马睿站稳了脚跟，西晋一灭亡，正好在以王导、谢安为首的豪族拥立下顺势称帝。这一下逃难的王爷还成了东晋的开国之君，史称晋元帝。

　　司马睿当上了晋元帝，但他的江山有"王与马共天下"的说法。就是司马睿的政权是要和豪族共治的，司马睿从一个藩王，成长为帝王，全靠北方豪族王谢和江南豪族的支持，没了豪强支持，他早死于八王之乱了。王谢肯扶他上台，也是为了打起一面"尊王攘夷"的旗号，因为衣冠南渡后，大量的北方豪族涌入江南，他们本是外来人口，但要在江南反客为主地生活，就必须扯一面大旗。

北方西晋被十六国所取代，汉族没了合法政权。司马睿这个晋元帝就成了汉族正统的招牌，举着这面旗子，王谢等豪族才能被江南豪族所接纳，他们也更容易在江南扎根。司马睿数次邀请王导和自己同坐龙椅接受百官朝贺。好在王氏家族的长老王导一贯低调谨慎，推辞了。于是司马睿坐龙椅，国家大事王导说了算，这就是独特的君主与豪门士族共治的东晋体制。

这样相安无事也好，但时间长了，司马睿对王导、王敦兄弟就有了意见。于是暗中安排自己的势力。结果证明司马睿自己就没有什么势力。

王导的弟弟王敦，性情刚烈。感觉司马睿对王家恩将仇报，于是直接发兵攻打首都，瞬间城破，把司马睿的几个心腹挨个儿杀了。然后司马睿说出了"欲得我处，但当早道，我自还琅邪，何至困百姓如此！"这种千古未有的软话。司马睿的意思是：你想当我这个皇帝，早说就行了，我自己还回琅邪去当琅邪王就行，何至于发兵打仗让百姓受苦啊！

司马睿也成了历史上最能屈能伸的皇帝，最后还是在王导搬出王家整体利益和整个豪族团体来劝说王敦，王敦才非常不服地回到了武昌驻地，算是放了司马睿一马。毕竟废掉司马睿就没有了皇室正统的大旗，豪族还需要司马睿的皇帝旗号来共治天下，王敦跋扈和激进的逼宫行为和取而代之的野心，是整个豪族团体所不允许的。但从此司马睿彻底成了摆设，大事小情都有王导和王敦遥控，不久，司马睿极度郁闷地驾崩了。

这位英明神武地躲过了"八王之乱"和"永嘉之乱"这两大动乱的司马睿，在建国后却举动失当，逼迫王导和王敦太甚，终于酿成王敦的兵变，结果一发而不可收。他想加强皇权抑制权臣这没有错，但他过于着急，也忽略了依靠豪族门阀上台的客观事实。依靠门阀上台，就要与门阀大族共治；且魏晋之际，豪族已经成了完全掌控历史舞台的主角。别说司马睿一个无根基的皇帝，从两汉开始，到东吴、东晋再到宋、齐、梁、陈，门阀世族垄断朝堂就成了一大特色，一直到了隋、唐，科举制真正成为选官的重要渠道后，门阀世族世代为官、世代掌权的局面，才告一段落。

# 淝水之战

## ——草木皆兵的苻坚和镇定自若的谢安

少无适俗韵，性本爱丘山。

误落尘网中，一去三十年。

羁鸟恋旧林，池鱼思故渊。

开荒南野际，守拙归园田。

方宅十余亩，草屋八九间。

榆柳荫后檐，桃李罗堂前。

暧暧远人村，依依墟里烟。

狗吠深巷中，鸡鸣桑树颠。

户庭无尘杂，虚室有余闲。

久在樊笼里，复得返自然。

东晋·陶渊明《归园田居》（其一）

这首著名的《归园田居》是东晋大诗人陶渊明的代表作。陶渊明，名潜字元亮，是东晋浔阳柴桑人。他做过小官，性格不受官场拘束，就辞职回老家，开荒种地，经营农家乐，写诗饮酒，超然物外。通过陶渊明的诗，我们能感受到东晋民间生活的一种平静的和谐。

东晋时代虽然是偏安江南，但毕竟远离了北方的一片战火狼烟，使得江南的经济和文化得到了极大的发展。衣冠南渡带来了大量的文化资源和经济资源，学富五车的文人学士，拥有雄厚资金的富豪和具有先进的生产技术的北方农民、工匠都大量南迁，使得一直没得到很好开发的江南大地焕发出勃勃生机。这是我国历史上经济重心从北方向南方转移的开始。

东晋在江南不是一直都这么平静。说它远离战火是相对的，东晋历史上就被北方的前秦帝国大兵压境，危在旦夕。

从司马睿开始，晋国的皇室和北方豪族在江南就安顿下来，开始了偏安一隅，却不断繁荣发展的江南生活。此时的北方是什么样呢？

北方从匈奴贵族领袖刘渊建立前汉政权开始，北方地区经过几个少数民族互相攻伐混战后，被十分勇猛的氐族领袖苻坚基本统一，建立了十分辽阔的前秦帝国。

苻坚的快速崛起，就在于他重用了汉族地方豪族王猛。他重用王猛，标志着落后的少数民族政权完全吸纳先进的汉族政治文化，让汉族卓越的人士参与政权，这样很好地弥补了自身文化落后的弊病，使得前秦实力空前提高，逐步统一了北方。王猛死前曾一度劝诫苻坚不要进攻东晋，还是要稳步地经营北方，苻坚也基本做到了言听计从；可王猛死后，苻坚逐渐骄傲，认为一统天下的时机已到，于是征发百万大军，杀向江南。

东晋小朝廷虽然一贯不支持闻鸡起舞的祖逖等主战派名将北伐，只想偏安江南，但面对苻坚百万大军来袭这种灭顶之灾时，也做出了坚决的抵抗。

几大豪族，谢家、王家、桓家等暂时搁置了彼此的利益争斗，空前团结了起来，在著名宰相谢安的领导下，以八万大军迎敌。

双方在安徽的淝水对峙。

苻坚大军人数数倍于晋军，但百万大军一时难以集结，是陆续开赴淝水的。

由谢安的子侄辈谢石、谢玄等年轻将领率领的东晋八万人马也在淝水南岸列阵迎敌。东晋军人数虽少，但都是以一当十的精兵，所以先头部队一接战，苻坚的先锋小败了一阵。

苻坚赶忙和大将趁着夜色去观察敌情，见淝水对岸的晋军军容严整，军威赫赫，苻坚心里已经有了惧色。他再一看对面八公山上，一阵风吹来，仿佛千万只仙鹤在鸣叫；茫茫夜色下，八公山上的树木百草，都好像晋国的士兵。苻坚大惊失色。两个沿用至今的成语："风声鹤唳"和"草木皆兵"即由此而来，形容过于害怕把不必要担心的事都当成事了。

苻坚的百万大军，由两部分组成：一部分是前秦的军队，这一部分都是从百姓家强征的民兵，连年战乱，男丁已经十分稀少，好不容易幸存个男人，还又被征来送死，去打那个一辈子也没去过的东晋。所以从一开始，苻坚的主力部队就士气低落，反战心理很强；另一部分人马更是心怀鬼胎，是苻坚收留的其他部族的人马，这些人马在前秦强大时跟着起哄，处心积虑等待天下有变，就趁机发力夺取政权，比如鲜卑人慕容垂。他此时深得苻坚信任，担任了先锋大将，但他却早料定苻坚必败，也盼着苻坚大败，好趁机浑水摸鱼。果然在苻坚惨败后，慕容垂趁前秦帝国崩溃，复兴了燕国，成了东晋十六国时期后燕帝国的开国皇帝。当然这是后话，淝水之战前的慕容垂还是深得苻坚信任的。

再看东晋方面。宰相谢安任总指挥，尚书仆射谢石为征虏将军、徐州刺史谢玄为前锋都督率领辅国将军谢琰一同参战。大家看我列举的这些名单，发现什么问题没有？对了，都姓谢。这就是谢家这个大豪族，或者叫门阀世族，在东晋是多么权势熏天。整个朝廷，这官基本都他们家人当，所以你说他们不架空皇权，那是假的。可要没有这些谢家的将领大臣，司马家也坐不稳皇位。这就是东晋门阀世族权倾朝野的现状，他们和皇权达成了一种特殊的默契。皇权放任他们世代为官权倾朝野，他们自己也尊重皇权不得过分。所以像豪族内部，对一言不合就带兵逼宫的王敦之流，也是会被豪族整体排斥的。

我们回到淝水之战，谢石本来的战略是自己人少，寡不敌众，只有坚守避战，以消耗前秦的军力和粮饷。但苻坚这时派出了一个人去劝降谢石，这个人扭转了整个战局，也扭转了东晋和前秦的历史。这个人是前秦的尚书朱序。

朱序的任务是劝降谢石，但他却向谢石献了一计。他说前秦虽有百万大军，但一时难以会集，你不如出其不意先发制人，打败其前锋部队。要再等着秦兵都会聚过来，你们就危险了。

这一句话点醒梦中人。于是由谢玄先给苻坚写信说，你们远道而来，肯定要跟我们一决胜负，但现在你们紧逼淝水安营扎寨，咱们没有决战的战场，恳请你们大军稍微后撤几里，然后我们渡过淝水，咱们相约大决战。苻坚本来被晋军吓得草木皆兵，但一看谢玄的来信又乐了。

他同意了东晋的建议，下令大军后撤。他认为等东晋兵马渡河渡到一半时，挥兵掩杀就可大获全胜。这么想也对，这是正常的军事规律，利用敌兵渡河时予以进攻。

但偏偏事与愿违。正常的军事规律也能出现不正常的军事结果。秦军一接到后撤的命令，早无战心的北方士兵们瞬间就以百米冲刺的速度往回跑，他们不知道还没决战呢，他们以为终于可以回家了。

　　秦兵人数又多，马匹也多，淝水岸边地方又狭窄，大军瞬间就开始混乱。前边的拼命往后跑，后边的不明就里也跟着跑，一层赶一层。此时东晋大军看准时机，强渡淝水，以迅雷不及掩耳之势杀到了对岸。秦兵哪有抵抗？一下溃败。东晋也派出奸细在秦军阵营里连跑带喊，大喊：秦兵败了！秦兵败了！秦兵一听，以为前方败了，所以跑得更狠，互相践踏。连苻坚的心腹大将苻容都被踩死于乱军之中。

　　东晋精兵则有条不紊地追击攻杀，秦兵全军覆没。淝水之战也因其以少胜多的辉煌战绩载入了史册。

　　苻坚溃败后，带着残兵败将向北方回撤，前秦分裂。撺掇苻坚攻晋的慕容垂，此时自立为王，建立了后燕。苻坚被姚苌所杀，姚苌也建立了秦国，史称姚秦。北方又陷入新一轮混战。东晋则保住了安定的江山，遏制了北方南下的野心，为后来南北朝并立奠定了基础。谢安也成了千古偶像，比如李白，一生对谢安景仰无比。

# 魏晋风度与名士风流

不向东山久,

蔷薇几度花。

白云还自散,

明月落谁家。

唐·李白《忆东山二首》(其一)

李白这首诗,就是李白在谢安隐居的东山怀念谢安的名作。谢安镇定自若地运筹帷幄,保住了东晋的江山。淝水之战捷报传来,谢安正在下棋,扫了一眼捷报,就把来信扔在一边,继续下棋。对方问是什么事,谢安轻描淡写地说:"孩儿辈已经灭了来犯之敌。"把陪谢安下棋的大臣惊得目瞪口呆。

谢安身上的这种风度,被称为"魏晋风度"。和谢安一起的王家,出了王羲之等一代名士,也是相当有风度的人物。南朝一个王爷刘义庆编辑的《世说新语》,就详细列举了当时的名士的风流逸事,相当好玩,推荐大家看看。

王羲之是东晋第一豪门王家的翘楚,从小就是神童,一篇《兰亭集序》彪炳千秋,成为书法之圣。王羲之本人就极具个性,相当潇洒,他几个儿子也是各有千秋。王献之成了书法大神,王凝之娶了江南才女谢道韫,今天我们来看看王羲之最为特立独行的儿子王徽之平时是何等潇洒,就能知道那个年代的名士风神了。

王子猷(王徽之,字子猷)居山阴。夜大雪,眠觉,开室,命酌酒。四望皎然,因起彷徨,咏左思《招隐》诗。忽忆戴安道;时戴在剡,即便夜乘小船就之。经宿方至,造门不前而返。人问其故,王曰:"吾本乘兴而行,兴尽而返,何必见戴?"

王徽之在一个大雪之夜，忽然想起来见友人戴安道，戴安道住得还挺远，在外地，王徽之不管，立马划小船出发，就要见到戴安道，于是拼命划船划了整个通宵，终于在黎明累得半死到了人家门口，结果王徽之扭头就走，根本不去敲门。留下一句："乘兴而行，兴尽而返，何必见戴？"

王子猷尝暂寄人空宅住，便令种竹。或问："暂住何烦尔？"王啸咏良久，直指竹曰："何可一日无此君！"

王徽之暂时租别人房子住着，就开始兴师动众地满院子种竹子，别人都说你是暂住，折腾什么？王徽之说哪能一天没有竹子啊！至今苏州古典园林沧浪亭里有一个亭子，上边挂着对联，"未知明年在何处，不可一日无此君"，这就是著名的此君轩，化用的还是王徽之的典故，可见王徽之多么深入人心。

"王子猷作桓车骑参军，桓谓王曰：'卿在府久，比当相料理。'初不答，直高视，以手版拄颊云：'西山朝来，致有爽气耳。'"

上班族都是怕领导的，这个是必需的。无论机关还是企事业单位都讲究一个下级服从上级，可我们的王徽之，就坚决不认这个理。他上班很久了，可什么业务也没干，他的上司桓冲忍不住来问他，你来上班这么久了，该干点工作啊。王徽之仰头看天，用笏版支着脸颊，特别陶醉地说：西山飘来一股潮湿的空气，令我心旷神怡。

今天我们还有这么多可以崇拜的偶像，一定要感谢刘义庆的《世说新语》。像王羲之、王徽之、谢安、谢道韫这些我们耳熟能详的潇洒名士都是出身于豪族之家，豪族世代为官又有极多的田产，且极为重视子女的教育，所以豪族出身的名士就会特别多。下面我们就来走进汉、晋时代的豪族。

# 汉晋时代的豪门大族

郁郁涧底松，离离山上苗。

以彼径寸茎，荫此百尺条。

世胄蹑高位，英俊沉下僚。

地势使之然，由来非一朝。

金张藉旧业，七叶珥汉貂。

冯公岂不伟，白首不见招。

晋·左思《咏史》

　　这是晋代著名诗人左思写的咏史诗。其中用松树和小草相对比，一棵几寸高的小草就能遮住百尺青松挺拔的身姿，为什么？因为松树长在山涧谷底，而那轻飘飘的小草就长在高高的山巅。地势使之然，由来非一朝。金日（mì）磾（dī）和张汤都是汉武帝时得宠的重臣，从汉武帝开始，金家和张家连续七代都是汉朝的贵族，这种现象说的就是在汉代兴起，在魏晋时代蓬勃发展的豪族阶层。

　　豪族是历史上十分重要的社会阶层，豪族又叫世家大族、世族。他们是拥有土地资源的大地主，也是拥有财富资源的大土豪，又是拥有行政资源的大官僚。他们把持朝政，历代为官，称雄乡里，富可敌国。皇权得到他们的支持就能更好地对国家实行统治，失去他们的拥护，甚至会导致皇权的更迭。那么究竟什么是豪族呢？是大地主还是大富豪或是大官僚家族？

　　其实无论地主、富豪或者官僚家族，都是豪族的某一方面特征，我的授业恩师崔向东教授，在他著的《汉代豪族研究》中，提出了一个对豪族的动态定义：豪族是一个不断演变的社会阶层，典型的豪族不是一下就形成的，而是在一定的社会历史条件下经历较长时间的演化才形成的。崔老师的这个说法，把握了豪族是长期动态发展而来的本质特征。

特别是东汉、三国、西晋到东晋时期，豪族由社会势力阶层向士族过渡转型。在这个时期内，豪族逐渐丧失了前期的武质化特点，不断加强自身儒学文化修养，从而逐渐形成新的文质化特点，并逐渐向魏晋南北朝时期典型的士族演变。

豪族自古就有，是一种世代为官世代掌权的庞大家族势力。许多历史人物都出身豪族，因为不出身豪族基本就没有登上历史舞台的机会。比如秦末的项羽就是六国贵族后裔。到了西汉前期，刘邦的功臣集团又形成了新的豪族，这些豪族主要以武质化特点而存在，就是靠无力军功而振兴家族。因为秦末战乱，新形成的军功豪族都是武将居多。

到了东汉时期，豪族发生了质的变化，他们由偏重武力的社会势力阶层向偏重于文质化的世家大族过渡转型。在这个时期内，豪族逐渐丧失了前期的武质化特点，通过饱读诗书、知书达理来参与政权，皇权也非常乐于接受这些饱读诗书的人物来为官，于是豪族内部读书教育、诗礼传家的风气大为盛行，豪族靠子孙的世代读书来换得世代为官的权力，从而逐渐形成新的文质化特点。

像东汉的豪族弘农杨氏，以杨震为代表，身为豪门领袖却不贪财不好色，一身正气两袖清风。曾有弟子趁夜色给杨震送来了十斤黄金，说："大晚上的，没人知道这事，您收下吧。"

杨震说了句名言："天知、地知、你知、我知，谁说没人知道？"拒绝了贿赂，自己每天布衣粗食。还有称帝前的王莽，贵为安汉公，权倾朝野，可当百官去他家串门时，把王莽的夫人当成了使唤丫头，因为女主人穿得比平民的妇女还破，他们如此清高节俭都为豪族士人树立了榜样。

豪族从东汉开始发展，并逐渐向魏晋南北朝时期典型的门阀世族演变；到了魏晋南北朝时，用九品中正制来选官，其实就是为豪门子弟当官提供了法律依据。

中正官把想考公务员的人按九品来分级，品级高的就当官，品级低的就回家。那自然是谁的家族势力庞大谁的品级就高，所以出身于普通地主、商人、农民的寒门子弟，基本没有参与政权的机会。

这种状况极大不利于笼络寒门士子的人心，所以到了南朝末期，豪族越发腐败无能时，隋文帝一统天下，也终结了百年门阀的辉煌。任何政权都要选官，可如何选官是个学问，九品中正制比春秋战国的世卿世禄制已经有了大的进步，好歹有了一套选拔标准。隋文帝开创的科举制，就比九品中正制又有了大的进步，这为平民为官开辟了绿色通道，只要你肯埋头苦读，你就能和豪门子弟同台竞技，只要分高，你就能当官。当然，有了科举后，不是说豪门子弟就完全没了出路，隋唐的选官口径很宽，科举是一条，靠豪门推荐也行，去给封疆大吏当当幕僚，幸运的也可以被推荐为官。

对历史上的豪族有兴趣的朋友，还可以参看我老师崔向东先生所著的由崇文书局出版社出版的《汉代豪族研究》，还有我的硕士毕业论文《东汉豪族的精神世界》，知网可以查阅。

伍

南朝绮梦

# 寒门的崛起

## ——宋武帝刘裕

中庭杂树多，偏为梅咨嗟。问君何独然？念其霜中能作花，露中能作实。摇荡春风媚春日，念尔零落逐寒风，徒有霜华无霜质。

南朝·鲍照《梅花落》

这首词是南朝文人鲍照咏梅花的名作。南朝是个统称，南朝里最早的朝代就是宋，灭掉东晋建立宋的，就是平民出身的大将刘裕。

在东晋政权之后，420—589 年，这短短的一百多年间，在江南地区，有四个朝代先后更替，这就是宋、齐、梁、陈。由于他们立国时间都很短暂，所以史家把这四个朝代统称为南朝。

东晋的政权始终就没在皇帝那里，这个由前面讲到的"王与马，共天下"就能看出来。东晋几代皇帝，虽然高高在上，但真正说了算的还是王、谢等几大豪族。王、谢等世家大族，历代为官，广有良田，垄断暴利行业如盐、铁、茶、酒等，是集经济、政治、土地等大权于一身的社会权力阶层。这些豪族起源于西汉，转化于东汉，发展于魏晋，极盛于东晋。但万物都是盛极而衰。豪族垄断权力太久之后，新兴的庶族地主，就是寒门地主阶层对他们有了公开的反抗。

东晋末年兴起的刘裕，就是寒门地主的代表。他姓刘，不在王、谢、袁、萧、朱、张、顾、陆等传统豪族中；但此时传统豪族由于享受了太久的尊荣，已经从内部开始腐败，长久的养尊处优使他们丧失了奋斗意志和进取心，所以东晋末年的兵权就逐渐掌握在正处于上升期的非豪门出身的刘裕手中。

刘裕能征惯战，是东晋的大将，他看准时机，一举灭了自己的老板，废了东晋末帝司马德文，开天辟地，建立了宋朝，史称刘宋（注意这是南朝的宋，不是赵匡胤建立的那个宋，刘裕的称刘宋，赵匡胤的称赵宋或北宋）。

刘裕一立国，马上打击了称霸百年之久的豪门大族，大胆提拔平民出身的文武官吏，使朝政一时清明。他临死前，告诫子孙不要重用豪门大族，这是很英明的；但他在抑制豪族的同时，把兵权过于放心地交给了自己的诸多儿子，这又犯了西晋初"八王之乱"的错误。

果然刘裕死后，他的子孙开始大肆自相残杀，刘宋的亲王刘义庆，就是在终日忧惧中，召集门客著书立说以避祸。他编写的《世说新语》详细记录了魏晋时代名士的风流，为我们留下了诸多典故，在文学史上不容小觑。

刘宋政权最后出了两代暴君，孝武帝和明帝。这二人专杀兄弟和朝中的元老重臣，杀到最后，杀出个南兖州刺史叫萧道成。萧道成更是寒门出身，一步一个脚印地干到地方大员，深知民间疾苦。

萧道成趁着皇帝大杀亲贵权力真空之时，逐渐掌握了兵权，一举拿下首都，成了新朝代——齐的开国之君，史称萧齐。萧齐存在了二十多年就改朝换代了。萧齐的大将萧衍（还是萧道成的亲戚），学习皇帝萧道成的经验，趁乱掌握了兵权，壮大了实力再夺取政权，建立了又一个新朝代——梁朝，萧衍就是梁武帝。梁武帝时期，又错误地信任了著名的枭雄侯景，最后被侯景带兵打进首都，硬给饿死在宫中。侯景之乱后，梁朝一蹶不振，贵族互相攻伐，梁朝大将陈霸先又攫取了政权，建立了陈朝。

由于宋、齐、梁、陈四个朝代前赴后继，改朝换代过于频繁，历史上就把这四个短暂的王朝统称为南朝，把当时北方政权交替更加频繁和混乱的几个王朝统称为北朝。南北朝并立的时代，是中国大分裂和各民族各阶层不断融合重组的乱世。南朝宋、齐、梁、陈四个朝代中，有一些君主非常有个性，比如特别崇佛的梁武帝和酷爱音乐艺术的陈后主。

# 信佛的梁武帝

千里莺啼绿映红，
水村山郭酒旗风。
南朝四百八十寺，
多少楼台烟雨中。

唐·杜牧《江南春》

杜牧这句有名的"南朝四百八十寺，多少楼台烟雨中"，把南朝梁武帝一生崇佛，建得江南处处都是寺院的盛况做了描述。梁武帝究竟是怎样一个信佛的皇帝呢？他的信佛得到当时的佛教禅宗初祖达摩老祖的认可了吗？

梁武帝是虔诚的佛教徒，在南朝各个皇帝中信佛达到痴迷的程度。他一生建立寺庙无数，不惜劳民伤财，有"南朝四百八十寺"之称。可如此崇佛的梁武帝，却没能得到佛教禅宗初祖达摩老祖的认可。这是怎么回事呢？梁武帝见达摩的故事，已经成了禅宗公案。

达摩老祖自南来，想在中国传法，首先在南朝见了梁武帝，因为听说这位皇帝信佛。梁武帝也很高兴地问达摩这位印度来的高僧：我建了许多座寺院，给寺庙捐了许多香火钱，做了许多场法事等，我应该有不少功德吧？

达摩老祖平静地说了一句："并无功德。"

两人只好不欢而散。

其实不是梁武帝不懂佛法，梁武帝是有着很深的佛学素养的，他在中国皇帝中，应该说是最虔诚的。前边提到的南京著名的鸡鸣寺，原名同泰寺，就是梁武帝时修建的。梁武帝还几度出家到同泰寺修行。中国佛教不吃肉的传统就是梁武帝定下的，传统的印度佛教中并没有要求素食，是梁武帝对全国僧尼提出了更高要求。

达摩老祖当然知道梁武帝对江南佛教的贡献，但一句并无功德，就是用禅宗的当头棒喝来点化梁武帝，可惜梁武帝未能领会禅宗当头棒喝的机锋。

梁武帝和达摩祖师的分歧主要是理念分歧。梁武帝信的是当时在江南流行的贵族化的佛教思想，特别注重捐钱、供养等仪式，所以南朝四百八十寺，都是梁武帝倡导兴建的。但佛教《金刚经》的核心思想就是"凡所有相，皆是虚妄"。梁武帝一生只在"相"上努力，不惜劳民伤财地折腾，这就离佛法破除各种执着的本意相去甚远了，所以达摩祖师说他并无功德。禅宗是怎样看待真正的佛法呢？我们来看禅宗六祖慧能大师的《无相颂》：

> 心平何劳持戒，行直何用修禅。
> 恩则孝养父母，义则上下相怜。
> 让则尊卑和睦，忍则众恶无喧。
> 若能钻木出火，淤泥定生红莲。

这首《无相颂》，是六祖慧能大师所作，当时自禅宗达摩来中国传法，已传六代，慧能大师凭借"本来无一物，何处惹尘埃"的顿悟，获得五祖弘忍大师的认可，传给了衣钵袈裟。六祖大师句句讲的是禅宗，其实句句也都是讲生活，谦虚忍让就能上下和睦，孝养父母就是最大的功德，心平气和，坦坦荡荡，生活就是修行，生活就是最大的佛法。

达摩老祖就是用禅宗的机锋和棒喝来点醒梁武帝，想要他破除执着，立地成佛，可惜当时中国佛法界尚未有禅宗思想传播，梁武帝对这种直指人心的参禅方法未能领悟，所以两人话不投机。

达摩老祖连夜出走，要渡过长江去北朝的魏国传法。传说梁武帝派兵阻截，就要追上达摩老祖时，达摩祖师随手拔一棵芦苇，往大江里一抛，自己纵身一跃，踩着这棵芦苇渡过了长江。这就是达摩祖师一苇渡江的典故。

渡江后的祖师，最终选定在河南嵩山传法。开始也不顺利，只能在山里的石壁前面壁苦修，因为那时没有人信仰禅宗这一全新的宗法，所以那时的禅宗都是单传，很少有弟子。达摩是一祖，单传给二祖、三祖，一直传到六祖慧能才禅风大振，禅宗才成了佛教的主流思想，至今兴盛不衰。

强调直指人心，见性成佛的禅宗，由于契合了中华文化的底蕴，又对佛法有着极深的见解，所以逐渐成为佛教的主流派别。至今全国古刹多称禅寺，就表明这是禅宗寺院。

梁武帝没有被祖师认可，这是很正常的。因为佛教传入中国后，不断和中国固有的文化相碰撞、融合，兴起了种种派别，众说纷纭。

唐代的玄奘大师，就立志去佛教的源头天竺取经，想看看源头的佛法究竟是什么样子。但在印度，玄奘大师也感受到了理念的分歧。比如印度佛学认为有一种人，就始终不能成佛，这明显是印度古代种姓制度的烙印。印度把社会人群分为四个种姓，首陀罗这种最低级的贱民阶层没有任何社会权益，在宗教上也不能享有和贵族一样的精神寄托，这是十分残酷和悲哀的。玄奘大师就曾和印度的高僧有过辩论，玄奘把中国认为众生平等的理念介绍给印度，但很难获得认同。结果取回印度经书的玄奘大师，把印度佛法原文原汁原味地翻译给国人，兴起了很具有印度特点的法相唯识宗。不久，在玄奘大师圆寂后，唯识宗就因为和中国的文化习惯相去甚远，而趋于没落了。只有中国化的禅宗和中国儒家文化相适应，具有了中国特点，才在中原广泛传播，成为汉传佛教的主流宗派。

但玄奘大师九死一生辛苦跋涉探求真理的故事，成了四大名著《西游记》的底本，玄奘大师也成为舍身为法沟通中外文化的一代伟人。

介绍完梁武帝，我们再来看看对艺术有着极高造诣的陈后主。

# 亡国的《玉树后庭花》

整整复斜斜，隋旗簇晚沙。

门外韩擒虎，楼头张丽华。

谁怜容足地，却羡井中蛙。

唐·杜牧《台城曲二首》（其一）

杜牧这首《台城曲》是在南京城的怀古之作，南京的旧城就是台城。杜牧感叹南朝最后一个陈朝灭亡时的历史场景，一句"门外韩擒虎，楼头张丽华"就用了历史对照的写法把隋朝和陈朝这两个历史接力的朝代做了生动的交代。

陈朝已经是南朝的最后了，当时分裂了几百年的中国南北方已经有了很强的统一基础。曾经混战不休、朝代更替不断的北方，已经从五胡十六国过渡到北魏；北魏又分成东魏西魏；又演化出北齐和北周，最后北方大地终于被从接替北周兴起的隋朝给逐步统一了。隋朝的皇帝杨坚下决心拿下江南的陈朝，完成一统天下的大业，中华在此大一统的时代来临了。

韩擒虎是隋朝的先锋大将，能征惯战，大家听这名字就知道此人有多猛。他小时候就勇力过人，曾在路边徒手掰下恶斗之中的公牛牛角，瞬间杀死公牛。韩擒虎带兵打进南京时，陈后主正在和爱妃"江南第一美女"张丽华演奏大型交响乐《玉树后庭花》，陈后主作词，张丽华主唱，所以后来《玉树后庭花》这首乐曲就成了亡国之音。韩擒虎闯进皇宫后，陈后主带着张丽华避难到了鸡鸣寺外的胭脂井里，最终在井底被生擒。所以杜牧诗中说井中蛙，就是讽刺陈后主亡国。胭脂井的古迹依然完好，就在今南京鸡鸣寺旁边。

其实《玉树后庭花》只是一首乐曲，其歌词就是一首南朝经典的宫体诗，诗风绮丽婉转，代表了南朝文学的极高造诣，是诗歌上不可多得的精品，没有什么亡国的诅咒之意。我们把陈后主作词、张贵妃演唱的《玉树后庭花》给大家展示出来，这就是这首著名的歌词：

> 丽宇芳林对高阁，新装艳质本倾城；
>
> 映户凝娇乍不进，出帷含态笑相迎。
>
> 妖姬脸似花含露，玉树流光照后庭；
>
> 花开花落不长久，落红满地归寂中！

隋文帝杨坚雄才大略，就是有一个毛病，怕老婆。他的独孤皇后母仪天下，但是极具嫉妒心，经常压制这个皇帝老公。在这个背景下，杨坚没敢把"江南第一美"张丽华怎么样，忍痛给杀了。陈后主倒是没事，还受到了优待，因为攻进南京的总司令是杨坚的儿子杨广，杨广也精通音律、爱好文学，所以和陈后主一见如故，两人经常切磋乐曲技巧，杨广后来还成了隋炀帝。韩擒虎也立了大功，加官晋爵。

某次在朝堂，突厥人来朝拜，比较嚣张。隋文帝指着韩擒虎问突厥使者："你们知道陈国天子吗？"突厥人说："当然知道。"隋文帝说："这就是擒得陈国天子的人。"韩擒虎一声怒喝，突厥人当即跪地，惶恐不敢仰视。

杨坚的隋朝，一统天下，使从五胡乱华就开始分裂的中国重新归于统一。这是很大的历史功绩，可是隋朝却很短命。杨坚死后，隋炀帝杨广继位，很快天下大乱，各地起义风起云涌，杨广死在扬州。翟让、李密发起的瓦岗寨起义震动了隋朝，隋朝的唐国公李渊最后纵横捭阖又收服了瓦岗军的势力，建立了大唐。历史翻开了新的一页。李商隐有一首《隋宫》，设想了一下隋炀帝和陈后主在地下相逢，两代亡国之君是不是还会讨论《玉树后庭花》的曲调艺术。

> 紫泉宫殿锁烟霞，欲取芜城作帝家。
>
> 玉玺不缘归日角，锦帆应是到天涯。
>
> 于今腐草无萤火，终古垂杨有暮鸦。
>
> 地下若逢陈后主，岂宜重问后庭花。

唐·李商隐《隋宫》

南朝绮梦随着《后庭花》的乐曲被韩擒虎终结而惊醒，历史进入了唐朝。

陆

花舞大唐春

唐朝，618 年由唐高祖李渊建立，907 年被后梁太祖朱温灭亡，是继隋朝之后的又一个大一统王朝。它共历 21 帝，享国 289 年，是历史上获得国际公认的中国最强盛的朝代之一。唐朝版图极为辽阔，西部直抵中亚，北部囊括了贝加尔湖，是不需要修筑万里长城来防御外敌的时代，因为唐朝的皇帝被周边各部族首领尊为"天可汗"。

　　当时的唐朝和西方的阿拉伯帝国共同成为东西方的两个超级大国。唐朝极为开放包容，大唐文化深入日本、朝鲜，至今海外国家还习惯称呼中国人为"唐人"。

# 玄武门开始的贞观之治

篮仕无中秩，归耕有外臣。

人歌小岁酒，花舞大唐春。

草色迷三径，风光动四邻。

愿得长如此，年年物候新。

唐·卢照邻《元日述怀》

　　王勃、杨炯、卢照邻、骆宾王被称为"初唐四杰"。初唐就是唐朝早期，从李渊建国一直到武则天时代都是初唐。整个初唐自玄武门之变开始进入了至关重要的李世民时代，年号"贞观"。李世民是个有作为的皇帝，他的时代君明臣贤，事业蒸蒸日上，体现了一个朝代蓬勃发展的朝气，史称"贞观之治"。那个时代的诗人都自带一份昂然的自信，这句"花舞大唐春"，就是自信的宣言，繁华都飞舞在我们大唐的春天里。

　　我们先来看一首唐太宗李世民的诗。这是他称帝后在玄武门和百官喝酒的一首愉快的诗，只是不知道他是如何愉快地在这个杀兄砍弟的所在地喝酒和大摆筵席的。李世民在进宫的路上，走到玄武门，和哥哥弟弟相遇，一言不合就开打。最后李世民杀了哥哥太子李建成和弟弟齐王李元吉，拎着两个人头进宫见了李渊。李渊当日封李世民为太子，不久自动退位为太上皇，李世民即位，是为唐太宗。这首诗恰恰写于血腥暴力的玄武门：

韶光开令序，淑气动芳年。

驻辇华林侧，高宴柏梁前。

紫庭文珮满，丹墀衮绂连。

九夷簇瑶席，五狄列琼筵。

娱宾歌湛露，广乐奏钧天。

清尊浮绿醑，雅曲韵朱弦。

粤余君万国，还惭抚八埏。

庶几保贞固，虚己厉求贤。

唐·李世民《春日玄武门宴群臣》

这首诗，作于唐太宗执政时期。李世民在玄武门大宴群臣，来宾不但有臣子，还有四夷及外国使臣，大唐的长安很早就成了国际化都市。作为开创了贞观之治的一代雄主，在玄武门这个特殊的地方感受万国来朝，此时的唐太宗一定是百感交集的。"韶光开令序，淑气动芳年。"说明天时、地利、人和都有利于大唐。太宗的意思就是：今天是个好日子。"九夷簇瑶席，五狄列琼筵。"这将盛宴的场面描绘得淋漓尽致，夷狄在唐朝已经不再是偏远游离于中原之外的野蛮人了，而是融入中华盛世的子民，这就是大唐雍容华贵的风采，这也正是大唐开创者的一代胸怀。

唐太宗曾经在玄武门这个地方，杀兄砍弟蹚出了一条血路坐上了皇位，他无愧于这个皇位，他用23年的兢兢业业，铸就了贞观之治。"庶几保贞固，虚己厉求贤。"这两句放在最后，很像曹操的"周公吐哺，天下归心"。这是一种政治宣誓，表明自己求贤共治的决心。唐太宗实践了自己求贤若渴的誓言，曾经的敌人魏征成了自己的重臣；一日御驾三请落魄书生马周，让马周做到了宰相。唐太宗被少数民族尊为天可汗，他无愧于那个时代，那个属于玄武门的时代。

中原初逐鹿，投笔事戎轩。

纵然计不就，慷慨志犹存。

杖策谒天子，驱马出关门。

请缨系南粤，凭轼下东藩。

郁纡陟高岫，出没望平原。

古木鸣寒鸟，空山啼夜猿。

既伤千里目，还惊九折魂。

岂不惮艰险，深怀国士恩。

季布无二诺，侯嬴重一言。

人生感意气，功名谁复论！

唐·魏征《出关》

　　这首诗是著名的直臣、刚正不阿的魏征所作。"季布无二诺，侯嬴重一言。人生感意气，功名谁复论！"魏征是河北人，燕赵自古多感慨悲歌之士。魏征的豪爽与义气，在他辅佐李世民后，尤其凸显。他为国为君处处铁骨铮铮地批驳君主，匡正过失，做到了"大唐第一直臣"。

　　唐太宗身旁如果没有了魏征，那就没有了贞观之治。正是魏征的直言敢谏，成就了唐太宗的一世英名。魏征，河北巨鹿郡人。问题来了，巨鹿郡是一个范围辽阔的郡，其中下辖了好多县，变迁至今就形成了好多县都在争取魏征的归属权。现在河北省境内至少有三个县在争魏征故里：邢台的巨鹿县，石家庄的晋州市，还有邯郸的馆陶县。一个魏征不可能有三个籍贯，其实这也好理解，现代人有现代经济发展的考虑，而巨鹿郡当年的范围正好囊括这三个县，所以魏征是哪个县的籍贯都说得过去，记住是河北巨鹿人就可以了。

　　魏征本来是太子李建成的老师，在玄武门之变前曾屡次劝太子杀李世民，先下手为强。李建成不忍，终于身死玄武门。玄武门政变后，魏征被俘，李世民质问魏征："听说你总劝李建成杀我，你为什么离间我们兄弟？"魏征毫无惧色，朗声答道："太子要是听了我的，哪有今日玄武门之祸？"李世民被魏征的耿直和忠诚所动，赦免了魏征。

　　魏征提出的第一条就是"礼葬先太子"。李世民礼葬了哥哥李建成和弟弟李元吉，所以魏征感动，从此忠心不二，辅佐李世民，担任了谏议大夫，专门针砭时弊，批评朝政，匡扶君主过失。后来又出任门下省的侍中，匡正中书省的过失，唐朝的三省六部制各司其职，终于促成了初唐的蒸蒸日上。

　　初唐之后，李隆基结束了武则天、韦后、太平公主等一个时代的宫闱内斗局势，开始把大唐带入鼎盛的开元盛世，此时的唐朝被称为盛唐。盛唐的繁盛与风流不胜枚举，但有一个人，绣口一吐，就是半个盛唐。

# 绣口一吐便是半个盛唐

酒入豪肠，七分酿成了月光，
余下的三分啸成剑气，
绣口一吐就半个盛唐。

现代·余光中《寻李白》

这是台湾地区的现代诗人余光中先生笔下的李白，轻轻几个字，凝练传神地写出了李白的才华。无论是自由体新诗还是古体诗，只要能给人以启迪和美感，就是好诗。

在我们处于人生困顿时，我们会想起李白的"长风破浪会有时，直挂云帆济沧海"；当我们春风得意时，我们会想起李白的"人生得意须尽欢，莫使金樽空对月"。诗人余光中的那几句小诗便是对李白最好的评价："酒入豪肠，七分酿成了月光。余下的三分啸成剑气，绣口一吐，就半个盛唐。"李白一人就占了半个盛唐，那剩下的半个呢？还有杜甫。

唐诗之所以为唐诗，因为有李白和杜甫。李、杜是唐诗无法逾越的两座高峰，这双峰并峙，撑起了半个盛唐。

凤凰台上凤凰游，凤去台空江自流。
吴宫花草埋幽径，晋代衣冠成古丘。
三山半落青天外，二水中分白鹭洲。
总为浮云能蔽日，长安不见使人愁。

唐·李白《登金陵凤凰台》

李白的潇洒气质使很多人觉得李白的诗歌都是汪洋恣肆的古风，其实李白的格律诗也是盛世唐音。"三山半落青天外，二水中分白鹭洲。总为浮云能蔽日，长安不见使人愁。"这几句把李白的无限感慨和壮志难酬表现得淋漓尽致。

李白，后世给他的称谓是诗仙。仙这个字可不是乱用的，被尊为仙，足见李白在作诗、做人等方面的超凡脱俗。李白一生的感情非常庞大而复杂，他追求入世，一生想建功立业；但他同时又仙风道骨，对神仙境界的仰慕丝毫不亚于追求建功立业。求仙问道，游览名山，是李白的常态生活。

李白出生在唐朝安西督护府下辖的碎叶城，是西域胡人之后，那个地方如今属于吉尔吉斯斯坦。但你要说李白是外国人显然也不对，在唐朝，在李白出生时那里的确就是中国版图。李白家族是西域汉化的胡人。李白年少就离家漫游，一生不曾停止。"五岳寻仙不辞远，一生好入名山游。"这是李白自己写的，他就是这么做的。

他年轻时去长安求官，但不屑于在公务员序列里逐级摸爬，渴望布衣直接为卿相。

他凭借无比的才情在长安诗名远播，长安的公主亲王权贵们人人以结识李白为荣，最后靠着玉真公主的推荐，他真的被皇帝召见了。李白的才情打动了玄宗。

李白这个平民被唐玄宗以极高的礼遇召进了皇宫。这本身就是一个奇迹，李白一生都在创造奇迹。他在皇宫里逗留了一年，留下了三首《清平调》，从此杨贵妃的倾国倾城随着李白的"解释春风无限恨，沉香亭北倚阑干"而名扬中外。

李白的仕途可以说没开始就结束了。唐玄宗把李白请进宫给的职务是"翰林待诏"，很多人把这个官职说成"翰林学士"，大错特错。翰林学士是实职，能参与机务起草文书；翰林待诏只是个陪皇帝娱乐的弄臣。说白了，皇帝看中李白的是他在贵妃翩翩起舞时，能瞬间写出三首《清平调》的娱乐才华，而不可能让李白实现什么政治抱负。

李白在明白这一点后，决绝地离开了皇宫。这是李白身上傲骨对苍天的表现，能实现理想就留，不能实现理想就走，绝不会赖在皇宫，仰人鼻息。这在利禄之徒眼中十分不可思议，已经走进皇宫，怎么能自己离开呢？还不紧跟圣上，谋取前程？李白是仙人，怎么会像俗人一样？他离开了长安，游历到洛阳，在洛阳他豪爽地结交天下名士。也就是在这里，他遇到了年仅13岁也在洛阳游历的杜甫，这是诗仙和诗圣的第一次相识。

# 大鹏一日同风起

大鹏一日同风起，扶摇直上九万里。

假令风歇时下来，犹能簸却沧溟水。

世人见我恒殊调，闻余大言皆冷笑。

宣父犹能畏后生，丈夫未可轻年少。

唐·李白《上李邕》

这位把自己比作大鹏的神人，就是李白。当然李白游历天下时，早期也没有如日中天的名气，他也受尽了世人的白眼；但无论李白被多少人瞧不起，他都不会气馁，他会告诉你："大鹏一日同风起，扶摇直上九万里。"

李白告诉那些功成名就的大人物，千万不要小看这尚未出名的年轻人，因为孔子就说过后生可畏，你们千万不要小看年轻人。的确，李白说到做到，整个唐朝，没有人敢小看李白。

说到唐诗，我们绕不过的一位大诗人就是李白了。他可谓唐朝首屈一指的大诗人，乃至我们提到唐诗首先想到的就是他。关于他的诗作我们熟悉的有很多，如《静夜思》《古朗月行》《望庐山瀑布》等，都出现在小学课本里，相信大家都已经非常熟悉。李白一生留下的诗作太多了，通过他的诗作我们不难看出李白这个人的风格，用四个字概括来说就是"潇洒浪漫"。这四个字纵贯李白传奇的一生，让我们一起来观摩李白这潇洒浪漫的一生。

李白活跃于盛唐时代，李白出生后4年，武则天去世；李白出生前75年，玄武门之变。唐朝从初唐走来，经过李渊建国，李世民玄武门之变夺得帝位后，大唐开始了贞观之治，有了一派兴旺气象，再到武则天改元武周，唐朝一路在演进，直到李白活跃的玄宗朝，唐朝走入鼎盛，也到了衰亡的转折。

李白字太白，号青莲居士，被人们称为"诗仙"。李白年少时就已经小有名气。他喜欢喝酒，喜欢剑术，他的作品《侠客行》就彰显了李白对侠客的倾慕以及希望成为侠客一般潇洒自如、能成就自我最后功成身退的愿望：

> 赵客缦胡缨，吴钩霜雪明。
> 银鞍照白马，飒沓如流星。
> 十步杀一人，千里不留行。
> 事了拂衣去，深藏身与名。
> 闲过信陵饮，脱剑膝前横。
> 将炙啖朱亥，持觞劝侯嬴。
> 三杯吐然诺，五岳倒为轻。
> 眼花耳热后，意气素霓生。
> 救赵挥金槌，邯郸先震惊。
> 千秋二壮士，烜赫大梁城。
> 纵死侠骨香，不惭世上英。
> 谁能书阁下，白首太玄经。

李白喜好剑术与当时的社会文化氛围是离不开的。盛唐时期经济高度发展，交通便利，文化兴盛，而李白所处的关陇地区又深受胡汉地区的风气影响，所以也造成了那个时期的少年们都喜好剑术的风气。李白又能写诗，又会耍剑，可谓是文武双全。这首诗中"十步杀一人，千里不留行。事了拂衣去，深藏身与名"两句足以看出李白的抱负，李白渴望能如这位侠客一般豪放慷慨，能成就自己，成为千古流芳的英雄。李白虽是文人，却不愿像扬雄一样"白首太玄经"。《太玄经》是西汉文学家扬雄的一部有关哲学的著作，虽有极高的价值，但在当时不被世人认可，扬雄也被人耻笑，李白不愿像扬雄那样白首著书，老死窗下，他有的可是希望有一天能够治国平天下的伟大理想。李白身边不离剑，一把佩剑陪着李白四方远游，领略了祖国的大好风光。

李白24岁那年离开了家乡，开始了他说走就走的旅行。李白的不少诗作都是在这途中完成的，比如我们很熟悉的《望庐山瀑布》就是李白出游金陵途中初游庐山时所作：

> 日照香炉生紫烟，遥看瀑布挂前川。
> 飞流直下三千尺，疑是银河落九天。

李白用大手笔把庐山瀑布壮美的气势完美地表现了出来。李白寄情山水，对大自然充满了无限热爱，能被诗仙李白如此赞赏，想必庐山的瀑布也是十分荣幸的。除了瀑布，庐山其他的景物也是十分美丽的，在《庐山谣寄卢侍御虚舟》中，李白就对庐山的景色大加赞赏：

> 我本楚狂人，凤歌笑孔丘。手持绿玉杖，朝别黄鹤楼。五岳寻仙不辞远，一生好入名山游。庐山秀出南斗傍，屏风九叠云锦张。影落明湖青黛光，金阙前开二峰长，银河倒挂三石梁。香炉瀑布遥相望，回崖沓嶂凌苍苍。翠影红霞映朝日，鸟飞不到吴天长。登高壮观天地间，大江茫茫去不还。黄云万里动风色，白波九道流雪山。好为庐山谣，兴因庐山发。闲窥石镜清我心，谢公行处苍苔没。早服还丹无世情，琴心三叠道初成。遥见仙人彩云里，手把芙蓉朝玉京。先期汗漫九垓上，愿接卢敖游太清。

这是描写庐山景色的名篇，在庐山雄奇壮丽的风光中，寄托了诗人的豪迈气概。"手持绿玉杖，朝别黄鹤楼。五岳寻仙不辞远，一生好入名山游。"这两句将诗人寄情山水、纵情遨游、狂放不羁的情怀表现得淋漓尽致。

李白有着治国平天下的理想，自然不甘心将自己的才情全都交付在山山水水中。李白的偶像是谢安，他曾经写过"但用东山谢安石，为君谈笑静胡沙"。在李白的理想中，自己可以在谈笑间就为君主平定一方叛乱，可是事实真的如李白所愿吗？唐玄宗因为仰慕李白的才能，也曾诏李白入官，李白在官中也是极为放荡不羁，"龙巾拭吐，御手调羹，贵妃捧砚，力士脱靴"，能享受这份殊荣的全唐朝恐怕也只有李白一人了吧？然而我们必须尊重事实，此时的李白官职名为"翰林待诏"。翰林待诏可不是手中掌握实权的官员，只不过是陪在皇帝身边写诗供皇帝贵妃取乐的文人罢了，那三首《清平调》不正是为配合贵妃跳舞所作的吗？这三首诗极言杨贵妃的美丽，虽说这好像是皇帝给了一篇命题作文要李白来写，难道李白就没有奉承之嫌？所以傲骨苍天的李白怎么会满足于奉承权贵？他离开宫廷是必然的。

# 轻舟已过万重山

弃我去者，昨日之日不可留；

乱我心者，今日之日多烦忧。

长风万里送秋雁，对此可以酣高楼。

蓬莱文章建安骨，中间小谢又清发。

俱怀逸兴壮思飞，欲上青天览明月。

抽刀断水水更流，举杯销愁愁更愁。

人生在世不称意，明朝散发弄扁舟。

唐·李白《宣州谢朓楼饯别校书叔云》

李白在安徽宣城的谢朓楼，无限怀念谢朓这位南朝大诗人。毅然离开皇宫后的李白纵情山水，想布衣终老，再不涉足政治，因为李白在皇宫待够了，他不是趋炎附势之人；李白也不会甘心只作为一个被人取乐的工具，所以他很快离开了皇宫。天宝三载（744 年），李白来到了洛阳，也就是在这里，唐朝最伟大的两位诗人李白、杜甫相遇了。此时的李白已名扬天下，而杜甫虽风华正茂但处境困顿，两人并没有因为这些缘故而产生距离感，他们成了好友，建立了深厚的友谊。这也难怪杜甫会将李白当作自己的偶像，杜甫的诗作中有不少是怀念李白的，"三夜频梦君，情亲见君意""故人入我梦，明君长相忆"这些诗句都足以证明李白在杜甫心中是具有崇高地位的。

安史之乱的爆发，又为李白传奇的一生添上了浓墨重彩的一笔。

安禄山、史思明这两个胡人出身的藩镇节度使，深受唐玄宗赏识，逐步成长为边关的统兵大帅。玄宗时代名相辈出，可惜在姚崇、宋璟、张九龄纷纷被罢相后，唐玄宗提拔了口蜜腹剑的李林甫。

在奸相李林甫当国期间，安禄山极为敬畏李林甫，还不敢妄动。李林甫虽然奸邪但把安禄山治得服服帖帖；李林甫一死，宰相变成了杨贵妃的哥哥杨国忠，那形势瞬间就变了。安禄山尤其不服杨国忠，于是安史之乱爆发，三下五除二，安禄山和史思明的大军就攻占了东都洛阳，又拿下了西都长安。

唐玄宗冤杀了封常清，而后哥舒翰又死于安禄山之子安庆绪之手，所以没有了能抵抗安禄山的战神，他自己也只能无奈地在马嵬坡赐死了杨贵妃，自己的皇位也被亲儿子唐肃宗给夺走了。

安史之乱中，李白本是在山中隐居，后投入了永王李璘的幕下。永王率军东征，虽说是打着剿灭叛军的旗号，此时的皇帝已经换成了唐肃宗，唐肃宗与永王是兄弟关系，刚刚坐上皇位的唐肃宗怎么不会在这种多事之秋的时刻忌惮着自己的手足呢？况且欲加之罪，何患无辞？

既然永王有能力拉拢一支军队，那么谁敢保证他就没有谋反之心呢？作为君王，唐肃宗一定会将这些隐患消灭在萌芽之中，于是永王李璘的军队就被扣上了谋反的帽子。结果可想而知，永王的军队被消灭了，而李白也就成了谋逆之人，之后就被流放夜郎。

不过很快李白也被赦免了，《早发白帝城》就是李白在听到自己被赦免的消息后返回时所作的一首七绝：

朝辞白帝彩云间，千里江陵一日还。
两岸猿声啼不住，轻舟已过万重山。

李白轻快的心情随着那小船一并飞快地走向远方。经过这一番波折的李白，已经是年近花甲的老人了。在生命的最后，他选择了继续回到宣城、金陵等地游历，在这两个地方曾留下不少诗篇，如《秋登宣城谢朓北楼》《登金陵凤凰台》等。这些诗作大多作于李白离开朝廷之后，抒发的也都是壮志难酬之意。关于他的死因，流传最广的就是说李白喝醉了去水中捞月亮而淹死的，也许只有如此一个浪漫的结局才配得上李白这潇洒的一生吧。

我们不知道李白是否会是一个成功的军事家，但我们知道李白作为一个诗人，给我们留下了许多宝贵的财富。李白是绣口一吐便是半个盛唐，那剩下半个盛唐呢？还有杜甫。

# 长使英雄泪满襟

丞相祠堂何处寻，锦官城外柏森森。

映阶碧草自春色，隔叶黄鹂空好音。

三顾频烦天下计，两朝开济老臣心。

出师未捷身先死，长使英雄泪满襟。

唐·杜甫《蜀相》

　　杜甫一生的偶像就是诸葛亮，杜甫多么想像诸葛亮一样辅佐君王扫平叛乱成就大业，可惜杜甫的愿望无法实现。诸葛亮好歹是蜀汉的丞相、武乡侯；杜甫，连吃饭都成问题，一生困顿。但杜甫又深切地理解着诸葛亮，那句"出师未捷身先死，长使英雄泪满襟"不光是悼念诸葛亮，更是杜甫给自己的悼词。

　　杜甫和李白相识于盛唐的洛阳，但是李白比杜甫幸运得多。李白活着就成了全唐偶像，名满天下，人人以得一首李白诗为荣，李白纵使卷进永王谋反的旋涡，都能全身而退，不受刑罚，这和李白的声名如日中天密不可分。

　　杜甫则不然，终其一生，寂寂无闻，没有人认为杜甫的诗歌有多好。杜甫一生困顿，安史之乱后，杜甫始终在流离失所。短暂投奔唐肃宗，也因为刚直的性格而触怒权贵不得已再次流离，从此很悲惨地顶着个工部员外郎的虚名，不领工资，不享受待遇地过着极为困苦的生活，最终"亲朋无一字，老病有孤舟"。至中唐以后，白居易、元稹才指出了杜甫的重要性，直到宋代黄庭坚开创的江西诗派才把杜甫列为诗派之祖，江西诗派也有了"一祖三宗"的说法。一祖是杜甫，三宗是黄庭坚、陈师道、陈与义。整个宋诗都是以杜甫为宗，可惜的是，这些后世的尊崇，与杜甫生前无关。

迟日江山丽，春风花草香。

泥融飞燕子，沙暖睡鸳鸯。

唐·杜甫《绝句》

　　这是杜甫所写的一首五言绝句。此诗作于 763 年，也就是安史之乱得到平叛的时候。这时的杜甫结束了自己战乱时颠沛流离的生活，回到了成都，回到了自己的草堂里，看到草堂外一片欣欣向荣的景象，加之安史之乱得以平定，杜甫的心情格外喜悦，于是写下了一组轻快明丽的小诗，这是其一，主要描写了春天到来时生机勃勃的景象。

　　第二首则是作者借景抒情，抒发自己羁旅异乡的感慨：

江碧鸟逾白，山青花欲燃。

今春看又过，何日是归年？

唐·杜甫《绝句》

　　看着这山清水秀的春日景象，作者不禁感慨春天终将过去，自己何时才能回到自己的家乡呢？美丽的春景是令人愉悦的，引起的却是作者的无限惆怅感慨之意，这在古诗词中是一种很常见的手法，叫作以乐景写哀情。通过这一乐一哀的鲜明对比，能使得哀情更哀，更能引发共鸣，催人泪下。与这两首诗同一时期创作的还有杜甫的一首七绝：

两个黄鹂鸣翠柳，

一行白鹭上青天。

窗含西岭千秋雪，

门泊东吴万里船。

　　大家千万不要断章取义地认为"窗含西岭千秋雪，门泊东吴万里船"描写的是冬天景色，这首诗和上边所介绍的两首绝句都是作者在回到成都草堂时在春天所作。成都草堂在今天也成了成都市的一个著名景点，其实这个草堂并不是杜甫自己建造的，而是杜甫的朋友严武送给他的，严武是成都的官员，在自己的职权范围内分给了杜甫一间草房，给杜甫提供了一个安身之所。大家都熟知的杜甫的《茅屋为秋风所破歌》就是指这间草堂：

八月秋高风怒号，卷我屋上三重茅。茅飞渡江洒江郊，高者挂罥长林梢，下者飘转沉塘坳。

南村群童欺我老无力，忍能对面为盗贼，公然抱茅入竹去。唇焦口燥呼不得，归来倚杖自叹息。

俄顷风定云墨色，秋天漠漠向昏黑。布衾多年冷似铁，娇儿恶卧踏里裂。床头屋漏无干处，雨脚如麻未断绝。自经丧乱少睡眠，长夜沾湿何由彻？

安得广厦千万间，大庇天下寒士俱欢颜，风雨不动安如山。呜呼！何时眼前突兀见此屋，吾庐独破受冻死亦足！

唐·杜甫《茅屋为秋风所破歌》

通过这首诗里的描写，我们不难看出，这间草堂其实也是十分脆弱的，经不住风吹雨打，一场秋风袭来，屋顶的茅草就会刮跑，可见杜甫的生活环境是极差的。但是杜甫却没有哀伤自己生活的不幸，没有想到自己的孩子还在漏雨的屋子里受冻，他关心的是天下苍生啊！

安得广厦千万间，大庇天下寒士俱欢颜，风雨不动安如山。呜呼！何时眼前突兀见此屋，吾庐独破受冻死亦足！

自己的房子破点算得了什么，只要天下贫寒的士人都能住上宽敞高大的房子，自己就算冻死也觉得值了。杜甫的胸怀果然不是我们一般人能比的。杜甫的一生忧国忧民，他的诗歌特点也是沉郁顿挫的，当然这也与杜甫的个人经历是分不开的。这首《茅屋为秋风所破歌》写于安史之乱期间，安史之乱是唐朝的一个重要事件，它标志着唐朝由盛转衰，那种"花舞大唐春"的雍容气象已经不在，所以杜甫已经不可能再像李白那样潇洒浪漫地过自己的一生。杜甫既然有着心系天下的情怀，势必他的一生将在忧国忧民中度过：

国破山河在，城春草木深。

感时花溅泪，恨别鸟惊心。

烽火连三月，家书抵万金。

白头搔更短，浑欲不胜簪。

唐·杜甫《春望》

安禄山起兵致潼关失守后，唐玄宗逃往四川，不久太子李亨就在甘肃的灵武继位，称唐肃宗。得知这一消息的杜甫立刻就要前往灵武去追随唐肃宗，但是在前去的过程中，杜甫被叛军所抓成了俘虏，最终能被释放也是因为他实在是官职卑微，没什么价值。等到杜甫再回到长安时，看见长安城内已是物是人非，不觉感慨，于是写下了这首《春望》，从这首诗里我们可以看出战争给国家和人民带来的灾难，这也将杜甫忧国忧民的高尚情操表现得淋漓尽致。

杜甫在安史之乱期间创作的作品中，"三吏三别"当数顶峰之作。"三吏"分别是指《新安吏》《石壕吏》《潼关吏》；"三别"指《新婚别》《无家别》《垂老别》。这些作品都反映的是安史之乱期间百姓流离失所、备受战争摧残的现实，以及杜甫本人对百姓的同情。杜甫被称为"诗圣"，他的诗也被称为"诗史"，能成为后世研究的参考，这就说明文学作品的创作离不开现实的土壤，只有植根现实才能创作出有温度的作品来，文学既要放飞想象的翅膀，更要脚踩坚实的大地。

# 以天下为己任的杜甫

剑外忽传收蓟北，初闻涕泪满衣裳。

却看妻子愁何在，漫卷诗书喜欲狂。

白日放歌须纵酒，青春作伴好还乡。

即从巴峡穿巫峡，便下襄阳向洛阳。

唐·杜甫《闻官军收河南河北》

　　杜甫平生第一快诗当数这首《闻官军收河南河北》，这是杜甫在听说官军大胜，以为安史之乱能马上结束时，无比高兴所作的诗。此时的杜甫正身处四川，当听到这个大快人心的消息后，有着一腔爱国热血的杜甫自然第一时间想到的就是要回到自己的家乡，这首诗的字里行间透露着诗人听闻喜讯后的欢欣愉悦之情。

　　当然历史给杜甫开了个玩笑，官军没有收复河北。即使在安史之乱结束后，唐朝也无力镇压安禄山和史思明手下的大小军阀，只能纷纷封官许愿，以默认军阀割据自治为条件，换来了安史之乱的勉强平息。河北地区尤其是实力强大的几个军阀自治区，藩镇大将在这里自立为王，世代称霸河北，唐朝在河北的统治早已名存实亡。官军到杜甫死都没有收复河南河北，到唐朝结束时河北依然是藩镇割据的局面。杜甫只是太想听到官军胜利的好消息了，所以我们原谅杜甫的空欢喜吧。

　　严武死后，杜甫在成都失去了依靠，他也就离开了草堂，辗转来到了夔州，这时距离安史之乱结束已经过去了四年。杜甫的一生没有做过大官，他又没有李白那样可以"千金散尽还复来"的资本，他那小到可以忽略不计的从九品官职所带给他的俸禄是微不足道的，甚至处在战乱时，连这点微薄的俸禄都是得不到的。所以杜甫的一生是十分困顿的。在《自京赴奉先县咏怀五百字》中"入门闻号啕，幼子饿已卒"就是杜甫生活的真实写照。此时的杜甫已经年迈，生活依然十分困苦，又加上身体不好，所以他的晚年生活是十分悲凉的。在夔州，杜甫写下了组诗《秋兴八首》，这八首诗依然很鲜明地展现着杜甫那常人难以企及的气魄与胸怀。我们一起来分享一下《秋兴八首 》（其二）：

> 夔府孤城落日斜，每依北斗望京华。
> 听猿实下三声泪，奉使虚随八月槎。
> 画省香炉违伏枕，山楼粉堞隐悲笳。
> 请看石上藤萝月，已映洲前芦荻花。

杜甫为什么要"每依北斗望京华"呢？夔州在今天的重庆，而当时唐朝的首都也就是今天的西安，从地理位置上来说，只有向北望才能看见唐朝的首都，尽管是望不见的。在萧瑟的秋景中，杜甫不顾自己多病的身体，也无心顾及自己的生活，他心心念念的还是这个国家。一天，他独自登上夔州白帝城外的高台，登高远眺，百感交集，于是作下了《登高》这首千古名篇：

> 风急天高猿啸哀，渚清沙白鸟飞回。
> 无边落木萧萧下，不尽长江滚滚来。
> 万里悲秋常作客，百年多病独登台。
> 艰难苦恨繁霜鬓，潦倒新停浊酒杯。

从另一个方面来看杜甫的诗，不管是"无边落木萧萧下，不尽长江滚滚来"还是"两个黄鹂鸣翠柳，一行白鹭上青天"，无论是从格律还是对仗的角度来看这两句，它是十分工整的，我们毋庸置疑的是杜甫对于这些文字的应用能力绝对是超群的，这也难怪他会说出"语不惊人死不休"这般狂语。

要说对国家的忠心与心系天下的情怀，杜甫绝对是诗人圈里的典范，也正是这样我们才记住了那个虽沉居下僚但仍以天下为己任的杜甫。

李白的潇洒浪漫与杜甫的沉郁顿挫共同构成了唐诗史上的两座高峰，尽管他们的风格迥异，但正是因为这样，我们才了解了唐朝不同时期不同的文学特点，我们要感谢"李杜诗篇万口传"，能让我们跨越千年去了解那个传奇的时代。

# 飘泊西南天地间

纨绔不饿死，儒冠多误身。

读书破万卷，下笔如有神。

唐·杜甫《奉赠韦左丞丈二十二韵》（节选）

杜甫戴着儒冠，却一生困顿，空有"读书破万卷，下笔如有神"的才华，却只能看着纨绔子弟裘马轻肥。

杜甫的祖先是西晋名将杜预，杜甫的爷爷是武则天时代的名臣杜审言。杜审言的五言律诗在唐诗历史上非常有名，他写出了"云霞出海曙，梅柳渡江春"的千古名句。

独有宦游人，偏惊物候新。

云霞出海曙，梅柳渡江春。

淑气催黄鸟，晴光转绿蘋。

忽闻歌古调，归思欲沾巾。

唐·杜审言《和晋陵陆丞早春游望》

这首诗在初唐诗坛非常有名，难怪杜甫对自己的家学渊源如此自信。杜甫早年非常自豪，他真的是出身于世代贵胄的豪门公子。他早年和李白一样豪放奔腾，只身游历天下。在洛阳的结识，成了"诗仙"和"诗圣"终身回忆的风云际会，下一年秋末，二人重逢于鲁郡，此后几十年，两人则各自在颠沛流离的道路上奔波。

杜甫生于豪门，可豪门出身并不一定都能大富大贵。比如汉代大豪族弘农杨氏的杨震，50岁前一直在桑梓设坛教书，人称"关西孔子"；50岁才开始为官，后多次升迁，官至太尉。一次，他到东莱赴太守之任，途经昌邑。昌邑县令王密是杨震的学生，经由杨震举荐才当的官，听说老师路过昌邑，就前往拜见，临别之时悄悄取出十斤黄金送给杨震。

杨震见了，大为不悦，说道："我了解你，你怎么不了解我的为人呢？"王密说道："我趁天黑来的，没有人知道，您就收下吧。"杨震回答说："没人知道？天知，地知，你知，我知，怎么能说没人知道呢？"王密听罢，惭愧地走了。很多朋友想给杨震置办一些产业好传给子孙，但杨震坚决不答应，说："让我的后代被人称为'清白吏'的子孙，不是更好吗？"这就是弘农第一豪族杨氏家族的清白传家家风。知道了弘农杨氏如此清贫，就不难理解杜甫怎么生于豪门却贫困了。

到了杜甫这一代，家族的荣光没能给他什么实际好处。现实的残酷让杜甫消磨了当年的豪气，使他对现实社会的残酷有了更真切的体会，他写出了"残杯与冷炙，到处潜悲辛"的惊人之语。

安史之乱爆发，杜甫只身逃出长安，找到了远在陕西凤翔的唐肃宗。肃宗也很高兴，给了杜甫一个左拾遗的官职，这是杜甫第一次参与政权。左拾遗属于门下省，在唐代三省六部制中门下省的作用是谏议和弹劾。杜甫兢兢业业地履行着职务，以对大唐的无限忠诚经常性地犯颜直谏，最终触怒了唐肃宗。杜甫按照忠臣的标准来要求自己，可是皇上没按照明君的标准来执行，最终杜甫直接被贬谪为华州司户参军。这个小官在动荡的局势中根本难以糊口，杜甫弃官奔赴了安史之乱中相对和平的四川。在四川，杜甫有了草堂。但不要把这个草堂和今天成都的那个旅游景点相联系，杜甫当年的草堂是《茅屋为秋风所破歌》那个样子的。

"八月秋高风怒号，卷我屋上三重茅。"一觉醒来，见到蓝天，屋顶没了。"床头屋漏无干处，雨脚如麻未断绝。"下雨时，外边是大雨，里边是中雨。

杜甫在成都唯一的生活来源，就是接济自己多年的朋友严武。严武是成都地方官，帮衬了杜甫好多年，杜甫那个挂名的检校工部员外郎也是严武给杜甫争取来的。严武去世后，杜甫失去了唯一的生活来源，不得已离开四川，顺江而下，在重庆等地漂泊，写出了不朽的《秋兴八首》，最终死在船上。

这就是杜甫的一生，所以形成了杜甫诗歌"沉郁顿挫"的风格，他没法不沉郁，没法不顿挫。我们了解了这些背景，再好好来读《咏怀古迹》，五首是一个整体，有今天的境况，有故国的情思，有对社稷的忧叹，主要是借怀古来抒发自己胸中的块垒。这五首诗，或许就是我们读懂杜甫的一条捷径。

### 其一

支离东北风尘际，漂泊西南天地间。
三峡楼台淹日月，五溪衣服共云山。
羯胡事主终无赖，词客哀时且未还。
庾信平生最萧瑟，暮年诗赋动江关。

### 其二

摇落深知宋玉悲，风流儒雅亦吾师。
怅望千秋一洒泪，萧条异代不同时。
江山故宅空文藻，云雨荒台岂梦思。
最是楚宫俱泯灭，舟人指点到今疑。

### 其三

群山万壑赴荆门，生长明妃尚有村。
一去紫台连朔漠，独留青冢向黄昏。
画图省识春风面，环佩空归夜月魂。
千载琵琶作胡语，分明怨恨曲中论。

### 其四

蜀主窥吴幸三峡，崩年亦在永安宫。
翠华想像空山里，玉殿虚无野寺中。
古庙杉松巢水鹤，岁时伏腊走村翁。
武侯祠堂常邻近，一体君臣祭祀同。

### 其五

诸葛大名垂宇宙，宗臣遗像肃清高。
三分割据纡筹策，万古云霄一羽毛。
伯仲之间见伊吕，指挥若定失萧曹。
运移汉祚终难复，志决身歼军务劳。

# 晚唐的夕阳

烟笼寒水月笼沙，夜泊秦淮近酒家。
商女不知亡国恨，隔江犹唱后庭花。

唐·杜牧《泊秦淮》

向晚意不适，驱车登古原。
夕阳无限好，只是近黄昏。

唐·李商隐《登乐游原》

晚唐大诗人杜牧写下这首《泊秦淮》的时候，李商隐笔下的大唐已经是"夕阳无限好，只是近黄昏"了。晚唐的双峰小李杜，一个写了后庭花，一个写了夕阳，唐朝真的是已经晚景凄凉了。

前面我们提到过，陈后主和宠妃张丽华在演奏《玉树后庭花》时，隋朝的大将韩擒虎如凶神恶煞般地杀进了宫来，从此这个"后庭花"就成了亡国之音的雅号。诗歌确实是一个时代最好的见证，当诗歌中频频出现"后庭花"时，唐朝的时代真的到了夕阳晚景。

晚唐和中唐一样日渐衰落，中晚唐衰落的起点，还是那场爆发于河北、席卷北方，终结了盛唐的安史之乱。

李白和杜甫都赶上了安史之乱，它是唐朝的转折点。此后，唐肃宗引狼入室地向回纥等部落借兵平叛，安禄山和史思明又分别被自己的儿子所杀，叛军内斗不休，所以安史之乱终于被勉强平定了。只是曾经强大的唐朝在此后的中唐和晚唐时代在朝堂上困于宦官专权和党争内斗，在朝堂外困于日益嚣张的藩镇割据，最终在黄巢大起义的浪潮中，走到了历史的尽头。

飒飒西风满院栽，

蕊寒香冷蝶难来。

他年我若为青帝，

报与桃花一处开。

唐·黄巢《题菊花》

这首诗的作者就是攻占长安的大齐皇帝黄巢。

黄巢是山东菏泽人，出生在一个富裕的盐商家庭，从小就表现出了善于造反的一面。5 岁的时候，黄巢和爸爸、爷爷在一起玩，金秋时节，黄巢的爸爸诗兴大发，以菊花为题，祖孙三人分别作诗。轮到黄巢时，黄巢脱口而出上面这首菊花诗。特别是最后两句"他年我若为青帝，报与桃花一处开"，一出口，就把黄巢的爸爸和爷爷惊得说不出话来。这种帝王霸气的诗句，怎么能从一个 5 岁孩童口中说出呢？但事实就是如此，黄巢这首诗，成了谶语，直接预见了黄巢将来改天换地九五之尊的霸气。

黄巢的部将中有一个极为骁勇善战的大将叫朱温，此人贫苦出身，就为了吃口饱饭才跟着黄巢造反，仗着打仗不要命，屡立战功成长为黄巢手下一员悍将。此人打仗勇猛，也足智多谋，尤其反复无常，从来都是实用主义，谈不上任何信仰。他看着黄巢的势力逐渐衰落，就瞬间投降了唐朝，然后看着唐朝灭了黄巢，再找准机会灭了唐朝。

朱温不会写诗，他不会记得李白、杜甫给盛唐织就了多么美丽的霓裳羽衣。朱温只知道唐朝不行了，该换我当皇帝了。朱温终于杀了唐哀宗，在河南开封称帝，国号大梁，因为历史上有个梁国，所以他这个大梁被称为后梁，朱温就是后梁太祖。

由于唐末藩镇割据势力的不断扩张，唐代一灭亡各个有实力的藩镇势力纷纷独立要自立为王，在中原地区先后是五个朝代更替，从朱温的后梁开始，依次是后唐、后晋、后汉、后周。而在南方地区就是九个藩镇势力形成的国家，这九个国家，加上位于北方的北汉，被称为十国。在这十国中，实力最强的就要数李煜所在的国家南唐了。五代十国时期从唐朝结束开始，一直持续到宋朝建立，这也是我国历史上一段和南北朝类似的混乱的时期。

# 问君能有几多愁

春花秋月何时了？往事知多少。小楼昨夜又东风，故国不堪回首月明中。

雕栏玉砌应犹在，只是朱颜改。问君能有几多愁？恰似一江春水向东流。

南唐 · 李煜《虞美人》

将满腹愁绪比作一江春水的正是一代词帝李煜。李煜生活的时代是五代十国时期，这是在唐朝灭亡后中国政权的一个混乱时期。907 年，朱温灭唐，建立了梁朝，我们后来习惯上将它称之为后梁。从后梁开始，后唐、后晋、后汉、后周北方共经历五个朝代，南方星罗棋布了十个割据小国，统称为"五代十国"。

其中最有代表性的就是南唐。五代十国的君臣中，有文章传世的不多，只有南唐，冯延巳、李璟、李煜这一冯二主，个个都是文人，尤其李后主，说不尽的家国情仇，道不完的文采风流。

李煜是十国里南唐国的最后一位皇帝，其实从南唐中主李璟开始，就在北宋的兵威下被迫去除了帝号，只能称国主，所以李璟被称为中主，他儿子李煜被人们称为"李后主"。按说身为一国皇帝而没有了帝号，是相当屈辱的事情，但南唐的中主和后主就是不断地以土地换和平，不断地默认着北宋的侵略与扩展，以求能偏安一时。

南唐一共经历了三代皇帝，南唐国和三国时孙权的地盘大致接近，首都是南京，经济发达，国力雄厚，军事力量也不弱，在五代十国的十国里属于最大的国家。南唐在中主李璟执政前期，还能雄踞江南，一度出兵吞并了十国中的闽国和楚国，此时南唐国力达到顶峰；只是在郭威取代后汉建立后周后，特别是后周传到柴荣时，崛起的北方超级大国后周逐渐挤压南唐势力。南唐在几次战斗中失去了江北土地，也失去了淮河一带的食盐资源，从此国力大损，到北宋取代了北周，南唐就只剩下亡国了。

其实中主李璟和北方大国后周太祖郭威的关系还是不错的。南唐表示臣服北周之后，北周的太祖郭威甚至提醒南唐的中主李璟要多多扩充南唐军队，以保卫江南。

李璟说咱们两国关系特别好，我要那么多军队干什么？郭威语重心长地说："现在咱俩都活着，关系当然好，以后呢？谁知道后继之君怎么样？你不多练点精兵，你怎么保护江南？"

郭威真是个好皇帝，自己不吞并江南，还担心南唐的前途，历史很不幸都被郭威言中。果然柴荣死后，后继之君赵匡胤立马就收了南唐。只不过赵匡胤是自己把黄色的龙袍穿在身上做了皇帝，史称"黄袍加身"。

雄才大略的柴荣在北征契丹时，死在军中。后周顿时大乱，柴荣 6 岁的儿子柴宗训即位成为北周恭帝，也是五代最后一位皇帝。柴宗训由于年龄太小，由符太后垂帘听政，特别重用柴荣死前的托孤重臣、殿前都点检赵匡胤。

柴荣把赵匡胤升为殿前都点检，就是禁卫军最高统帅，让赵匡胤带着中央禁军来保护孤儿寡母。

# 小楼吹彻玉笙寒

## ——南唐灭亡

乱点连声杀六更，
荧荧庭燎待天明；
侍臣已写归降表，
臣妾佥名谢道清。

南宋·汪元量《醉歌》

灭掉南唐的是宋，这首汪元量的诗是写宋的灭亡。宋的江山得自后周恭帝柴宗训和符太后这一对孤儿寡母，也亡在谢太后和宋端宗这对孤儿寡母手里。只是谢太后签名投降的屈辱，赵匡胤不会知道，如果知道，估计他也不会对柴荣的儿子柴宗训那么狠了。

后周世宗柴荣病故后，掌握军权的托孤重臣赵匡胤没有让死去的柴荣失望：恭帝柴宗训即位不到一年，赵匡胤和他弟弟赵光义就发动了陈桥兵变，黄袍加身，带着本该保卫皇官的禁卫军杀进了官中。把黄袍披到赵匡胤身上的是赵光义，赵光义亲自把他哥哥炮制成了一个皇帝，他深知皇帝是怎样诞生的，所以才有了后来的宋太祖神秘死亡，留下了斧声烛影千古之谜，也才有了接替哥哥继续当皇帝的宋太宗。

当赵匡胤穿着黄色龙袍带兵冲进官中的时候，后周符太后和柴宗训这对孤儿寡母只有痛哭，毫无招架之力。一直到几百年后，南宋灭亡时，元军统帅伯颜才对南宋垂帘听政的谢太后和小皇帝宋端宗派来请求退兵的使臣说：我们不可能退兵，一定要灭了南宋。你们赵宋江山本就得自孤儿寡母，现在又是孤儿寡母了，正好亡国，这也是天理循环。

南宋末代皇帝宋端宗5岁即位，谢太后垂帘听政，开城投降了蒙古，南宋灭亡。

当时的爱国诗人汪元量就无比沉痛地写下了谢太后在投降国书上签名的屈辱。一国的当国太后，只能以臣妾自称，还要写上名讳，这是已经没有了任何人君的尊严。

谢太后在元朝当俘虏后，还出来劝降文天祥，被文天祥断然拒绝，君投降，臣为国死了，这不知道算不算讽刺。

谢太后签名投降后，宋端宗被忽必烈封了个瀛国公。忽必烈倒是没有对这个小孩子下毒手，瀛国公长大后，忽必烈还把公主嫁给了他。据说有一次宴会，忽必烈突然发现瀛国公变为一条龙，大惊，自此对瀛国公多有怀疑。瀛国公感觉到了，为避嫌，提议出家吐蕃，于是瀛国公出家西藏，成了日喀则扎什伦布寺的住持，法号合尊，成了一代宗师，也算宋朝后人对汉藏文化交流做了积极的贡献。

赵匡胤废了柴宗训，自己当了皇帝，国号大宋。历史从五代开启了宋朝的大幕。即位的赵匡胤废柴宗训为郑王，但是规定后代君主都要善待柴氏子孙，也算这个武夫出身的宋太祖还有一点良心。一直到《水浒传》写的北宋末年的故事里，还有一个"小旋风"柴进，有丹书铁券，说的就是柴家后人世代受到优待。

李煜的爷爷，也就是南唐的开国皇帝叫李昇。南唐建国之初，李昇与邻国长期保持和睦关系，还注重发展经济，这也使得南唐成为这十国中经济最为富庶的一个国家。李煜的爸爸是中主李璟，李璟在位早期也曾对外开疆拓土，所以这一时期南唐的疆域面积是最大的。

但是，李璟的主要才能还不在治国上，他最大的爱好和优势还是文学，特别是诗词。我们都知道，李煜在词作方面有很大的成就，其实李煜的老爸在词作上面也是一个高手。南唐就是一个充满文艺气息的朝代，早在李昇时期，南唐就开设画院、兴太学等。李璟的词清新自然，人们最熟悉的就是那句"小楼吹彻玉笙寒"了：

菡萏香销翠叶残，西风愁起绿波间。还与韶光共憔悴，不堪看。
细雨梦回鸡塞远，小楼吹彻玉笙寒。多少泪珠何限恨，倚栏干。

南唐·李璟《摊破浣溪沙·菡萏香销翠叶残》

李璟的这首词既是对秋景的描写，同时又融入了闺怨的情感。这首词里的主人公应该是一位女子。荷花凋零，荷叶残败，秋风吹来更增添了几分愁意，人和时光都一起老去了。在梦中梦到了远方，还有远方的人，这女子在小楼上吹笙，乐曲中透露着凄凉之感，多少泪珠都和着心中的怨恨一起流露出来了呀。这首词写得极为细腻，将情与景完美地融合在一起，除了这首词，李璟还有一首词是为大家熟知的：

> 手卷真珠上玉钩，依前春恨锁重楼。风里落花谁是主？思悠悠。
> 青鸟不传云外信，丁香空结雨中愁。回首绿波三楚暮，接天流。

这首词的词牌同样也是《摊破浣溪沙》。这首词写的是春愁：青鸟在诗歌的意向中通常被看作是送信的使者，而这两句"青鸟不传云外信，丁香空结雨中愁"与李商隐的"芭蕉不展丁香结，同向春风各自愁"有异曲同工之妙。

爱写词，又能写出好词的可不止皇帝一个人，中主时的宰相冯延巳也是一个很有才的人，尽管冯延巳这个人在政治上的才能很是平庸。

冯延巳最著名的代表作莫过于那首《谒金门·风乍起》了：

> 风乍起，吹皱一池春水。闲引鸳鸯香径里，手挼红杏蕊。
> 斗鸭阑干独倚，碧玉搔头斜坠。终日望君君不至，举头闻鹊喜。

这首词里被人们广泛称道的就是"风乍起，吹皱一池春水"这一句，传说当时冯延巳作了这首词后，中主李璟看后反而诘问道："吹皱一池春水，干卿何事？"而冯延巳很巧妙地回答："不及皇上的'小楼吹彻玉笙寒'。"

李璟对兴兵打仗、定国安邦这些事不感兴趣，诗词歌赋才更能引起他的注意。李璟尚且这样，他的儿子李煜也完好地继承了这一点。

也许是因为从小就生活在一个文学氛围很浓郁的环境中，李煜成了皇帝中最会写词的一位。李煜，字重光，是南唐的第三位也是最后一个皇帝，随着宋军不断南侵，南方的几个藩镇政权先后被消灭，南唐也不例外，随着宋军势力的不断扩张，南唐自感无力抵抗。

李璟和李煜为了能更长久地保住自己的国家，都主动去除了南唐帝号，不再称皇帝了，自封为"江南国主"。当然李煜的这一做法是徒劳的，宋太祖怎么会在自己的版图中留有这样的藩镇残余势力？在先后与宋太祖的周旋中，南唐最终还是倾覆了，而李煜本人也被俘虏至汴京了，在被俘虏的三年中，李煜过着囚徒一般的生活，在这期间，李煜的很多作品都和怀念故国有关：

无言独上西楼，月如钩。寂寞梧桐深院锁清秋。

剪不断，理还乱，是离愁。别是一般滋味在心头。

南唐·李煜《相见欢》

对故国思念的愁绪不光像那一江春水，还纷乱如麻，噬咬着李煜的内心，这种滋味不是经历过亡国亡家的人还不会有如此深刻的感慨。李煜最终是被宋太宗用一杯毒酒结束生命的，人们都说李煜是一个昏君，治国无方才落得个如此悲惨的下场，可是亡国亡家这种事也是李煜不愿意看到的。李煜的治国才能虽然还确有提高的必要，但我们不能忽视的是李煜在词作方面留给我们的一大笔财富。李煜的名作有很多，尤其是抒发这种国破家亡之感的题材，下面我们再来欣赏一首他的《浪淘沙令·帘外雨潺潺》：

帘外雨潺潺，春意阑珊。罗衾不耐五更寒。梦里不知身是客，一晌贪欢。

独自莫凭栏，无限江山，别时容易见时难。流水落花春去也，天上人间。

窗外雨声潺潺，春天也要走到尽头了。就是用绫罗织就的被子也无法抵挡五更时的寒冷。只有在梦里的时候才能忘记自己客居在他国，才能享受片刻的欢愉。自己一个人的时候就不要凭栏远望了，看着这无限的江山，真是很容易就可以离别它，但是要它重新再属于自己就很难了。伴随着流水落花，春天马上也要过去了，昔日与今朝的差别可谓是天上人间。

李煜从一国之君沦落到阶下囚，无论是在他的内心里还是真正他每天度过的生活中都出现了巨大的落差，这种巨大的落差在他的《望江南》中很好地体现了出来：

多少恨，昨夜梦魂中。还似旧时游上苑，车如流水马如龙，花月正春风。

李煜以前的生活什么样呢？李煜在自己的御花园中游玩的时候，车子多得像流水一般，马队也像长龙一样川流不息，在春风的吹拂下，一切都是欣欣向荣的景象。

而现在呢，这一切都只能出现在李煜的梦魂中了。

"作个才人真绝代，可怜薄命做君王"这两句也许是对李煜一生最恰当的总结了。很多文人都想要凭借自己的才华为自己赢得一个好前途，可是李煜呢，生在帝王家，有才似乎成了错，后代人也只能对此感慨一句"可怜薄命做君王"了。

打破南京城的是北宋名将曹彬。曹彬很有素质，是历史上少有的高素质将军，严格约束兵士，不许滥杀无辜，还偷偷告诫自己的俘虏李煜：多收拾点钱财带上，去了汴京就没有地位了，只有钱才能保证一点生活。这真是好人，亡国之君最惨，国亡了，也就不是君了，比一般俘虏更惨。

南唐的大臣们，也是投降北宋，但个个还是高官——至少还是原官——大部分还得到了升迁。北宋为了安抚江南或者拉拢投降派，都会优待投降的大臣。比如徐铉，在北宋官高爵显，其实他本是南唐的尚书，南唐没灭亡时多次出使宋朝和赵匡胤辩论，非常有气节，随李煜投降曹彬后，李煜彻底成了阶下囚，徐铉这些有名望、出身豪门大族的文臣照样受到宋朝的礼遇。

汉末建安时，曹操率八十万大军伐东吴时，东吴群臣都主张投降，说肯定打不过，要避免战火荼毒等。孙权都犹豫了，问手下的谋臣鲁肃，到底是战是降。鲁肃说，我等都可以投降，投降后还不失官爵富贵；主公你要投降，不知道曹操能给你什么位置。孙权顿悟，下决心抗曹，赤壁一战，奠定鼎足三分。

李煜和孙权都在南京立国，可惜李煜不是孙权，孙权明白的道理他不懂，所以一曲"问君能有几多愁"，就成了自己的绝命诗，所以大臣能降，只有君主不能降。宋太祖时代，李煜被封"违命侯"，在长期软禁中相当屈辱地活着，但好歹还活着；到了宋太宗时代，李煜写完"问君能有几多愁"的名句后，就被太宗赐的毒酒毒死了。历史随着李煜的悲情谢世，正式走入了大宋时代。

柒

宋元流金

宋朝是继承了五代最后一个朝代后周而来的，宋太祖陈桥兵变逼 6 岁的后周恭帝柴宗训禅位给自己，于是后周变成了宋。宋开始时也只是个割据政权，经过比较成功的兼并战争，先后拿下了南唐、西蜀、吴越、北汉等十国地盘，最终成了一统中原的大宋；但是西北的西夏、西南的大理、东北的契丹始终不在大宋版图内，所以宋朝的大一统范围比唐朝小了不少。

　　特别是长城沿线的山西、河北的 16 个战略要地：燕云十六州，始终攥在契丹手里，契丹进可攻、退可守，成为北宋最大的威胁。

　　宋太祖、太宗都立志要收复从后晋开国皇帝石敬瑭就丢掉的燕云十六州。但经过几次和辽国的大战，始终没有什么进展。

　　宋真宗时代，宰相寇准带着真宗御驾亲征，终于和辽国达成了长久和平的澶渊之盟。宋和辽以白沟河为界，宋每年给辽国岁币，在边境互市，花钱买和平。白沟河在今河北省保定市，保定往北基本就是辽国，可想宋朝疆域的局促。但这还是比较强大的北宋，后来金国攻入首都汴梁，北宋灭亡，躲过追杀的宗室亲王赵构即位，是为南宋高宗。从此南宋缩到了江南，金国控制了淮河以北的绝大部分中原领土。最后元世祖忽必烈的蒙古铁骑席卷江南，攻占临安，南宋最后执政的谢太后带着幼小的宋端宗降元，南宋灭亡。不甘心的文天祥、陆秀夫等大臣继续组织小规模抵抗，也纷纷悲情谢幕。历史又走进了元明清这一新的篇章。

# 也无风雨也无晴

莫听穿林打叶声，何妨吟啸且徐行。竹杖芒鞋轻胜马，谁怕？ 一蓑烟雨任平生。
料峭春风吹酒醒，微冷，山头斜照却相迎。回首向来萧瑟处，归去，也无风雨也无晴。

宋·苏轼《定风波》

这首词牌名叫定风波，可苏轼一生的风波都未平息，也只有一句"也无风雨也无晴"能够展示苏轼这极为不平凡的一生和旷代才华了。我们先来看一首苏轼在西湖边写的诗，西湖上游人如醉的苏堤就是苏轼在杭州做知州时所留，为官一任，造福一方，苏轼是士大夫的楷模。

水光潋滟晴方好，山色空濛雨亦奇。
欲把西湖比西子，淡妆浓抹总相宜。

宋·苏轼《饮湖上初晴后雨》

在众多描写西湖美丽景色的作品中，也只有苏轼的这一首最为大家熟知。在这首诗里苏轼将西湖比作美女西施，无论是它着浓妆还是淡妆都能够让人感叹它的美丽。

说到苏轼，大家一定不会觉得陌生。对于苏轼我们可以给他贴上的标签有很多，比如"唐宋八大家"之一、豪放派词人等，今天我们就来系统地向大家介绍一下这位充满着传奇色彩的苏轼先生。

在正式介绍苏轼之前，我们还要了解一下苏轼的家庭背景。苏轼是初唐大臣苏味道的后人，苏味道，河北栾城人，他的代表作品就是那首《正月十五夜》了：

火树银花合，星桥铁锁开。

暗尘随马去，明月逐人来。

游伎皆秾李，行歌尽落梅。

金吾不禁夜，玉漏莫相催。

苏轼的父亲是苏洵。苏洵，字明允，号老泉。在《三字经》里有"苏老泉，二十七。始发愤，读书籍"的记述，说的就是苏洵。虽然苏洵开蒙较晚，但是后来也取得了很大的成就，他的那篇《六国论》就十分尖锐地指出了六国破灭这一历史现象的本质与原因。苏洵有两个儿子，一个是苏轼，另一个是苏辙。至于苏洵是否还有一个名为"苏小妹"的女儿便不得而知了，也许她只是人们口中的一个传说故事吧。苏轼的弟弟苏辙，字子由，后来也官至宰相，苏轼曾作词表达对他的无限怀念，即大家熟知的《水调歌头》：

丙辰中秋，欢饮达旦，大醉，作此篇，兼怀子由。

明月几时有？把酒问青天。不知天上宫阙，今夕是何年。我欲乘风归去，又恐琼楼玉宇，高处不胜寒。起舞弄清影，何似在人间？

转朱阁，低绮户，照无眠。不应有恨，何事长向别时圆？人有悲欢离合，月有阴晴圆缺，此事古难全。但愿人长久，千里共婵娟。

"一门父子三词客"说的便是苏家这三位，苏洵、苏轼、苏辙又都跻身"唐宋八大家"之列，可见这一家人的影响力是十分深远的。要说"三苏"中成就最高的那便是苏轼了。

苏轼，字子瞻，号东坡居士，既是诗人还是书法家、画家。让苏轼一举成名的是他21岁时参加科举考试的时候。苏轼科考当年的试题是《刑赏忠厚之至论》，苏轼的文学功底自然是了得，写作风格又清新脱俗，苏轼的这一篇文章写出来自然是深受考官们的好评。当时文坛领袖是欧阳修，欧阳修看了这篇文章也大为称赞，但是欧阳修过于自信了，他认为能写出如此水平的文章的必定是自己的学生曾巩，为了避嫌，于是欧阳修将这篇文章点为了第二名。等到成绩公布时才知道原来这是苏轼的文章，经过这样一个"误会"，苏轼便名声大噪了。等到苏轼入朝为官时，

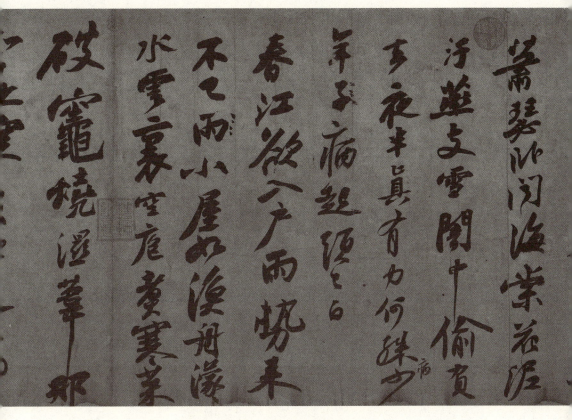

北宋　苏轼　寒食帖卷（局部）

正是王安石变法开始推行的时候。

　　苏轼命运中最大的一个转折点就是乌台诗案了。苏轼在任湖州知州的时候向皇帝上书了一篇《湖州谢表》，这本来没有什么，但是却被新党中一些别有用心的人从中挑出些许字句给苏轼扣上了讽刺朝政的帽子。在王安石变法中，苏轼是反对变法太急、太猛的，他当然会受到新党势力的攻击，这就是王安石变法的复杂性。王安石本人不是小人，是君子，一腔抱负要改革弊政。有很多趋炎附势的小人以支持新法来投靠王安石，王安石要变法又需要大量的人才，所以慢慢就形成了所谓的新党。王安石变法是好事，法也是好法，但新党中有太多的小人，变法最后失败，和这些小人不无关系。

　　苏轼很快就被乌台（即御史台）的官吏逮捕了，这就是乌台诗案。对于苏轼，新党中小人的意思就是要将他置之死地。要说这时最能体现心胸旷达的便是王安石了，此时的王安石已经罢相闲居金陵，他听说苏轼蒙难，紧急给皇帝写信，信中就一句话："岂有盛世杀才士的道理？"王安石的话很有分量，一堆新党人物说苏轼反对变法所以要杀，可变法的领袖王安石都说不能杀，那些小人自然是没话了。

于是苏轼就被贬为黄州团练副使。黄州有个地方叫赤壁，苏轼在这里写了《赤壁怀古》，"大江东去，浪淘尽，千古风流人物"，激励了多少代人。可苏轼在历史地理上闹了个误会，这个黄州的赤壁不是赤壁之战的那个赤壁。赤壁之战在湖北的赤壁市，苏轼写词的赤壁是今湖北黄冈市黄州区。两个赤壁都在长江边上，离得不远，中间隔着个武汉，难怪苏轼会弄混。但自从苏轼写了《念奴娇》后，黄州的赤壁虽然没打过赤壁之战，但从此被称为"东坡赤壁"了。

# 不合时宜的苏轼

心似已灰之木，
身如不系之舟。
问汝平生功业，
黄州惠州儋州。

宋·苏轼《自题金山画像》

苏轼一生都被贬谪流放，流放的最远处是海南岛的天涯海角，而第一站就是黄州。

黄州也就是今天的湖北黄冈一带，苏轼的团练副使也就是相当于民间组织起来的自卫队的副队长。苏轼的名作《念奴娇·赤壁怀古》就作于这一时期：

大江东去，浪淘尽，千古风流人物。
故垒西边，人道是：三国周郎赤壁。
乱石穿空，惊涛拍岸，卷起千堆雪。
江山如画，一时多少豪杰。
遥想公瑾当年，小乔初嫁了，雄姿英发。
羽扇纶巾，谈笑间，樯橹灰飞烟灭。
故国神游，多情应笑我，早生华发。
人生如梦，一尊还酹江月。

这首诗将苏轼的豪迈气概抒发得淋漓尽致，面对滚滚长江，作者的思绪也穿越了时空：当年这是赤壁之战发生的地方，想想周瑜能早早地建功立业，而自己呢，华发已生却怀才不遇壮志难酬。这样一对比，苏轼心中的伤感与落寞之情便跃然纸上。后来苏轼离开黄州改任汝州刺史时，在经过江西时还留下了一首名作，便是《题西林壁》：

横看成岭侧成峰，远近高低各不同。

不识庐山真面目，只缘身在此山中。

西林是指的西林寺，是庐山上的一座寺庙，这首诗的题目给我们透露出的信息是这首诗是写在西林寺的墙壁上的。这首诗很富有理趣，庐山从不同的角度看是形态各异的，为什么我们不能识别庐山究竟是什么样子呢，就是因为我们正身处庐山。这首诗的后两句与"当局者迷，旁观者清"说的是一个意思。在生活中如果我们的思维一时陷入一个难以搞清的状况时，我们完全可以用"不识庐山真面目，只缘身在此山中"来比喻。

宋哲宗继位后，又起用司马光为相。司马光与王安石的政见是不同的，他是反对王安石变法的保守派的代表。司马光当上了宰相，这也意味着苏轼可以有机会赦免了，回到朝廷的苏轼东山再起做到了翰林学士。这是苏轼一生政治的最高点，执政的太皇太后高滔滔还在内宫召见苏轼。

高太后问：爱卿以前做什么官？

苏轼答：黄州团练副使。

高太后问：现在什么官？

苏轼答：待罪翰林学士。

高太后问：这是谁的功劳？

苏轼答：感谢太后、皇上。

高太后说：不对，不是我们，是先帝，先帝早就想重用你，一直没来得及。

太后这几句说得苏轼感激不已，这是太后为神宗皇帝在位时给苏轼定的乌台诗案做一个了结。太后也哭，小皇上哲宗也哭，苏轼也哭。

太后送苏轼走时还让宫女拔下金莲烛给苏轼照明。

高太后执政几年，严于律己，外戚亲族无一提拔，虽尽废王安石的新法，但重用司马光、范纯仁等忠臣为相，使得哲宗朝一度中兴，有"女中尧舜"之称。

哲宗即位后，司马光重新担任宰相。

此时王安石新党一派被严厉打压，旧党又重新回到政治舞台。

旧党执政后也暴露出了腐败等一系列问题，面对这样的局势，本来反对新法太过激进的苏轼又上书谏议，说新法也有可取之处，不能一竿子打死，于是他又得罪了旧党。这样一个不能和大家保持和谐的苏轼又受到了排挤，深感在朝中没有任何发展前途，苏轼请求外调，经过一系列周折，苏轼又被贬到了惠州。

其实北宋就亡于变法之后，新旧两党的反复倾轧。新法有好处，也有弊端，应该按苏轼说的，具体问题具体分析，该实行的实行，该调整的调整，可无论是新党执政还是旧党执政都想把对方一竿子打死。王安石和司马光都不是小人，可他们都没有当好这个宰相，他们身边的小人太多。

陪伴苏轼一起遭受这些不幸的是他的侍妾王朝云。苏轼的妻子是王弗，很早就去世了，这位朝云姑娘只是苏轼的侍妾，是歌伎出身。虽是侍妾，没有高贵的地位，但是朝云姑娘却和苏轼有着十足的默契，她是懂苏轼的。有这样一个小故事：一日，苏轼酒足饭饱后摸着自己圆滚滚的肚子问旁边人："我这肚子里是什么啊？"其他的仆人纷纷说"这是一肚子的才华"或者"这是一肚子的诗文"，苏轼连连摇头，显然他对这些答案都不满意；这时朝云姑娘开口了，她说"这是一肚子的不合时宜"。苏轼点头微笑对这位朝云姑娘更是满意。

# 黄州惠州儋州

罗浮山下四时春，
卢橘杨梅次第新。
日啖荔枝三百颗，
不辞长作岭南人。

宋·苏轼《食荔枝》

惠州也就是今天的广东省惠州市。在今天看来，广东也是一个极其富庶的省份，但是在宋朝的时候这一带还是未被开发的不毛之地，也就是很多资料里所提及的"岭南"。除了经济十分不发达以外，岭南地区的气候条件还十分恶劣，在这样的蛮荒之地，苏轼也并没有丧失对生活的热情，他的这首《食荔枝》便将他的旷达情怀表现了出来。

惠州有荔枝这种美味的食物，如果能让苏轼一天吃上三百颗荔枝，就算让他永远做个岭南人也心甘情愿。

岭南地区潮湿闷热，朝云在这里染上了疾病，不久就病逝了。她的离世对苏轼精神世界的打击尤为沉重，从此苏轼身边就少了一个红颜知己。苏轼在惠州的一个主要功绩就是疏通了惠州的西湖，修建了惠州西湖里的苏堤。我们都熟知杭州的西湖和苏堤，在惠州也有一个西湖和苏堤，这个苏堤也是后来苏轼和王朝云经常流连观赏的地方，朝云的墓也修在了苏堤旁边。

除了朝云墓，苏轼还在墓上建造了一座"六如亭"来纪念王朝云。"六如"本是指佛法中的"六如偈"，因王朝云生前一直笃信佛法，所以苏轼也就以"六如"

来命名亭子。在亭子上写有一副楹联："不合时宜，唯有朝云能识我；独弹古调，每逢暮雨倍思卿"，从这一副楹联我们足以看到王朝云在苏轼心中的重要地位。

朝云姑娘走了，苏轼的贬谪生涯还在继续。继被贬惠州后，苏轼在62岁时又被贬到了儋州，儋州就是海南。惠州所处的岭南尚且是蛮荒之地，何况是更加偏远的海南呢？

苏轼到了儋州着实为这里的教育事业做出了贡献。在宋代的一百多年里，海南岛就没有一个人考中过进士。这里的教育状况十分落后，苏轼到了这里就建学堂，许多人都是听说过苏轼的才气纷纷慕名而来，其中最值得一提的便是一个叫姜唐佐的人。

他经过苏轼的指导刻苦治学，苏轼曾预言他将是海南岛的第一个进士并为他题了两句诗："沧海何曾断地脉，白袍端合破天荒"。白袍就是指平民，苏轼的这两句诗就是说海南岛不会因为处于偏僻之地就没法有优秀的人才，就算如今还是一介布衣将来也可以做出惊天伟业，苏轼答应姜唐佐等他考上了进士就为他补上后两句。后来天下大赦，苏轼得以北归，在这期间，姜唐佐考中了秀才。但遗憾的是，苏轼没有等到姜唐佐考中进士的那一天就去世了，不过后来姜唐佐也真的不负众望考上了进士，他找到了苏轼的弟弟苏辙，希望能给他补全这首诗，于是苏辙便写下了这样的八句：

生长茅间有异芳，风流稷下古诸姜。
适从琼管鱼龙窟，秀出羊城翰墨场。
沧海何曾断地脉，白袍端合破天荒。
锦衣不日千人看，始信东坡眼力长。

苏轼历来为人们所崇敬是为什么呢？苏轼拼的不是颜值，而是他"腹有诗书气自华"，三咏赤壁成绝唱的才情；吟啸徐行迎风雨，"一蓑烟雨任平生"的旷达；唯有悯农心尚在，四任知州泽民生的情怀。也正是因为这样，苏轼的名字才被大家记住，他的诗作才能被大家吟咏到今天。

苏轼一生的起起伏伏，伴随着宋神宗时代的变法。苏轼先因反对变法过于激进而得罪了王安石的新党；后来等司马光的旧党执政时，苏轼又反对旧党对新法全面废除，主张理性对待新法，于是又得罪了旧党。苏轼在当时就是这么不合时宜，谁上台都不看好他，可千百年后，我们看苏轼批评王安石新法推行太激进，不理性，严重扰民，苏轼对了；苏轼批评司马光全面废除新法同样是太激进，不理性，严重扰民，苏轼也对了。苏轼的一生就是和王安石、司马光这两位老对手交织的一幕幕爱恨情仇，但请记住，苏、王、司马三人，没有一个小人，尽管做不成朋友，但都是政见不合，没有私仇。

下面我们就来认识一下主持北宋最著名的熙宁变法的王安石和反对变法的司马光。

# 不畏浮云遮望眼

飞来山上千寻塔，

闻说鸡鸣见日升。

不畏浮云遮望眼，

自缘身在最高层。

宋·王安石《登飞来峰》

王安石一生最大的遗憾莫过于没有将自己的变法成功施行。假若历史能给王安石一个机会，那么这次变法又是否能改变历史发展的进程呢？当然这些我们都不得而知了。《登飞来峰》这首诗是王安石早期的一首作品，从这首诗里我们足以看出王安石那种拨云见日、高瞻远瞩、敢教日月换新天的气概。

爆竹声中一岁除，

春风送暖入屠苏。

千门万户曈曈日，

总把新桃换旧符。

宋·王安石《元日》

每当辞旧迎新之际，王安石的这首《元日》便是最佳的应景之作。

元日就是大年初一，当然现在我们不再这么叫了，我们现在叫这一天为春节。这种对日期的特殊叫法还有很多，比如农历每月的初一称为朔，十五称为望，而十六便称为既望，因为"既"有"已经"的意思，过了十五不就是十六了吗？王安石的这首诗除了表达新年到来时的喜悦欢喜之情之外，还透露了王安石想要革新政治的高度热情以及对变法的信心。王安石一生的成就在于变法，一生的骂名也在于变法。

王安石去世时，正是旧党得势，废除新法时。

病重的司马光赶紧给朝廷进言，要给王安石以哀荣，要追封更高的爵位。司马光说，王安石是正人君子，尽管现在我们执政，废黜了新法，但这时候更要给王安石以尊重，否则小人不定会造多少谣呢。这就是和王安石斗了一辈子的司马光，尽管他不能容忍王安石的各种变法，但他能包容王安石这个人。这就是君子之风。

> 灵台无事日休休，安乐由来不外求。
> 细雨寒风宜独坐，暖天佳景即闲游。
> 松篁亦足开青眼，桃李何妨插白头。
> 我以著书为职业，为君偷暇上高楼。
>
> 宋·司马光《和邵尧夫安乐窝中职事吟》

这首诗是司马光闲居洛阳期间和著名的理学家邵雍唱和之作。司马光本来是重臣，为什么要离开首都闲居？因为神宗重用了王安石开始变法，司马光反对无效，自请外放，来到了洛阳闲居。他现在以著书为职业，这是政治上不得志的无奈，但皇皇巨著《资治通鉴》就是在这闲居的时光中著就的。

王安石，字介甫，号半山，世称王荆公，是北宋著名的政治家、改革家、诗人。王安石的才能不仅局限于写几首诗，他还系统思考了一套改变北宋各种积贫积弱现状的治国方略，等神宗请他出山担任宰相时，王安石开始了铁腕施行各项变法方略，史称"熙宁变法"或"王安石变法"。

王安石为什么要变法？说到北宋的发展现状，人们通常会用两个词来概括："积贫""积弱"。建国以来的各种弊端，逐渐暴露：小民阶层负担太重；地主豪族兼并小民土地成风；官僚集团太腐败；公务员数量极多，效率极差；特别是兵员，北宋为防备各种隐患，把流民大规模征兵，政府供养，时间长了兵员极多但战斗力极差；等等。为改变这种现状，王安石提出要革新政治、经济、军事等各种政策从而达到富国强兵的目的。对于变法，王安石在各个领域都有涉及。

比如在军事上实行保甲法，朝廷要组建自己的军队来维持国家的长治久安，但是如果把所有的年轻男性都时时刻刻地养在军队里又会加重国家的负担，这样一来是不利于改变朝廷的发展局面的。而王安石想出来的办法就是把乡村中的闲散人员组合在一起，五家为一保，五保为一大保，和平时期大家就在自己的家里种田，这期间朝廷是不用负担这些人的费用的；一旦有战事发生，这些农村中的兵力就可以快速集合，与朝廷的正规军一同奔赴前线，这样不仅能团结民间的力量，还能为国家节省大笔军费开支。

在农业上，王安石实行的是"青苗法"。土地兼并严重是每个朝代都会面临的问题。土地兼并的原因其实很简单，就是自然经济的脆弱性。农民只能靠天吃饭，一旦这一年遭遇了自然灾害，农民就会颗粒无收；但是农民也不会活活等死，为了生活，他们会去向地主借种子。如果第二年风调雨顺，农民可以及时将地主的债还上也还好；但是如果这位农民十分不幸，第二年又遭遇了歉收，那么他就不可能有能力去偿还债务，他将面临的就是要将自己的土地给地主，自己成为地主手下的佃农。一个农民这样做还不能造成多大的后果，然而要是有很多的农民都沦落到这种地步，事态就会变得严重。平民不断破产，而地主又会不断加重对这些佃农的盘剥，在这样的不断循环下，局势就难以稳定。

为了改变这一现状，王安石采用青苗法。每当遇到天灾，农民歉收的时候，政府就发放一批青苗，也就是种子，以较低的利率借给农民。等到第二年农民有了收成后再将借政府的青苗连本带息还回，这样就可以避免农民去向地主借"高利种子"，保证农民手中始终有土地，扼制土地兼并。

王安石的变法起到了一定成效，但是改革又触动了地主和一些富商的利益，再加上朝廷中的保守势力的反对，皇帝宋神宗对这次变法的决心也产生了动摇。王安石变法被叫停，王安石也被罢免了宰相的职务，改任江宁知府。

# 自缘身在最高层

> 彻夜西风撼破扉，
> 萧条孤馆一灯微。
> 家山回首三千里，
> 目断天南无雁飞。
>
> 宋·赵佶《在北题壁》

　　这是北宋亡国之君宋徽宗被金国俘虏后，押到五国城（在今黑龙江省依兰县境内）囚禁时所写，他没有了宫殿，最后被放到一个枯井里，每天给吊下去一碗饭，不知道这位写得一手瘦金体书法的道君皇帝，此时做何感想。金国皇帝还封了他个"昏德公"，这个侮辱性称号多么像赵匡胤当年给李煜封的"违命侯"。

　　宋徽宗是支持变法的宋神宗的儿子、哲宗的弟弟。他即位之初也是打着要继续变法的旗号的，可惜的是那时候已经没有了王安石，也没有了苏轼，连反对派司马光都没有了，只剩下蔡京之流在把持朝政。

　　大家可能会问，如此成功的法令为什么会失败？因为设计得再好的政策，执行起来就很复杂了。

　　比如著名的青苗法，王安石和宋神宗的本意是靠政府借贷来解决农民贫困的问题，可实行起来后，出现了地方官吏为追求政绩，逼着不需要借贷青苗的平民和小地主大规模借贷青苗，目的是回收利息，对上还能显示自己推行新法的政绩。结果就是平民和地主平白无故多了一笔沉重的开支，不需要借贷而去借贷，最后还不起政府贷款而破产，滋生了更多无业游民，更加剧了农村小民的破产进程；到了真需要借贷的荒年，地方政府则不愿意把青苗借贷给贫困农民，因为怕收不回贷款，收不回贷款造成政府损失了，可是要丢官的。最后，青苗法实行几年后，北宋的农业一塌糊涂：有钱的小地主被强迫借贷青苗，没钱的农民，借不到政府的青苗，导致该破产的照样破产，不该破产的也被逼着破了产；再加上地方官吏从借贷回收中贪污勒索，中饱私囊，所以青苗法实行的后期，真的是怨声载道、民不聊生了。

> 京口瓜洲一水间，
> 钟山只隔数重山。
> 春风又绿江南岸，
> 明月何时照我还。
>
> 宋·王安石《泊船瓜洲》

这首诗就是写于变法后期，那时朝野一片攻击，连宋神宗都对王安石有了看法，把王安石罢相了。诗中充满了王安石对家乡的思念：王安石被贬至江宁，也就是今天的江苏南京，眼看着春风已经将江南吹绿了，自己不知道什么时候才能回到家乡。除了想要回到家乡，这首诗何尝不是表达着王安石想要重新回到朝廷将改革继续推广下去，一改宋朝死气沉沉的心愿呢？这首诗中"春风又绿江南岸"中的"绿"字用得十分巧妙，为人们乐道。这句诗翻译过来就是：春风又使江南变绿。这个"绿"字是使动用法，王安石这个字用得非常好，将春风写得十分形象、富有生命力。

王安石在被罢相的第二年又重新得到了起用，但是此时的政治格局更加混乱：保守派依旧顽固难以动摇，新兴的革新派内部又发生了分裂，这就使本来就脆弱的变法更加困难。在这种环境下，王安石想要做出一番成就的难度就可想而知了，两年后，王安石再一次被罢免，又回到了江宁。

> 登临送目，正故国晚秋，天气初肃。千里澄江似练，翠峰如簇。归帆去棹残阳里，背西风，酒旗斜矗。彩舟云淡，星河鹭起，画图难足。
> 念往昔，繁华竞逐，叹门外楼头，悲恨相续。千古凭高，对此谩嗟荣辱。六朝旧事随流水，但寒烟衰草凝绿。至今商女，时时犹唱，后庭遗曲。

这首《桂枝香·金陵怀古》是王安石在金陵登山望远时的感慨。金陵是六朝古都，在这座城市里发生了许多故事，繁华竞逐，悲恨相续，六朝旧事都随着长江水逝去了。这首词的最后又化用杜牧"商女不知亡国恨，隔江犹唱后庭花"的典故抒发对历史兴亡的感慨。王安石经历了两次罢相，仕途的坎坷加上自己主推的变法的失败也给王安石的晚年生活增加了一丝凄凉，再次罢相的王安石便隐逸在了江宁。宋哲宗即位后，任用了反对王安石变法的司马光为相，逐渐废除了刚刚实施的新法，王安石纵然心有不甘但究竟也无力回天了，怀着一份遗憾撒手人寰。

王安石主导的熙宁变法施行七年，王安石被罢相。哲宗即位，司马光主政，尽废新法。哲宗之后是他弟弟赵佶即位，就是有千秋巨匠、一代昏君之称的宋徽宗。宋徽宗和宋钦宗在靖康之变时被金俘虏，北宋灭亡。从王安石变法失败到靖康之变不到几十年。金兵入侵时，连金国将帅都感叹，如果还有王安石的保甲法在，北宋全民皆兵，金国怎么可能兵不血刃就过了黄河天险，轻轻松松就拿下了首都东京？

这就是历史告诉北宋的一个教训，不变法，真的会亡国；变法太急太猛烈也会亡国；变了几年法，忽然又不变了，还是会亡国。靖康之变，金兵南侵灭亡了北宋，这个历史的巨变让李清照赶上了。

# 北宋：那个荡秋千的少女

生当作人杰，死亦为鬼雄。

至今思项羽，不肯过江东。

宋·李清照《夏日绝句》

这首霸气的诗，不是出自男人之手，而是出自宋代第一女才人，李清照。李清照用项羽的决绝与霸气，讽刺了一路南逃、偏安杭州、弃祖宗宗庙社稷于不顾的南宋小朝廷。项羽宁死也不过江东，南宋君臣是宁死也不抗金。

这首诗是在称赞项羽的气节，为了不使自己在江东父老面前丧失颜面，项羽甘愿自刎乌江让刘邦称雄。如果当时项羽渡过了乌江，我们很难说历史不会被改写。李清照同样也是有着高尚气节的人，要不然她怎么会给项羽如此高的评价："生当作人杰，死亦为鬼雄"？李清照虽是女子，但她的气节从不逊于大丈夫们，不知那个可以弃城而逃的知府赵明诚在面对乌江后，会不会有同样的感慨。

蹴罢秋千，起来慵整纤纤手。露浓花瘦，薄汗轻衣透。

见客入来，袜划金钗溜。和羞走，倚门回首，却把青梅嗅。

这首天真烂漫，充满少女情思的《点绛唇·蹴罢秋千》出自女词人李清照的笔下。词中那位荡着秋千的少女便是李清照少年时期的生活写照：荡完秋千，起来搓着自己细嫩的双手。花朵上缀满了露珠，身上出了一层薄汗都要把衣服浸透了。突然有客人来家中，自己慌忙跑开，不小心跑掉了自己的袜子，金钗也滑落了。自己很是害羞，却又想在门口回头悄悄看一眼到底是谁来了，于是便假装嗅青梅来偷偷看来客。

我们都知道，李清照是婉约派词人，文风都是相当细腻柔婉的。可是在这首《点绛唇·蹴罢秋千》中，我们也可以看到李清照又是那么大胆，一般人家的女子都会藏于深闺中不可能被客人轻易看到，而李清照呢，不光是没在自己的闺房中，还那么大胆地主动想要看一眼客人的模样，在慌乱中自己的袜子和金钗都被跑掉了。从李清照的这一不太符合常理的举动来看，我们可以大胆推测一下这位来客一定是位帅哥；李清照又是俏皮可爱的，她躲在门边悄悄看来宾的行为一定不符合当时的礼节，但是在好奇心的驱使下，她又想出了用嗅青梅的方法来掩饰一下自己的行为。如此细节足以看出当时的李清照是多么天真可爱与大胆奔放。

《点绛唇·蹴罢秋千》中的李清照的生活还是衣食无忧的。李清照生于两宋之交，我们今天很多资料上都写李清照是南宋词人，并不是因为她生于南宋而是她的主要作品是写于南宋时期，李清照出生的时候还是北宋时期。区分北宋还是南宋的标志就是靖康之变。简单来说，靖康之变就是宋徽宗与宋钦宗被金国俘虏，为保住宋朝，宋室南迁，将首都从汴梁（也就是开封）迁往临安（即杭州）。

李清照的早期生活是无忧无虑的。她的父亲李格非爱好藏书，这给李清照提供了良好的家庭氛围，为她的文学创作奠定了深厚的基础。除了对文学有深厚的兴趣，李清照的另一爱好就是研究金石。李清照18岁时嫁给了宰相赵挺之的儿子赵明诚，赵明诚与李清照志同道合，两人同样对文学有着热爱，也对金石鉴赏有着浓厚的兴趣，所以李清照夫妻二人的感情是十分融洽的。早期的李清照的作品多是描写自然景物或者爱情生活之类，比如她的那首《一剪梅·红藕香残玉簟秋》：

红藕香残玉簟秋。轻解罗裳，独上兰舟。云中谁寄锦书来，雁字回时，月满西楼。花自飘零水自流。一种相思，两处闲愁。此情无计可消除，才下眉头，却上心头。

这首词的写作背景是李清照在嫁给赵明诚不久后，赵明诚离家外出期间，通过这首词的字里行间我们可以看出李清照的满腹相思：面对着满池的荷花李清照上了小船。抬头望望天空，她多么希望大雁能够给自己带来一封锦书，锦书原意是妻子写给丈夫的书信，这里李清照反其意而用之。大雁是古诗词中常见的一个意向，通常被看作是送来书信的使者。花朵自会飘落而水也会不住东流，虽是一种相思，李清照也确信赵明诚也在想着自己，这种相思实在是太浓重了，眉头刚刚舒展却又爬上了自己的心头。

# 南宋：那个乱世里的女中豪杰

天接云涛连晓雾，星河欲转千帆舞。仿佛梦魂归帝所。闻天语，殷勤问我归何处。
我报路长嗟日暮，学诗谩有惊人句。九万里风鹏正举。风休住，蓬舟吹取三山去。

宋·李清照《渔家傲·天接云涛连晓雾》

这是李清照写的另一首非常霸气的词。她在词中和天帝天神都有了直接对话，之前在诗词中拿大鹏自比的只有李白，现在有了李清照，李清照的才情和豪情真的不亚于李白。李清照是个女子，但多少男子也不及这个女子。

李清照与赵明诚的爱情故事直到清代的纳兰性德还在传颂，纳兰性德的《浣溪沙·谁念西风独自凉》中就提到过"被酒莫惊春睡重，赌书消得泼茶香，当时只道是寻常"。"赌书泼茶"的典故来源就是李清照、赵明诚夫妇。因为他们家里有很多藏书，李清照的记忆力又很好，于是他们夫妇二人就经常随便从家里拿出一本书，说到哪个事件时就猜这件事在书里的第几页第几行，猜中了就赏喝一杯茶。在这个小游戏中李清照也往往能获胜，他们二人一旦玩得激动起来常常会使茶水溅出来弄湿了衣服，所以"喝茶"就变成了"泼茶"，这就是"赌书泼茶"的典故。

也许在今天我们看起来这个游戏十分无聊，根本没那么有趣，但是毕竟那是宋代，还没有电视、手机这些娱乐设备供人们消遣，人们的娱乐活动很少，能玩一玩这个"赌书泼茶"的游戏的还得是像李清照、赵明诚这样衣食无忧有文化的人。所以说，也只有他们的故事会被纳兰性德当作典范，在自己的词中展现。

李清照的幸福生活并没有持续太久。由于朝廷中的势力争斗，李、赵两家都先后被卷入其中，两家势力都受到了打击。靖康之变发生后，赵明诚因母亲去世奔赴金陵。

第二年，赵明诚做了江宁的知府，但是在一次战乱中赵明诚竟然自己弃城而逃，甚至没有带走李清照，赵明诚这样做自然是伤透了李清照的心。赵明诚自己跑了，但是此时的时局又是十分动乱的，北方不是容身之所了，很快这里就会被金人占领，所以李清照就要只身前往南方。此前李清照与赵明诚收藏了许多文物以及古籍，李清照一个人又没办法全部带走，所以在这次南渡途中这些文物典籍也丢失了很多。在逃到江西时，面对滚滚乌江，李清照作了《夏日绝句》，"至今思项羽，不肯过江东"。

赵明诚去世后，李清照的生活又处于十分孤寂的状态，此时有一位名叫张汝舟的人走进了李清照的生活。张汝舟看上的并不是李清照的才气而是她的"财气"，李清照身边还有很多珍贵文物，这些就是张汝舟接近李清照的原因，只可惜李清照当时还没有意识到这个问题。婚后的李清照发现张汝舟的官职收入中有一部分是因为谎报一些事项，可是她如果选择去揭发张汝舟自己也会受到牵连，但是李清照并没有惧怕这些，依旧选择了检举张汝舟，张汝舟获罪，李清照也跟着住进了监狱。不过还算幸运的是，因为翰林学士綦崇礼援手，李清照在入狱九天后便被释放，李清照的第二段婚姻也宣告失败。

目睹了国家的衰亡，经历了生活的颠沛，此时的李清照已经不再是那个荡着秋千的单纯少女了，一首《声声慢》让我们看尽了李清照的辛酸与苦楚：

寻寻觅觅，冷冷清清，凄凄惨惨戚戚。乍暖还寒时候，最难将息。三杯两盏淡酒，怎敌他、晚来风急？雁过也，正伤心，却是旧时相识。

满地黄花堆积。憔悴损，如今有谁堪摘？守着窗儿，独自怎生得黑？梧桐更兼细雨，到黄昏、点点滴滴。这次第，怎一个愁字了得！

整首词充满了悲伤的感情基调，与先前李清照的幸福生活形成了强烈的对比。李清照的一生中除了有时代的不幸，还有自己的不幸。李清照的号是易安居士，"易安"二字取自陶渊明《归去来兮辞》中的"审容膝之易安"，可是纵观李清照的一生，她的早期生活也许还能说得上是易安，但是后来她却遭遇了也许她都不曾想到的坎坷，但同样也正是这些坎坷才成就了这位千古女词人。

李清照之后的南宋又存续了一段时间，就在广东的崖山海战中，悲壮地退出了历史舞台。忽必烈建立的大元帝国一统了中国。元朝的文学成就在其散曲和杂剧，散曲就是类似宋词，可以演唱；杂剧就是今天各种戏剧剧种的鼻祖。散曲和杂剧合称"元曲"。

# 断肠人在天涯

枯藤老树昏鸦，小桥流水人家，古道西风瘦马。夕阳西下，断肠人在天涯。

元·马致远《天净沙·秋思》

孤村落日残霞，轻烟老树寒鸦，一点飞鸿影下。青山绿水，白草红叶黄花。

元·白朴《天净沙·秋》

这两首《天净沙》，是马致远和白朴以同一主题、同一曲牌、同一韵律写的元曲小令。《天净沙·秋思》是马致远创作的一首元曲，所以"天净沙"就是一个曲牌名，大家不要错把它当成词牌名。说到元曲，其实它由两部分构成：元杂剧和散曲。元曲最早是在民间流行起来的，然后才逐渐发展起来，有了固定的格律、平仄等要求。马致远因为这首《天净沙·秋思》被称为"秋思之祖"。在这首元曲里，他将游子漂泊在外的凄苦与惨淡细致地描绘出来，通过读这首元曲，我们就可以想象出那个十分凄凉萧索的场景。白朴这首，比马致远的秋思在艺术上毫不逊色，青山绿水之中白草红叶黄花点缀，这就是白朴给我们营造出的元曲之美。

在元曲的创作者中，最为有名的就是元曲四大家了，他们分别是：关汉卿、白朴、马致远、郑光祖。除了上文提到的马致远，其他三位也都有十分经典的著作，下面我们来分别介绍一下。

关汉卿，出生于金末的一个医户家庭。因为医生要接触各种各样的病人，所以关汉卿受家庭环境的影响，很了解民生疾苦，是一个接地气的人。关汉卿是元杂剧的奠基人，他创作的作品敢于揭露黑暗的社会现象，敢于伸张正义，同时也对底层劳动人民充满同情。用关汉卿作品中的一句话来形容他就是："我是个蒸不烂、煮不熟、捶不扁、炒不爆、响珰珰一粒铜豌豆。"关汉卿最著名的代表作品就要数《窦娥冤》了：

〔外扮监斩官上，云〕下官监斩官是也。今日处决犯人，着做公的把住巷口，休放往来人闲走。〔净扮公人，鼓三通，锣三下科，刽子磨旗、提刀、押正旦带枷上，刽子云〕行动些，行动些，监斩官去法场上多时了。〔正旦唱〕

【正宫·端正好】没来由犯王法，

不提防遭刑宪，叫声屈动地惊天。

顷刻间游魂先赴森罗殿，怎不将天地也生埋怨。

【滚绣球】有日月朝暮悬，有鬼神掌着生死权。

天地也！只合把清浊分辨，可怎生糊突了盗跖、颜渊？

为善的受贫穷更命短，造恶的享富贵又寿延。天地也！

做得个怕硬欺软，却原来也这般顺水推船！

地也，你不分好歹何为地！

天也，你错勘贤愚枉做天！

哎，只落得两泪涟涟。

〔刽子云〕快行动些，误了时辰也。〔正旦唱〕

元·关汉卿《窦娥冤》（节选）

我们在生活中如果受了他人的误解就会常说一句"我比窦娥还冤"，那窦娥到底受了怎样的冤屈，在这其中她又遭受了什么呢？大家去读关汉卿的《窦娥冤》一定会找到答案。说了沉重的杂剧《窦娥冤》，我们再来看看轻松的小令。

春山暖日和风，阑干楼阁帘栊，杨柳秋千院中。啼莺舞燕，小桥流水飞红。

《天净沙·春》

云收雨过波添，楼高水冷瓜甜，绿树阴垂画檐。纱厨藤簟，玉人罗扇轻缣。

《天净沙·夏》

孤村落日残霞，轻烟老树寒鸦，一点飞鸿影下。青山绿水，白草红叶黄花。

《天净沙·秋》

一声画角谯门，半庭新月黄昏，雪里山前水滨。竹篱茅舍，淡烟衰草孤村。

《天净沙·冬》

这四首《天净沙》将春夏秋冬的景色都包容其中了。它们都出自白朴的笔下。这四首元曲中大家最熟悉的应该是《天净沙·秋》，又因为同样都是天净沙的曲牌名，还都是描写秋天，所以人们习惯上将白朴的《天净沙·秋》与马致远的《天净沙·秋思》做一个比较。相比之下，白朴的作品营造的是一个宁静、萧瑟的秋日气氛，而马致远则更侧重于将秋景的萧瑟与游子的飘零结合在一起。白朴的祖籍在山西，后来白朴一家搬到了河北真定，也就是今天的石家庄正定县，所以白朴也可以说是河北的历史文化名人。

除了这四首《天净沙》，白朴的其他经典作品还有讲述唐玄宗与杨贵妃的故事的《唐明皇秋夜梧桐雨》，以及叙述李家千金与裴家少爷之间爱情故事的《裴少俊墙头马上》，感兴趣的朋友们可以去读一读这些有趣的故事。

再来说郑光祖。郑光祖的作品主要是写男女爱情故事或者是历史题材，他的代表作品有《倩女离魂》《王粲登楼》等。

郑光祖为人正直，也曾在杭州出仕做官。可能是性格过于耿直，他在官场中的生活也是不好过的，但是比起做官，郑光祖更热衷于杂剧的创作。他的作品通过戏子的传播在民间兴起了很大的影响。

每一个时代都有每一个时代的文学特点，元曲是继唐诗宋词以后出现的又一种新的文学样式，而关白马郑则代表了元曲创作的一个巅峰，品读他们的作品，我们能更好地体会元曲这种独特的艺术形式。

捌

明月曾经

明朝自朱元璋开始，共传十六帝，享国近三百年。作为中国历史上最后一个由汉族建立的大一统王朝，明朝疆域辽阔，民生繁荣，出现了商业集镇和资本主义的萌芽，当时的国力可谓无人能敌。它是继汉唐之后的黄金时期；是历史上的富庶时代；是当时西方人眼里的东方帝国。明朝的文学艺术也是空前繁荣，中国四大名著中的《西游记》、《水浒传》和《三国演义》皆出于明朝。

　　可是到了后期，资本主义的萌芽导致社会矛盾激化，天灾人祸频繁，这个古老的帝国也不免走向衰亡。而在这段近三百年的历史中，有许多彪炳史册的人物值得我们细细咀嚼。

# 南京为什么叫"金陵"

大江来从万山中，山势尽与江流东。

钟山如龙独西上，欲破巨浪乘长风。

江山相雄不相让，形胜争夸天下壮。

秦皇空此瘗黄金，佳气葱葱至今王。

我怀郁塞何由开，酒酣走上城南台；

坐觉苍茫万古意，远自荒烟落日之中来！

石头城下涛声怒，武骑千群谁敢渡？

黄旗入洛竟何祥，铁锁横江未为固。

前三国，后六朝，草生官阙何萧萧。

英雄乘时务割据，几度战血流寒潮。

我生幸逢圣人起南国，祸乱初平事休息。

从今四海永为家，不用长江限南北。

明·高启《登金陵雨花台望大江》

高启登上金陵的雨花台，在长江边的制高点上，放眼大江，无限感慨。为什么管南京叫金陵呢？还得从一统六国的秦始皇说起。

有一天，一统六国的秦始皇被一个算卦的方士给忽悠了。这个方士说发现南京地区有王气，秦始皇大惊。秦始皇的弱点是过于迷信，只要是个跳大神的，都能忽悠秦始皇半天。

比如骗术很低级的徐福，这个无业游民，就是直接忽悠秦始皇说去找神仙要长生不老药，秦始皇就完全信了。徐福说那得带好多好多钱，还得给我500个帅哥和500个青春美少女，这才能找到神仙。秦始皇全给，高高兴兴地送徐福走了，秦始皇直到死也没见徐福回来。是啊，那徐福要钱有钱，要人有人，还回来干吗？很多人说皇上你被忽悠了，但秦始皇不但不怀疑，对徐福还是深信不疑。秦始皇的逻辑是正因为徐福没回来，所以肯定是徐福找到神仙了，在神仙那长生不老呢。

所以，秦始皇不知道又听哪个骗钱的方士说南京有王气，就特别怕影响自己。破解之道就是在南京挖很多坑，埋很多黄金以破坏金陵的王气，这一听就知道是秦始皇被坑钱了。于是南京这座名城的别称是金陵，就是因为秦始皇在这里埋过黄金。

高启是明朝的开国文臣，见证了朱元璋一步一步从吴王到称帝，也体验了明朝从一小股反元义军最终开创了一个新时代的大气磅礴；所以高启提到从三国到六朝的中国割据纷争，乃至元末，张士诚、陈友谅等纷纷割据自立为王，中原大地好像又成了三国六朝的南北纷争。幸亏有朱元璋崛起，扫灭群雄，驱逐蒙古，一统天下，高启对明朝开创的新时代是充满希望的。当然，后来在朱元璋残酷的大杀功臣的开国恐怖政治中，高启被杀，这就不是高启写这首诗时能预料到的了。

明朝群星灿烂，我们不妨打破时间顺序，先从一个嘉靖时的落魄书生开始说起。这个书生的一生又能够隐括明朝各个时代的恩恩怨怨、是是非非。

# 文武全才徐渭

半生落魄已成翁，独立书斋啸晚风。

笔底明珠无处卖，闲抛闲掷野藤中。

明·徐渭《题墨葡萄》

这四句诗，是明朝集各种传奇于一身的徐渭题在自己的画上的。

徐渭，字文长，绘画、书法、作诗全能。他的画如今是价值连城的国宝，可当年却无人问津。徐渭的诗中和画中都透着一股英雄无奈的郁郁之气，但又桀骜不驯，全无奴颜婢膝；徐渭是英雄，文武全才，为国为民洒尽毕生心血，却一生无奈，笔底明珠无处卖。别说为官，他连个举人的功名都没有，一辈子就是个没有固定工作的穷秀才。

文章四海推崇，却科举接连不第；书画价值连城，却一生穷苦；为国立有平定倭寇的不世军功，却因朝廷党争而被逼得精神失常，还住了多年监狱，到了风烛残年才获释。即便如此，徐渭的诗歌和文章依然在创作不息，他的抱负可能在当朝不能实现，但他的文采和风流在万古已经长存，今天我们谈起明朝的诗歌和历史，首先讲的不是别人，就是徐渭。

徐渭，又号青藤道士等，浙江绍兴人。至今绍兴市柯桥区兰亭镇还保存着徐渭墓地，是全国重点文物保护单位。徐文长是人们对他最多的称呼，他一生极为坎坷，但英雄事迹不断，留下了一段又一段传奇，无论哪段传奇都只能让后人望洋兴叹。

他是诗人、画家、书法家，他说自己诗一、书二、文三、画四。

清朝名扬天下的郑板桥自己刻了一方印，印上刻着"青藤门下走狗"。什么意思？走狗？对，就是郑板桥自己刻的，青藤道人是徐渭，郑板桥对徐渭的膜拜已经无以复加，自己甘愿做徐渭门下的一条狗，这就是粉丝对偶像的最高程度膜拜。

当代国画大师齐白石，经常对人讲，要是能早生三百年，一定跑去给徐渭铺纸、磨墨，如果徐渭不搭理我，把我赶出门，那我就在门口蹲着也心甘情愿。

不用介绍徐渭的丰功伟绩，单凭郑板桥和齐白石的无比膜拜，我们就可以知道徐渭的地位。

如果说徐渭仅仅是能诗会画能写戏剧，那他还只是个一代文豪。可徐渭不是个只会空谈的马谡，他还热血有担当，以文弱书生之身体而纵横疆场，在倭寇袭扰江浙沿海，烧杀掳掠无恶不作，成为明朝心腹大患的时候，跟随浙直总督胡宗宪出谋划策、参赞军务，屡献奇策，屡建奇功，和一代名将戚继光、俞大猷等人均有交集。

平定倭寇后，徐渭还北上塞外，远赴辽东，和蒙古俺答汗的王妃、著名的巾帼英雄三娘子成为知交，为三娘子稳固草原各派局势，巩固蒙古政权与明朝的和平关系立下大功。在辽东教辽东总兵李成梁的儿子李如松兵法，李如松继任辽东总兵后也成为一代名将。凡此种种，徐渭之才经天纬地，无所不包，可就是不能被时代所包容，一生困顿，晚年连顿饱饭都吃不到，这是为什么呢？

徐渭少年时，父母早亡，幼小的他依附于哥哥家讨生活，孤苦无依中读书不辍，6岁即被称为神童，生活的艰苦给了小徐渭更加努力读书的动力，他想通过读书科举改变命运。可科举总是这么神奇，自隋代设立科举后，多少大才之人都被科举考试拦在官场之外，这也是一言难尽之事。

徐渭的秀才学历，再也没有能进一步。徐渭为了讨生活，就当了上门女婿，入赘了一个大户人家潘家，在岳父岳母家里讨生活，更是寄人篱下，这对于孤高的徐渭来说自然也是一言难尽了。历史似乎不愿意忘记这个大才之人，又把他推到了历史的风口浪尖，这就是从元末就开始一直到明朝中后期，危害中国几百年的东洋倭寇之患。

# 抗倭大业

## ——胡宗宪、戚继光、徐渭

南北驱驰报主情，江花边月笑平生。

一年三百六十日，多是横戈马上行。

明·戚继光《马上作》

战罢亲看海日晴，大酋流血湿龙衣。

军中杀气横千丈，并作秋风一道归。

明·徐渭《凯歌赠参将戚公》

　　这两首诗，是将军戚继光和秀才徐渭的诗，第一首诗是抗倭领袖戚继光将军的名作，"一年三百六十日，多是横戈马上行"，饱含了将军为国抗敌的热忱和辛劳。据说徐渭晚年经常吟诵这首诗，来回忆他和戚继光、胡宗宪共同度过的慷慨激昂的抗倭岁月。我国元明时代，日本国内是混乱的战国时代，很多失势和破产的封建领主及其手下的武士浪人纷纷成了海盗。这些倭寇从元末明初开始经常劫掠中国和朝鲜沿海，后来规模不断扩大，成为危害中国东南沿海的大患。

　　戚继光比徐渭的名气大很多，但大家知道吗，戚继光和徐渭是同事，他们同在总督胡宗宪的领导下一起抗击倭寇，戚家军就是用徐渭的很多奇计良谋来奋勇抗击倭寇的。那么徐渭是怎样从一个农村教书的穷秀才而开始帮助总督胡宗宪这样的封疆大吏去抗倭的呢？

　　倭寇袭扰东南沿海时，徐渭没有像普通百姓那样四散奔逃躲避倭寇，也没有像腐败的明朝官军那样望风而逃，更没有像很多走投无路的百姓那样一死了之，而是敏锐地寻找倭寇的弱点，分析倭寇的战法，从小就饱读的兵书被徐渭这一个落魄秀才运用得出神入化。他组织民兵、帮助收拢溃散的官军积极防御，主动出击，因地制宜地设防，把手无寸铁的百姓在极短时间内训练成能狙杀倭寇的义勇军，对如入无人之境的倭寇进行了有力杀伤。他在绍兴一带名声大噪，倭寇听到徐渭的名字都恨得咬牙切齿，又怕得浑身哆嗦。

也正是徐渭一个书生，以秀才之名屡挫倭寇，被当时的浙江巡抚胡宗宪看中，直接收入幕府之中，参赞军务。说到胡宗宪，那可是名垂史册的一代名臣，字汝贞，安徽人，进士出身，从县令干起，政绩卓著，官至浙直总督、兵部左侍郎、都察院左佥都御史。来浙江后，稳扎稳打，大胆起用戚继光，并为戚家军的崛起提供保障，最终在他的带领下，戚继光、俞大猷、谭纶等名将齐心协力一举肃清了江南倭寇，厥功至伟。在胡宗宪的各种优点中，知人善任是最著名的，比如他以督抚之尊，发现徐渭的才华特别是军事才能后，就立刻力排众议礼聘徐渭这个穷秀才入幕，进入幕府后就让徐渭直接掌握军政大权，参赞军务，对徐渭言听计从。

徐渭在胡宗宪的总督幕府是师爷的身份，或者叫军师，这是亲信，属于总督自己聘请的参谋队伍。徐渭在胡宗宪幕府中，逸事特别多。比如别的师爷都对总督大人毕恭毕敬，只有徐渭潇洒自如，从不谄媚胡宗宪；胡宗宪对徐渭极尽礼遇，徐渭把自己的军事才华也充分发挥，帮胡宗宪出谋划策。

当时戚继光招募新成立的戚家军，徐渭也多有策划，后来徐渭还亲自设计离间了汪直、徐海等海岛头子和日本人的关系，使其自相攻伐，最后徐渭亲自出马招降了危害东南几十年的倭寇里的最大的汉人海盗头子汪直，从而彻底肃清了倭寇。

最初胡宗宪发现徐渭的才华招募徐渭入幕时，徐渭并没有马上答应这位督抚大人。因为徐渭担心胡宗宪是严嵩一党，担心他是腐败的酒囊饭袋，如果真是腐败的严党，徐渭还真不伺候；直到徐渭发现胡宗宪的为人正直之后，才相信这位胡大人，从而决定把才华贡献给他。那么很多评价说胡宗宪是严嵩党羽，这话对吗？

胡宗宪从政时，严嵩就是内阁首辅，整个朝局都在严阁老手里，胡宗宪的每一步提拔，离了严嵩一党都寸步难行。胡宗宪为了获取支持，为了抗倭顺利，当然要和严嵩一党搞好关系，甚至给严嵩祝个寿、送点礼这都是非常正常的；但胡宗宪就是用极高的政治智慧，获得了严党的信任，利用严党的支持发展保境安民、抗击倭寇的大业。

戚继光崛起时，屡有小人陷害，说他拥兵自重，这时都是胡宗宪上下解释，替戚继光争取宽松环境。可以说当时的抗倭大业离了胡宗宪和严嵩一党的良好关系都将是纸上谈兵，但这也正是胡宗宪悲哀之处，不靠严嵩就没有权力抗倭，为了抗倭就只能依附严嵩；可依附了严嵩这个奸佞，注定留下千古骂名，还会惹来杀身之祸。

就在胡宗宪平定了倭寇之后，还没享受几天升官嘉奖的荣耀，几十年不上朝的明世宗嘉靖对严嵩也忍无可忍了，下旨罢黜了严嵩，派锦衣卫冲进严府逮捕了严世蕃。于是执政二十余年，经常把反对派抄家灭门的严嵩父子，也被抄家了。

嘉靖帝提拔严嵩的死对头徐阶担任了内阁首辅。明朝从朱元璋开始，不设宰相，但皇帝肯定不能处理那么多政务，政务交给谁？交给内阁，这个内阁首辅就是带领六部尚书处理朝政的首席执行官。

徐阶一执政，当然是要清算严嵩党羽，严党最大的封疆大吏中还手握重兵的是谁？就是胡宗宪。徐阶不会听胡宗宪解释，直接找了很多罪状，把胡宗宪下狱。还是嘉靖皇帝紧急出来说话，说"胡宗宪不是严党，都是朕在提拔他"，这才保住了一命，被剥夺了一切职务，回家养老。可惜两年后，徐阶再次发力，抄严党大员罗龙文家时，发现胡宗宪给罗龙文写过信，说是信里有大不敬，于是胡宗宪又获死罪，给下了监狱。这次胡宗宪没有等着皇帝开恩。或许是他太累了，一生征战，令倭寇闻风丧胆的胡总督，写下了两句诗：

宝剑埋冤狱，忠魂绕白云。

然后就自杀了。

据说在胡宗宪两次入狱九死一生之际，受过胡宗宪提拔恩惠的门生故吏唯恐避之不及，只有山阴秀才徐渭一人，跑前跑后，送水送饭。胡宗宪死后，徐渭把在抗倭战争年代和胡宗宪共同测绘的沿海山川海流地形地貌汇编成册，传之后世，就是著名的《筹海图编》。

后来到了万历朝，已无倭寇可剿的戚继光也被调往北方闲置，徐渭的军中故旧多半飘零。戚继光的一句"封侯非我意，但愿海波平"写出了那个时代不可磨灭的英雄的气概和报国情怀。

# 威震朝鲜的李如松

提兵星夜到江干，

为说三韩国未安。

明主日悬旌节报，

微臣夜释酒杯欢。

春来杀气心犹壮，

此去妖氛骨已寒。

谈笑敢言非胜算，

梦中常忆跨征鞍。

明·李如松《大明东征提督李如松赠朝鲜都休察使柳成龙》

这首诗，是明朝辽东名将李如松在率军入朝鲜，抗击日本侵略时，写给一位朝鲜官员的。"春来杀气心犹壮，此去妖氛骨已寒。"这两句掷地有声，一定要杀得日本侵略军的妖氛彻骨寒才行。李如松说到做到，挽救了危亡的朝鲜，歼灭了日军侵略部队的主力，李如松的兵法就是得自徐渭。

徐渭自胡宗宪之后再不入达官贵人幕府。或许这是他报答胡宗宪知遇之恩的方式。徐渭从此浪迹天涯，过着风餐露宿、四海为家的生活。他北跨长城，到了张家口的重镇宣化，还漫游到蒙古部落中，结识了三娘子，还到过辽东，为辽东总兵李成梁的儿子李如松讲述兵法。

李成梁是威震辽东几十年的一代名将，他对徐渭的军事才略无比佩服，力邀徐渭给自己的长子李如松讲授兵法战略。在日本大举入侵明朝的藩属国朝鲜，李如松奉命率辽东兵入朝抗日时，徐渭的教学成果就能充分显示出来。

这里先简要说一下日本的幕府将军历史，我们就能理解日本此次侵略朝鲜的内部原因了。

在明朝万历时期，日本的足利家族建立的室町幕府垮台，日本进入混战的战国时代。有"战神"之称的织田信长逐渐崛起，成为日本新的武士领袖。

辅佐织田信长立下大功的丰臣秀吉，在织田信长被伏击死亡后，继承信长遗志完成了一统全日本的大业，成为新一代日本的统帅。丰臣秀吉担任了关白，就是日本的最高执政官，可以代天皇行政，代天皇讨伐四方。

关白和征夷大将军一样都是军阀掌权的体制，这种体制其实就是日本天皇长期无权，只能依靠能控制局势的武士贵族首领来维护皇位。这种特殊的执政体制，是在日本的平安时代末期，由被称为"鬼武者"的源赖朝最早建立的。

大约在南宋末期，日本进入了平安时代的尾声，不满平清盛政权的贵族源氏家族屡遭打压，源氏家族里很有儒家文化素养又擅长谋略的源赖朝长期被政府流放。

源赖朝没有消极，在二十年间的流放生活中饱读诗书、积蓄力量，暗中联络各地武士和贵族集团，最终源赖朝发兵起义，攻占东部重镇镰仓，以此为根据地建立政权，几次大战下来，最终消灭了掌权的平氏家族，终结了平安时代。源赖朝进京，大刀阔斧地改革朝政，做了很多稳固武士阶层利益的举措，从而获得全国大小军阀的广泛拥护，被天皇册封成为首任"征夷大将军"。他在大本营镰仓设立幕府，从此全国大政都出于镰仓幕府，天皇就在京都皇宫里养老而已。

谁能一统天下，控制了局势，天皇就会授予这个人"征夷大将军"的头衔。据说这个头衔是从春秋时期齐桓公那里学的，齐桓公提出了"尊王攘夷"的口号，幕府将军也是这个口号。这个征夷大将军设立的幕府就是政府，掌控天下大事，对不服气的地方大名（地方掌权的豪门）可以以天皇的名义进行讨伐。除此之外，幕府甚至还可以废立天皇。这种体制就是日本历史上存续了六百多年的幕藩体制。从源氏的镰仓时代，足利家族的室町时代，德川家康开创的江户时代，日本一直延续了这种征夷大将军的体制。直到日本的明治天皇在位时期，在全国蔓延的倒幕武装的不断逼近下，德川家族的末代征夷大将军德川庆喜被迫实行了归政于天皇"大政奉还"，由源赖朝最早建立的代天皇执政的幕府将军体制才算走到了尽头。

再回到明朝万历年间，徐渭的时代。日本岛内室町幕府的足利将军早没有了足利义满当年的英明神武，更无力控制天下大乱的局势，各地豪杰武士纷纷起来混战，这个时期被称为日本的战国时代。最终，一个尾张国的地方军阀织田信长，立志以武力结束战国时代，恢复天下一统的秩序，凭借无数次以少胜多的拼命血战，逐渐杀到京都，打着"天下布武"的旗号统一了大部分日本。可惜信长没有享受到胜利的果实，在京都的本能寺被叛乱的家臣明智光秀放火所杀。信长死后，信长的心腹家臣丰臣秀吉逐步上位，成为信长继承人，并担任了关白，就是日本的最高摄政。丰臣秀吉没有担任"征夷大将军"，他选择了关白这个职位，关白代表了一种新的权威，将军只是武职，可以看出丰臣秀吉意图摆脱武家执政的体制束缚。

丰臣秀吉是织田信长的老乡，也是偏僻的尾张国人。秀吉不是出身名门，是个穷苦农民出身，连个姓氏都没有，丰臣这个姓氏还是他自己执政后由天皇赐的。他早年投在织田信长门下，从下级武士凭借赫赫战功和聪明才智一步步地成为织田信长接班人。在出任关白一统日本后，丰臣秀吉开始膨胀，萌生了侵略朝鲜、进而侵华的意图。

终于，日军越过对马海峡在朝鲜釜山登陆，已经和平享国了两百余年的李氏王朝根本猝不及防，首都汉城和陪都平壤很快被日军占领，日军兵锋直指中朝边境鸭绿江畔。

朝鲜王赶忙向明朝皇帝求救，这位几十年不上朝的万历皇帝，非常英明神武地下旨令刚刚结束西夏战斗的李如松为东征都督进军朝鲜。李如松昼夜兼程如神兵天降，一举包围了平壤城，和守城日军展开决战。

李如松战马被炸死，他神色不变，换马继续督战，他和亲弟弟李如柏都是身先士卒，不避刀剑炮火，一天之内就拿下了几万日军驻守的平壤城，一战歼灭日军主力一万余人，把驻守平壤的日军名将小西行长打得落荒而逃。此战李如松威名远播日本和朝鲜，使得日军全线收缩，侵略朝鲜的野心也瞬间崩溃。此后李如松不断率兵追击日军，接连收复了朝鲜国都汉城和其余重镇，又和朝鲜的民族英雄李舜臣相配合，大败了日军，取得平定壬辰倭乱的决定性胜利。

陆地大胜之后，明朝派陈璘任水军都督会同朝鲜名将李舜臣的龟船舰队，在露梁海面上将负隅顽抗的小西行长、岛津义泓等部的战船包围，明朝 70 岁的老将邓子龙一马当先，跳上敌舰往来冲杀，该战大破日军，歼灭日本海军主力。日军残兵败将从此彻底撤出朝鲜，只是在露梁海战中朝联军大获全胜的捷报中，有着令人无比沉痛的讣告。

明朝身先士卒的老将邓子龙在几天几夜的战斗中被倭寇围攻，老将力战而死；赶来救援的朝鲜英雄李舜臣将军也中流弹牺牲。明朝的水军总司令吴璘含泪把邓子龙和李舜臣收殓。吴璘后人和朝鲜李舜臣后裔至今都有往来，见证着两国情谊。老将邓子龙也在朝鲜被广泛祭奠。

日本撤军，朝鲜光复，丰臣秀吉也在无比遗憾中谢世。

李如松此次带着辽东铁骑入朝鲜作战，大败日军。用兵出神入化，临阵指挥潇洒自如，攻城野战更是身先士卒，其军事方略除了其父李成梁多年镇守辽东的韬略外，师承正是徐渭。当年徐渭就是辅佐胡宗宪和日本倭寇直接对战而屡破敌军的，如今他的徒弟又再次在朝鲜胜了日本正规军，不能不说是徐渭师徒的一段传奇。李如松家是铁岭地区的望族，其父李成梁、其弟李如梅、李如柏都是戍守辽东的名将。李如松后来继任辽东总兵，在蒙古土蛮部入侵辽东时，率三千骑兵追击土蛮到抚顺的浑河一带，被蒙古大军包围，力战而死。死后被赠少保、宁远伯，赐谥"忠烈"，名垂青史。

# 塞北三娘子

## ——长城保太平

大泽高踪不可寻，

古碑祠木自阴阴。

长江万里元无尽，

白日千年此一临。

我已醉中巾屡岸，

谁能梦里足长禁?

一加帝腹浑闲事，

何用傍人说到今。

明·徐渭《严先生祠》

徐渭这首诗，借悼念东汉名士严光抒发了自家情怀。严光是光武帝刘秀的同班同学，刘秀称帝后非常仰慕这位老同学的才华，屡次征召严光入朝，想封官许愿。但严光能推就推，能跑就跑，最终无数次拒绝皇帝同学的邀请，隐居山中，不知所终。严光是志趣高洁不慕权贵的典型，徐渭就是明代的严光。

再说日本方面。正是这次损失惨重的侵略朝鲜，令丰臣家的军事力量和支持丰臣的关西大名们损失惨重。很有头脑、一直反对侵略朝鲜招惹明朝的德川家康，因为没有参战得以趁机积蓄了财富和力量。丰臣秀吉病逝后，秀吉6岁的幼子丰臣秀赖继任将军位，大权由秀吉所托孤的五大军阀（五大老）所掌握。很快，五大老中，忠于秀吉的前田利家等军阀相继病逝，已经实力最为雄厚的德川家康趁机发难，经过几年混战，打败了丰臣家族的几路人马，用绝对优势兵力包围了丰臣家族最后的根据地大阪城。大阪城是丰臣秀吉亲自修建的名城，此时一片火海。

丰臣秀吉的淀夫人本名叫浅井茶茶，也是贵族之女。在德川军入城的最后的时刻，她带着儿子丰臣秀赖在仓库中毅然自焚，把自己和丰臣秀吉一生的霸业和大阪城一起焚化在熊熊烈火中。德川家康这个出生于织田信长时代的老人，送走了丰臣秀吉时代，最终开创了自己的德川时代。他彻底终结了战国时代，武力平定了全日本，成了新一代征夷大将军。在江户（今东京）开创了江户幕府，掌握了日本大政，在丰臣秀赖母子自焚一年后，再无挂碍的德川家康也闭上了眼睛，日本的一个时代结束了。

再说徐渭和三娘子。三娘子是蒙古土默特部首领，是出身成吉思汗黄金家族的传奇女子，是一代雄风的蒙古女中豪杰。她饱读诗书，精通中原文化，先后辅佐三代蒙古俺答汗顺义王，主政掌兵三十年，使明朝和蒙古的和平交往得以延续，维护了明朝版图完整，被明皇册封为忠顺夫人。

要侧面了解三娘子，我们还是来看下徐渭的《咏三娘子》。

> 女郎那复取枭英，此是胡王女外甥。
> 帐底琵琶推第一，更谁红颊侍芦笙。
>
> 汉军争看绣两裆，十万弯弧一女郎。
> 唤起木兰亲与较，看她用箭是谁长。

从这可以看出，三娘子的武功可以和木兰一较短长。而下面冯琦《题三娘子画像三首》这首诗直接把三娘子写成塞北梨花，足见三娘子的气概和风神。

> 塞北佳人亦自饶，白题胡舞为谁娇。
> 青霜已尽边城草，一片梨花冷不销。

三娘子最早嫁给了俺答汗，那时蒙古各部和明朝关系十分紧张，屡有战事；后来经三娘子反复劝说，俺答汗放弃了和明朝的敌对政策，纳贡称臣，明朝也开放了边境互市，并封俺答汗为顺义王。从此明朝和蒙古各部开始了和平共存，从张家口的宣化、山西的大同到甘肃，基本沿长城一线，都是双方互市买卖的一片繁荣。此后三娘子先后嫁给两代即位的俺答汗，始终维护蒙古和明朝的良好关系，影响了几代俺答汗。

在元末天下大乱之时，朱元璋逐渐崛起统一了南方，并开始北伐。元顺帝无力与朱元璋争锋，在几次军事大败之后，主动撤出了北京，回到了蒙古草原。朱元璋比较顺利地拿下了北京，所以给元顺帝封了个顺字的尊号，表示他识时务顺应天命。元顺帝回草原后，元朝基本就算终结了，蒙古各部也重新分裂，各自为政——或远走西域、中亚，或依附了明朝，或继续与明朝敌对时不时发兵袭扰。明朝为了应付北部边患，重新修筑了万里长城，西起嘉峪关东面出山海关，一直往东延伸到鸭绿江畔，到了今朝鲜境内才算完，这才是恢宏的明长城，比秦始皇那会儿修的长多了。

20 世纪 90 年代之前，我们一直认为明长城是嘉峪关到山海关；现在随着考古工作的进展，发现河北秦皇岛的山海关远不是明朝长城的东端起点。这条长城出山海关后，一直沿辽西和辽东的群山而建，面朝苍茫的渤海，在这条辽西走廊或称东北亚走廊之上蜿蜒起伏，成为我们文化和国力的见证，为后人留下了无尽的历史文化遗产。

# 说不尽的徐文长

险夷原不滞胸中，
何异浮云过太空？
夜静海涛三万里，
月明飞锡下天风。

明·王阳明《泛海》

这首诗是明代和徐渭一样传奇的王阳明所写。王阳明一生实践心学，对生活中的种种坎坷，都视作浮云过太空。王阳明一生文治武功和徐渭十分相似，文能安邦，武能定国，王阳明平定了宁王叛乱，获得了高官显爵，比一生困顿的徐渭幸运得多；王阳明的心学桃李满天下，全国都是他的学生和粉丝，这点也比徐渭幸运得多。千载之下，王阳明的声名如日中天，各种版本的图书纷纷追捧。相比较徐渭，那就冷清得多。所以我们这里不过多地谈王阳明，就谈和王阳明一样有着经天纬地之才的徐渭。

徐渭的诗文在当时也不可能出版，都是在当地很小的范围内传抄。他的诗文书画和传奇事迹很多都是后代名人偶然发现，推崇备至才被世人所知的。比如，比徐渭晚一些时候的袁宏道，以文坛领袖的名望写下了对徐渭饱含敬仰的《徐渭传》；清代郑板桥更是逢人便说徐渭。正是由于后代名人雅士的极力推崇，徐渭才留在了我们的记忆中。

徐渭从监狱出来后，据说还多次自杀过，所以外界一贯说他发狂、有病。可我们要注意一个事实：他远游塞外教授李如松兵法和拜会三娘子都是在他所谓的发狂杀妻入狱之后，徐渭要是得了疯病，李如松和三娘子能和徐渭那么倾心而谈吗？一个精神失常的人能指导辽东总兵兵法，能让蒙古部落领袖缓和民族关系吗？

万历二十一年（公元1593年），徐渭走完了他传奇又异常困顿的一生，死时身边没有亲人，只有一条黄狗相伴，终年72岁。他在诗歌、书法、美术、戏剧创作等方面留下了很多划时代的杰作，还有他一直被人们忽略的军事才能。

徐渭就是一个传奇，留给我们太多的回忆，留给我们太多的唏嘘。

明代大文豪袁宏道，在若干年后，看到了徐渭的文章，惊为天人，写下了一篇《徐渭传》。徐渭的传记不载于《明史》，因为正史只给官高爵显的人物立传，徐渭一生坎坷，又是布衣终身。袁宏道以文坛领袖的身份给徐渭这位散落民间的奇人树碑立传，为我们走进这位传奇的英雄提供了一个阶梯。

余少时过里肆中，见北杂剧有《四声猿》，意气豪达，与近时书生所演传奇绝异，题曰"天池生"；疑为元人作。后适越，见人家单幅上有署"田水月"者，强心铁骨，与夫一种磊块不平之气，字画之中，宛宛可见。意甚骇之，而不知田水月为何人。

一夕，坐陶编修楼，随意抽架上书，得《阙编》诗一帙。恶楮毛书，烟煤败黑，微有字形。稍就灯间读之，读未数首，不觉惊跃，忽呼石篑："《阙编》何人作者？今耶？古耶？"石篑曰："此余乡先辈徐天池先生书也。先生名渭，字文长，嘉、隆间人，前五六年方卒。今卷轴题额上有田水月者，即其人也。"

余始悟前后所疑，皆即文长一人。又当诗道荒秽之时，获此奇秘，如魇得醒。两人跃起，灯影下，读复叫，叫复读，童仆睡者皆惊起。

余自是或向人，或作书，皆首称文长先生。有来看余者，即出诗与之读。一时名公巨匠，浸浸知向慕云。

文长为山阴秀才，大试辄不利，豪荡不羁。总督胡梅林公知之，聘为幕客。文长与胡公约："若欲客某者，当具宾礼，非时辄得出入。"胡公皆许之。文长乃葛衣乌巾，长揖就坐，纵谈天下事，旁若无人。胡公大喜。是时公督数边兵，威振东南，介胄之士，膝语蛇行，不敢举头；而文长以部下一诸生傲之，信心而行，恣臆谈谑，了无忌惮。

会得白鹿，属文长代作表。表上，永陵喜甚。公以是益重之，一切疏记，皆出其手。

文长自负才略，好奇计，谈兵多中。凡公所以饵汪、徐诸虏者，皆密相议然后行。尝饮一酒楼，有数健儿亦饮其下，不肯留钱。文长密以数字驰公，公立命缚健儿至麾下，皆斩之，一军股栗。有沙门负资而秽，酒间偶言于公，公后以他事杖杀之。其信任多此类。

胡公既怜文长之才，哀其数困，时方省试，凡入帘者，公密属曰："徐子，天下才，若在本房，幸勿脱失。"皆曰："如命。"一知县以他羁后至，至期方谒公，偶忘属，卷适在其房，遂不偶。

文长既已不得志于有司，遂乃放浪曲糵，恣情山水，走齐、鲁、燕、赵之地，穷览朔漠。其所见山奔海立，沙起云行，风鸣树偃，幽谷大都，人物鱼鸟，一切可惊可愕之状，一一皆达之于诗。

其胸中又有一段不可磨灭之气，英雄失路、托足无门之悲，故其为诗，如嗔如笑，如水鸣峡，如种出土，如寡妇之夜哭，羁人之寒起。当其放意，平畴千里；偶尔幽峭，鬼语秋坟。文长眼空千古，独立一时。当时所谓达官贵人、骚士墨客，文长皆叱而奴之，耻不与交，故其名不出于越。悲夫！

一日，饮其乡大夫家。乡大夫指筵上一小物求赋，阴令童仆续纸丈余进，欲以苦之。文长援笔立成，竟满其纸，气韵遒逸，物无遁情，一座大惊。

文长喜作书，笔意奔放如其诗，苍劲中姿媚跃出。余不能书，而谬谓文长书决当在王雅宜、文征仲之上。不论书法，而论书神：先生者，诚八法之散圣，字林之侠客也。间以其余，旁溢为花草竹石，皆超逸有致。

卒以疑杀其继室，下狱论死。张阳和力解，乃得出。既出，倔强如初。晚年愤益深，佯狂益甚。显者至门，皆拒不纳。当道官至，求一字不可得。时携钱至酒肆，呼下隶与饮。或自持斧击破其头，血流被面，头骨皆折，揉之有声。或槌其囊，或以利锥锥其两耳，深入寸余，竟不得死。

石篑言：晚岁诗文益奇，无刻本，集藏于家。予所见者，《徐渭集》《阙编》二种而已。然文长竟以不得志于时，抱愤而卒。

石公曰：先生数奇不已，遂为狂疾；狂疾不已，遂为图圄。古今文人，牢骚困苦，未有若先生者也。虽然，胡公间世豪杰，永陵英主，幕中礼数异等，是胡公知有先生矣；表上，人主悦，是人主知有先生矣。独身未贵耳。先生诗文崛起，一扫近代芜秽之习，百世而下，自有定论，胡为不遇哉？梅客生尝寄余书曰："文长吾老友，病奇于人，人奇于诗，诗奇于字，字奇于文，文奇于画。"余谓文长无之而不奇者也。无之而不奇，斯无之而不奇也哉！悲夫！

最后一段对徐渭悲剧一生做了概括，当然袁宏道注意到了徐渭的文学艺术大才，把这位千古奇人介绍给当时的文坛，非常了不起。但这篇传记中对徐渭的抗倭功业和教育李如松、劝慰三娘子等种种故事都没有过多的提及，这也是这篇《徐渭传》的遗憾。

"几间东倒西歪屋，一个南腔北调人。"这是徐渭留下的一副对联，其中滋味，任由后人去品。

玖

明亡清兴

三年羁旅客，今日又南冠。

无限河山泪，谁言天地宽。

已知泉路近，欲别故乡难。

毅魄归来日，灵旗空际看。

南明·夏完淳《别云间》

这首充满悲情的诗，是明末清军入侵时，江南的抗清志士、年仅 17 岁的夏完淳就义前所作。1644 年，李自成的大顺起义军攻破北京，明朝的崇祯帝朱由检在故宫外的景山自杀，从此明朝基本灭亡。清朝军队趁机杀进山海关，顺治皇帝移居北京，标志着称霸东北、以沈阳为首都的清朝正式入主中原。

但是崇祯帝死后，明朝的残余势力仍然有很大一片地盘，各地百姓也不甘被清朝统治，纷纷起来抵抗。明朝的福王在南京称帝，建立弘光南明政权，继续延续明朝皇统，此后各地藩王纷纷监国或称帝聚集力量抗清，其中桂王朱由榔建立永历政权，在大西南坚持抗清最久，直到 1662 年永历帝被吴三桂害于昆明，南明政权才正式结束。

这其中是明亡清兴的几十年，崛起的乱世枭雄李自成、张献忠，悲催的明朝崇祯帝和南明小朝廷、势如破竹的清朝，冲冠一怒为红颜的吴三桂等，这些都是明亡清兴的大背景下一一登场的划时代的人物。伴随着他们的逐一登场，也会有更多更好的诗歌和这些历史事件交织，和这些历史人物交汇。

# 屈死的"长城"

## ——袁崇焕

一生事业总成空，
半世功名在梦中。
死后不愁无勇将，
忠魂依旧守辽东。

明·袁崇焕《临刑口占》

这首诗是袁崇焕被绑在北京菜市口等待凌迟处死的最高酷刑时，口授的四句绝命诗。袁崇焕这个立下赫赫战功的辽东巡抚，抗击关外努尔哈赤的后金政权的铁血长城，就被崇祯皇帝下令凌迟处死在菜市口，理由和当年南宋高宗杀岳飞差不多，基本就是个莫须有。据说崇祯皇帝得到太监的密报，说袁崇焕勾搭后金，做了后金的奸细，崇祯大怒，就以谋反罪把袁崇焕凌迟了。行刑的当天，不明真相的吃瓜群众争相掏钱买袁崇焕的肉，刽子手割下一片，底下就有人出钱买一块拿回去吃。

天知道崇祯皇帝怎么会这么恨袁崇焕，要知道没有袁崇焕在辽东的几十年东征西讨，或许清太祖努尔哈赤早就杀进山海关了。说袁崇焕是后金的奸细，估计后金和后来的清朝都不信。后金的建立者清太祖努尔哈赤就是在宁远大捷中被袁崇焕的红衣大炮炸死，这些情况崇祯帝不是不知道，可他就是要杀了袁崇焕，不是说他真的就相信袁崇焕谋反，而是袁崇焕反不反，都必须死，就像岳飞当年一样。谁都知道岳飞精忠报国，宋高宗的江山就是岳飞打下来的，他当然知道岳飞的冤屈，可皇权的猜忌永远是悬在忠臣良将头上的一把刀。只要皇权猜忌了，忠臣良将必须死。这个明思宗崇祯皇帝，就是一个明知袁崇焕是长城也要自毁长城的皇帝，但别以为崇祯是一个耽于酒色的昏君，不是的，崇祯帝是个十分勤政爱民的皇帝。

崇祯皇帝名叫朱由检，他是继承的他哥哥明熹宗的皇位。明熹宗一生爱好木工活，朝政都委托给了大太监魏忠贤，这个魏忠贤的一生和"忠"与"贤"这两个字基本挨不上。但明熹宗无子，死时把弟弟朱由检叫来，说咱兄弟俩当尧和舜吧。传说上古时代尧晚年把皇位禅让给了更加贤明的舜，只不过明熹宗不是尧，他弟弟也不是舜。

朱由检做了崇祯皇帝后，不贪财不好色。《圆圆曲》里提到了"熏天意气连宫掖，明眸皓齿无人惜"，倾国倾城的陈圆圆最早是被送进宫去伺候皇上的，孰料崇祯皇帝非常正派，对这种选秀女一类的选秀毫不留情。陈圆圆一进宫就等于被打入冷宫，后来又被发配出宫，又回到了田宏遇的府上当了歌姬，这才与来田府做客的青年吴三桂相逢。

这就是历史的戏剧性，这么一个能牵绊明、清、李自成大顺三方势力的女人，其实最早应该属于崇祯皇帝，可惜崇祯没有预料到这个他连正眼看也不看的女人对于明朝的命运是多么生死攸关。

说起明朝的末代皇帝崇祯皇帝，他简直就是个悲剧人物。他的全部心思都在振兴已经千疮百孔的大明江山上，只不过他有心无力，很多事办得都是虎头蛇尾不能善始善终。万历皇帝几十年不理朝政，但国家大事都能摆平，崇祯皇帝倒是勤政，可国事却一发不可收拾了。

比如，针对在东北大地强势崛起的满族后金政权，崇祯皇帝果断起用了被他哥哥明熹宗冷落和被阉党魏忠贤陷害多年的袁崇焕，重用袁崇焕做了辽东巡抚来抵御后金，还赐给袁崇焕尚方宝剑。当时的清朝，已在太祖努尔哈赤率领下从黑龙江一带的游牧狩猎的女真部落，一跃成为攻占抚顺和沈阳等关外重镇，并在沈阳修建皇宫开国称帝的后金国，由于和历史上建立金朝的女真人是同族，所以号称后金，后来定都沈阳后，改成了大清，努尔哈赤是清太祖，皇太极是清太宗。

袁崇焕出任辽代巡抚后在皇帝的信任下力排众议，整顿辽东防务，积极备战；还在锦州和葫芦岛之间兴建了战略要塞宁远城（今辽宁兴城），在宁远大败所向披靡的后金军队；还一炮炸死了努尔哈赤，缓解了后金对明朝的军事威胁。

但好景不长，崇祯帝开始怀疑袁崇焕不忠了，特别是当袁崇焕拿皇权赐予的尚方宝剑杀了割据皮岛、不听调度的大将毛文龙后，袁崇焕也惹来了杀身之祸。袁崇焕被下狱押解进京，被处以极端残忍的凌迟处死。一代英雄，令后金军队闻风丧胆的袁崇焕，就这样冤死在了北京菜市口。袁崇焕死后，山海关—宁远—锦州这条关宁锦防线不攻自破，从此努尔哈赤创建的满族后金政权的军队就可以兵锋直抵山海关下了。

袁崇焕在临死前口述的这首绝命诗，意蕴苍凉悲壮，难掩英雄无奈的千古之恨。袁崇焕是进士出身，读书万卷，下笔有神，以书生之力投笔从戎，指挥千军万马，屡建奇功，是明末抗击后金的一代英雄。明朝覆灭后，残存在南方的南明政权，先后对袁崇焕进行昭雪平反，南明小朝廷最后一个皇帝，永历帝（桂王）朱由榔特别感慨袁崇焕的遭遇。的确，明朝要能善待袁崇焕，何至于江山易代？只是崇祯帝自毁长城后，再隆重地昭雪平反，又有什么意义呢？

清朝的乾隆帝尤其褒扬袁崇焕，获得了对手的敬畏却被自己的皇帝凌迟，"死后不愁无勇将"就暴露出有多少忠心的勇将是死在朝廷的手下，难怪袁崇焕也只能"忠魂依旧守辽东"了。如此错杀忠臣的皇帝崇祯下场也很惨，他在李自成大军入城当晚，自缢在景山的歪脖树上，成为明朝历史上，唯一一位自缢的皇帝。景山公园至今还有歪脖树的景点，留给后人无尽的嬉笑怒骂。

# 景山上的歪脖树

先帝宵衣久，忧勤为万方；
捐躯酬赤子，披发见高皇。
风雨迷神路，山河尽国殇；
御袍留血诏，哀痛何能忘！

明·屈大均《悼先帝》

这首诗是明末清初的有"岭南三大家"之一、"广东徐霞客"之称的文豪屈大均为崇祯帝所写，诗中饱含明亡遗民对崇祯这位先帝的感情，评价也极为客观。崇祯宵衣旰食的勤政这是史实。"捐躯酬赤子，披发见高皇"，就是说的崇祯皇帝自尽时，留言不许李自成伤害百姓，自己则披头散发去死，表示无面目见列祖列宗。

袁崇焕死后不久，李自成的大顺起义军攻进北京，崇祯皇帝也吊死在景山歪脖树上。

还有，崇祯帝他一心想整顿吏治。他对贪官污吏和庞大的官僚机构十分痛恨，推行了严厉的裁汰冗余公务员和撤并官僚机构的政策，目的是减轻国家和百姓纳税的负担，结果这一快刀斩乱麻的政策找对了病根，但也激起了更大的祸患。在陕西某驿站负责喂马和伺候往来官员的一个最低级的小吏李自成，被裁了。李自成本来胸无大志，在驿站倒也清闲，结果这下生活无着，就激动地开始了造反，最终打进了北京城，把裁他的崇祯帝逼死在了景山公园里的那棵歪脖树上。

再有，对于内部爆发的高迎祥、李自成、张献忠的起义军，外部有努尔哈赤和皇太极、多尔衮带领的后金军，在这种内外交困中，崇祯帝没有一个合理的战略部署，和朝中大臣也多有不合，最后导致首都陷落。所以《圆圆曲》第一句就是从崇祯皇帝的死开始的。

"鼎湖当日弃人间，破敌收京下玉关。"这两句诗中的鼎湖是说崇祯。他是自杀的，所以叫抛弃了人间，抛弃了江山，抛弃了子民。

崇祯皇帝在李自成大军进北京的那天，自缢在了煤山。煤山就是景山，地方就在今天故宫北门神武门外，隔着一条马路的景山公园内。当年的宫城范围大，到景山这里都是老百姓不能进的区域。故宫和景山都是皇家宫苑，景山是皇城的制高点，是修建北京城护城河时挖出的泥土所堆积而成。古代的建筑设计十分科学，要挖河沟湖泊就得清理泥土，泥土再堆积起一个人造的山，不浪费材料还能多一处景点和制高点，更可以俯瞰北京城。

崇祯帝临死前还登上景山山顶俯瞰皇城，此时文武百官都已各自逃命，北京已没有了正规抵抗。从长城八达岭要塞居庸关守将投降开始，已经在西安称帝的大顺皇帝李自成，就是一路兵不血刃地从容走进北京，最终负责守城的大太监曹化淳打开了复兴门，大顺农民军浩浩荡荡地进了京城。崇祯这个有理想、有节操、有作为，又犯下无数严重错误的皇帝在万般无奈和悲凉中，先令皇后自尽，然后又亲手斩杀了嫔妃和公主数人。

崇祯皇帝最后登上景山，披头散发，自缢而死。死前写最后一道遗诏在蓝色袍服之上。

朕自登基十七年，虽朕薄德匪躬，上干天怒，然皆诸臣误朕，致逆贼直逼京师。朕死，无面目见祖宗于地下，自去冠冕，以发覆面。任贼分裂朕尸，勿伤百姓一人。

就从这一句"任贼裂朕分尸，勿伤百姓一人"我们就能看出崇祯帝朱由检是真的胸怀天下，心系百姓。

崇祯的性格缺陷就是刚愎自用。很多资料表明，他不是不知道袁崇焕的重要性，也不是真的相信那些袁崇焕和清朝人勾结的谣言，他甚至知道这些谣言很可能是清太宗皇太极的反间计，但他就是要坚持处死袁崇焕。因为什么？因为他宁可错杀也不会自己认错，宁可自毁长城也不会留一点点隐患。

李自成包围北京后，曾派投降过来的明宫太监给崇祯带话：我只要封个陕西王割据一方，再给我两百万两白银劳军，就立刻撤兵，不但撤兵，还能替你镇压国内的农民起义，替你抵挡东北的满族的八旗，不改朝不换代，我就是要个独立割据的陕西王即可。

可以说李自成的条件不高，都已经兵临城下还只以割据陕西为条件，想换取明朝的合法认可。崇祯的反应是断然拒绝，宁死不和贼寇谈判，这是不明智的；安抚大顺军，再整合李自成的大顺军去对付关外虎视眈眈的满族的八旗，这才是最正确的战略选择。崇祯不会选择正确的，只会选择逼死自己，因为他从来都是宁死也不会服软。

危难时刻，还有大臣劝崇祯迁都避难。明朝本来就有两个首都，南京白养着一整套官僚班子，六部尚书、监察御史还有宫女太监一应俱全，兵马粮饷应有尽有，逃到南京组织新政府，自保于江南半壁，也不失为一种退而求其次的战略；但崇祯依然拒绝，他不打、不谈、不跑，可以说就是等死。果然死了，崇祯帝是这样一位末代皇帝，他和他那个木匠哥哥一样，不适合当皇帝。

李自成见到崇祯尸体后，痛哭一场，为崇祯收尸礼葬。明朝那么多官僚和皇亲国戚，没人管崇祯的尸首，为这位崇祯皇帝收尸的竟然是李自成，不知道这算不算讽刺。

# 冲冠一怒为红颜

相约恩深相见难，

一朝蚁贼满长安。

可怜思妇楼头柳，

认作天边粉絮看。

清·吴伟业《圆圆曲》（节选）

吴三桂和陈圆圆没有过几天浪漫的日子，明朝的首都就被李自成的大军给攻占了。思妇也只能再次沦落风尘，被当成了天边粉絮。这就是一个能令当时历史所有力量交织在一起的事件：刘宗敏抢了陈圆圆。这个历史的转折点，从此改写了闯王、吴三桂、南明小朝廷及多尔衮的大清等历史。

我们再回到吴三桂。年少的他就看到了明朝政治的残酷，但戎马生涯也磨炼了他坚忍的意志。后来吴襄被罢免回北京闲住，吴三桂就成了辽东总兵，但到了吴三桂挂帅时，明朝已经没有辽东了，整个东三省都已经是后金了。后金经过太祖努尔哈赤时期，到了清太宗皇太极时代继续开疆扩土，皇太极死后顺治继位，大权在摄政王多尔衮手里。太祖和太宗的陵墓都在沈阳城里，那时后金（1616—1636年）的国都是盛京（今沈阳），东陵是努尔哈赤陵，北陵是皇太极陵，特别是北陵，在今沈阳市中心，在城市的高楼大厦环抱中有一座庞大的陵园，古迹犹存，至今气派森然。

吴三桂的全部兵马也就八万人，个个是久经沙场的精兵，驻扎在山海关上。一夫当关，万夫莫开，依山面海修筑的长城雄关，至今看来都是凛然不可侵犯的雄伟建筑，何况当时还驻有几万精兵。所以在崇祯死后，吴三桂同时收到了李自成和多尔衮的劝降信。吴三桂犹豫了，从道义和名节的角度，他哪边都不该跟，李自成是逼死皇帝的凶手，多尔衮是妄图吞并中原和自己打了多年的死敌。但从现实角度来看，他要得罪了两边就必死无疑，他这几万人马是应该打回北京替皇帝报仇，还是杀出山海关和多尔衮拼命？

冷酷睿智的吴三桂不会这么糊涂，他在抉择后，令全军给崇祯帝戴孝，并拒绝了多尔衮和已经投降清朝的舅舅祖大寿的招降，接受了李自成的招降。李自成还给吴三桂许诺了高官厚禄，据说给了个平西侯，比明朝封的平西伯高了一级。

但吴三桂不会对李自成的招安有什么好感，他在想：连一个农民军领袖，小吏出身，根本就是个反贼流寇的李自成都当上了皇帝，还敢给我封侯，多可笑？但全家老小都在李自成保护下，吴三桂没有办法得罪李自成的大顺朝就接受了招安。如果历史就这么平静地发展，吴三桂成了大顺朝的人，替李自成守着山海关，李自成随后派大军增援吴三桂，两边合兵一处，别说让清朝进关，就是杀出关去给多尔衮来个下马威，甚至收复辽东与之一拼都不是没有可能的。毕竟当时李自成手里有刚刚拿下首都士气正旺的百万农民军。

可历史是充满变数的。就在吴三桂准备跟李自成干的时候，他收到了一个噩耗。那就是他在北京的家，被李自成的头号大将——权将军刘宗敏给占了。刘宗敏倒没祸害别人，就是把那个秦淮八艳出身的陈圆圆给抢了。久经沙场的刘宗敏一看这个倾国倾城的陈圆圆，就不顾李自成善待吴家人的指令了，陈圆圆从吴家的爱妾就成了刘宗敏的压寨夫人。刘宗敏，这个替李自成打下了大半个中国的权将军，是陈圆圆继崇祯帝、吴三桂之后跟的第三个能扭转历史的男人。只不过崇祯帝没有看上她，吴三桂是真爱她，刘宗敏就是好色而已。

陈圆圆怎么到的吴三桂家呢？

原来陈圆圆自从进宫没有被崇祯皇帝看上，出宫后就在田宏遇家当歌姬，吴三桂来田府串门，很自然被陈圆圆的倾国美貌所迷，田宏遇就转手把陈圆圆送给了吴三桂这个炙手可热手握重兵的年轻伯爵。这就是诗里说的：

> 白皙通侯最少年，拣取花枝屡回顾。
> 早携娇鸟出樊笼，待得银河几时渡？

吴三桂娶回陈圆圆后，又奉命去镇守山海关，所以叫"恨杀军书抵死催，苦留后约将人误"。"一朝蚁贼满长安"，就形象地把数百万大顺军入北京城给表现出来了，吴伟业站在明朝角度，把起义的李自成军看成贼寇，像蚂蚁聚拢一样占满了长安。在古诗中长安就是首都，尽管明朝时首都不在长安，但一写到长安，就得知道说的是首都，这是一种古诗的固定写法。

　　　　　　恨杀军书抵死催，苦留后约将人误。

　　　　　　相约恩深相见难，一朝蚁贼满长安。

　　　　　　可怜思妇楼头柳，认作天边粉絮看。

　　　　　　便索绿珠围内第，强呼绛树出雕栏。

　　陈圆圆此时已成了吴三桂的妾，是伯爵府的女主人。"思妇楼头柳"，说明陈圆圆已远离风尘成了在家中思念丈夫归来的良家妇女。但后一句"认作天边粉絮看"，就说明刚刚有了良家妇女地位的陈圆圆，又瞬间被刘宗敏和军纪败坏的大顺军看成了可以随意强抢的天边粉絮，天边飞舞的柳絮只能是沦落风尘的代表，还加了个"粉"字，就是突出陈圆圆的倾国倾城。吴伟业用了孔子写《春秋》的笔法，微言大义，用很少的词句就勾勒出了难以言说的历史，这就是吴梅村大才子的不朽功力。

　　愤怒的吴三桂忍无可忍，撕碎了李自成的招降信，开始全军戴孝、整军备战号称要杀回北京给崇祯报仇。这就是"恸哭六军俱缟素，冲冠一怒为红颜"。

# 扭转乾坤的山海关

幽蓟东来第一关，襟连沧海枕青山。
长城远岫分上下，明月寒潮共往还。

明·闵的《山海关》

长城古堞俯沧瀛，百二河山拥上京。
银海仙槎来汉使，玉关秋草戍秦兵。
星临尾部双龙合，月照平沙万马明。
闻道辽阳飞羽急，书生急欲请长缨。

明·黄洪宪《山海关》

这两首诗是明代咏山海关的名作。第一首是顺天巡抚闵的写的著名的山海关诗，"长城远岫分上下，明月寒潮共往还"把山海关依山傍海的形胜做了绝佳的描绘；第二首是翰林院编修黄洪宪把山海关的威武雄壮做了描述。这座万里长城第一关，就在刘宗敏抢了陈圆圆后，历史把秦皇岛的山海关推上了风口浪尖。

李自成和刘宗敏也是身经百战的人物，自然预料到抢了吴三桂最爱的女人后，吴三桂是什么反应，所以李自成和刘宗敏亲自带着大顺军的主力杀向了山海关。

有很多材料都显示李自成完全不想和吴三桂刀兵相见，他是一个半生征战，从一个喂马的小吏而带着千军万马打进北京城的一代帝王，他非常清楚吴三桂的作用，更能料到把吴三桂惹怒的后果。他是被刘宗敏裹挟了，他是万般无奈地来和对付已经成为死敌的吴三桂。

闯王李自成本人完全不好色，他的家眷只有一妻一妾两个老太太，这两位夫人都是他早年间贫困时所娶，一路相濡以沫到最后的。李自成有文化知兵法，又有李岩等一代文人相辅佐，他深知只有严肃军纪才能获得民心，才能让老百姓继续高唱"开了城门迎闯王，闯王来时不纳粮"。

所以进京之初，李自成就下严令大顺军不得骚扰百姓，不得破坏京城商业，不得抢劫强奸，还处死过两个在市场上抢夺绸缎的违法士兵，所以早期李自成的大顺政权得以迅速安定人心，稳定京城。闯王李自成有脑子，心里也有江山，可惜的是以刘宗敏为代表的绝大多数大顺军将领，骤然从社会最底层一跃而上到金字塔顶端时，曾经艰苦卓绝、百折不挠的他们，已经被胜利彻底冲昏了头脑。

央视播出过一部《太平天国》的电视剧，其中一段插曲叫《风中泪》。歌词把洪秀全太平天国运动的失败根源写得十分贴切，放到闯王李自成的悲剧上，也是十分贴切。特别是这两句"能过那生生死死般般险，难过那花花绿绿重重关"。对闯王和权将军刘宗敏两人，都是诛心之论。


能共那苦中苦
难共那甜中甜
能过那生生死死般般险

能共那苦中苦
难共那甜中甜
难过那花花绿绿重重关

不问那千秋大业为何毁一旦
只叹那剑上血还是那么咸
不问那千秋大业为何毁一旦
风中泪还是那么酸


所以李自成在得知刘宗敏闯进吴三桂家，霸占了陈圆圆的事情后，是特别愤怒的。他甚至叫来刘宗敏一顿痛骂，可是这时的闯王发现，他已经不能随便训斥刘宗敏了，这个和他有着过命交情的好兄弟，已经对他这个闯王不那么买账了。

李自成当然愤怒刘宗敏这个败事有余的家伙，因为他的好色破坏了笼络吴三桂的计划。只不过这时的北京城，是掌控在刘宗敏的手里，刘宗敏的兵权太大，好多将领都是刘宗敏的手下，刘宗敏甚至说：都是做贼的，凭什么现在李自成在金銮殿做皇帝？

所以，闯王李自成不可能因为笼络吴三桂就过分责怪跟自己打了一辈子江山的兄弟，要怪只能怪自己这些农民军兄弟的素质太低了。也正是从这时开始，农民军的军纪开始大规模败坏。

刘宗敏放任手下对京城百姓抢劫、强奸，京城到处是军兵扰民，百姓叫苦连天。大顺军的各级将领也开始疯狂地搜刮明朝达官贵族的财宝和美妾，京城富户、前明的遗留贵族个个家破人亡，无一幸免。

京城瞬间残破，李自成政权一下失去了底层平民和豪族士大夫这上下两个阶层的支持，他的大顺军是靠着明朝失去了民心，百姓开城迎闯王而进的京城；可短短几天，他就逼得贩夫走卒、达官显贵、穷人、富人、地主、商人等阶层都开始怀念明朝，所以当吴三桂带着曾经的死敌清朝八旗军来的时候，百姓已没有了什么抵抗之心，他们的要求仅仅是赶走李自成。

短暂的大顺政权就在占领首都几十天后失掉了民心，大顺军队也瞬间失去了战斗力——人人都想尽快抢一笔钱财、捉几个美女回老家过"老婆孩子热炕头"的小日子，谁还会替李自成打仗呢？

面对刘宗敏精心挑选的精锐大军，吴三桂选择了血战到底，而要战胜刘宗敏报仇雪恨，向关外虎视眈眈的多尔衮求助几乎成了吴三桂唯一的选择。

"冲冠一怒为红颜"的最大受益者多尔衮，得到了这个兵不血刃拿下山海关进取中原的千载良机。

多尔衮这位大清的摄政王，带着八个旗主王爷，领着八万八旗精锐，静静地看着吴三桂的精兵和农民军主力在互相消耗。吴三桂兵少而精，但战斗力极为强悍，吴三桂带兵的方略无人能及；大顺农民军虽经过北京城里的腐败和混乱，战斗力已然很差，但人数是吴三桂的几倍，所以双方一交手就是天昏地暗、日月无光。

战斗最惨烈的地方在山海关正北的一片石。一片石是九门口长城的重要关隘，在今秦皇岛抚宁县和辽宁绥中县的分界线上，一片石是山海关的左膀右臂。吴三桂和刘宗敏在一片石血战得天昏地暗，人多势众的大顺军，逐渐占了上风。吴三桂的兵马损失惨重，精兵良将越战越少，到了难以支撑的最后关头。这时，吴三桂选择了跪倒在多尔衮帐下。

多尔衮满意地笑了，瞬间命养精蓄锐多时的八旗铁骑参战。鏖战多时的大顺农民军被这些生猛的八旗骑兵一冲，被清军的红衣大炮一轰，马上兵败如山倒。殊不知这些多尔衮的红衣大炮，都是缴获明朝的，袁崇焕曾用这种当时最先进的火炮，炸死了清太祖。

吴三桂的军队绝处逢生，和清军一起猛烈反击，最终一片石战斗结束，吴三桂和清军大胜，刘宗敏负重伤，仓皇而逃，整个十万大顺军都兵败如山倒。大顺军主力损失惨重。

多尔衮没有给李自成喘息的时机，封吴三桂为大清平西王，比李自成给的平西侯又高了一级，让八旗军队配合吴三桂杀奔北京。吴三桂在唐山一带又和赶来决战的李自成大军相遇，经过惨烈决战，李自成惨败，一怒杀了吴襄以及吴三桂全家。吴襄本来是被李自成扣押的，李自成一直想留着吴襄作为和吴三桂沟通的媒介，但接连惨败和清廷兵马铺天盖地而来，令闯王终于愤怒得没有了理智，他残忍地杀了吴襄，在故宫武英殿正式登基称帝，随后就在吴三桂和清军的疯狂进攻中撤离了北京城。

# "秦淮八艳"最好的结局:
# 飞上枝头变凤凰

都曲妓师怜尚在,浣沙女伴忆同行。

旧巢共是衔泥燕,飞上枝头变凤凰。

长向尊前悲老大,有人夫婿擅侯王。

清·吴伟业《圆圆曲》(节选)

谁飞上枝头变凤凰?谁的夫婿擅侯王?说的都是陈圆圆。

从进城之日到仓皇撤离,李自成一共在北京待了42天。李自成率军向陕西败退。可现在的闯王,不要说皇帝了,连割据西安的陕西王都做不到了。他的大顺军溃不成军,在杀红眼的吴三桂身先士卒的穷追猛打中,李自成连西安都没守住,彻底成了流寇,被吴三桂和清军四处追杀。

在吴三桂的拼命追击下,李自成最终在河南九宫山被吴三桂和清军彻底包围,李自成自杀,刘宗敏也战死,只有怂恿李自成称帝、揽权乱政的大顺军谋士牛金星投降清朝而免于一死。但此人名声太臭,又一贯阴险,清朝也没给安排官职,不久老死官署宿舍中。唯一幸运的是,陈圆圆终于被吴三桂找到了。

陈圆圆被刘宗敏裹挟在刀兵中九死一生,当吴三桂终于在乱军中找到她时,可以想象两人在战火中重逢的场景,陈圆圆不只是吴三桂的爱妾了,此时她成了吴三桂唯一的亲人。整个山海关大战因陈圆圆而起,大顺政权的覆灭也从陈圆圆被刘宗敏强占开始,顺治能在北京称帝也是因陈圆圆而起,多尔衮的铁骑能横扫全国,也是从陈圆圆开始。

陈圆圆一个女子,无论如何不会想到自己一身的荣辱,接连改变了明朝、大顺朝和清朝三个朝代的命运;也不会想到自己一身的安危,竟然联系了崇祯帝、李自成、刘宗敏、吴三桂,甚至多尔衮和顺治帝不一样的前途。她什么都知道,可什么也做不了，她只有满眼的泪水。

若非将士全师胜，争得蛾眉匹马还。

这句诗说的就是没有吴三桂对李自成的胜利，就没有陈圆圆的得救，也要感谢李自成和刘宗敏，在兵败时没有迁怒于这个女子，留了陈圆圆一命。所以有好多小说也演绎出来李自成和陈圆圆有了感情，比如金庸的名作《鹿鼎记》里，就写陈圆圆和李自成是真爱。但是历史不是这样，李自成严于律己，不贪财色，没有任何证据表明他和陈圆圆有什么感情纠葛。

陈圆圆一直被刘宗敏霸占，被刘宗敏带着到处跑倒是真的。要说真爱，那也是刘宗敏真爱上了陈圆圆，如果说他在北京城强占陈圆圆还是由于贪恋美色，那在残酷的战火中逃命时还想着带着陈圆圆，就可以看作是真爱了。

蜡炬迎来在战场，啼妆满面残红印。

这两句描写陈圆圆刚被救出来的样子，啼妆满面，红粉已残，这就是陈圆圆的悲剧。吴三桂的冲冠一怒以及此后的天翻地覆清朝入关，更是让陈圆圆背上了巨大的历史包袱，很多明朝遗民就把国破家亡的罪魁祸首安到了陈圆圆头上。

陈圆圆真的很像西施。当年越国灭吴后，很多吴国遗民就说西施是亡国的红颜祸水，陈圆圆也被称为红颜祸水，当年的杨贵妃也是红颜祸水。天下太平时，男人都喜欢美丽的红颜，可出了事，就让红颜当祸水，男人照样逍遥，这是古代男权视角下对女性的很大不公，但无可奈何。吴伟业写这首《圆圆曲》就是向世人昭示，陈圆圆这个江南小美女的柔嫩肩膀，扛不起灭亡明朝、灭亡大顺、龙兴大清的历史重担。

和吴三桂重逢后的陈圆圆，受到了吴三桂极尽愧疚的宠爱。吴三桂追击李自成、追击江南的南明小朝廷，都是带着陈圆圆的，吴三桂不舍得再跟陈圆圆分开。陈圆圆以她个人的魅力改变着历史。在随后的日子里，身负国贼之名的吴三桂以陈圆圆作为精神支柱，渡黄河、入潼关、克西安、平闯王、定云南、杀永历，风尘仆仆，东征西伐，为清廷统一中国立下了汗马功劳。

可以说，吴三桂替清朝当开路先锋卖力地灭亡明朝，陈圆圆都是历史的见证。吴三桂定居昆明后，陈圆圆进了平西王府，名正言顺地成为尊贵的王妃。所以诗里说"飞上枝头变凤凰"，这就是非常形象的比喻。陈圆圆是自小沦落风尘的妓女，最后竟然成了炙手可热的王妃，吴三桂是清朝第一藩王，他的平西亲王府就是自立于云南的小朝廷，陈圆圆就是王府的女主人，所以"飞上枝头变凤凰"就成了陈圆圆的风云际遇的代称。

2017年春节期间，央视播出的《中国诗词大会》里，就有一道关于这句诗的题目，问下列哪个人物是"飞上枝头变凤凰"？

A.苏小小　　B.李师师　　C.陈圆圆

当时我也在百人团坐着答题，听见很多选手在议论选哪个好。这道题迷惑性很大，苏小小和李师师都是名妓，又都很有故事，很多人选成了李师师，因为她和宋徽宗都有过交集，但答案是陈圆圆。因为无论苏小小和李师师名气多大，她们始终是名妓；只有陈圆圆，开始和苏小小、李师师是同行，最后却不但摆脱风尘从良，还成了亲王的王妃，这是实实在在地飞上枝头变凤凰，也是"秦淮八艳"里最好的结局了。

> 长向尊前悲老大，
> 有人夫婿擅侯王。
> 当时只受声名累，
> 贵戚名豪尽延致。

"长向尊前悲老大，有人夫婿擅侯王"。夫婿堪比侯王的，也就是陈圆圆了。吴三桂为清初开国也立下汗马功劳，建立起南明永历小朝廷，抵抗清军十五年之久的永历帝朱由榔，避难逃入缅甸，还是被吴三桂追到缅甸抓回来并处死了。多尔衮对他也很好，封了他平西王，后来又升为平西亲王，准许他掌兵世守云南。要知道，按清朝的制度，连皇帝的亲兄弟封王都不容易，清朝皇子生下来只能获封贝勒、贝子、镇国公一类的爵位，有军功才能封个郡王；吴三桂一个汉人，直接就获封了比郡王还高贵的亲王，这是无以复加的荣宠，这是多尔衮和清廷在报答当年吴三桂打开山海关的大功劳和褒扬吴三桂这些年替清廷追杀南明势力的报答。

# 跪下，平西伯

## ——悲壮的南明永历帝

海角崖山一线斜，从今也不属中华。

更无鱼腹捐躯地，况有龙涎泛海槎？

望断关河非汉帜，吹残日月是胡笳。

嫦娥老大无归处，独倚银轮哭桂花。

清·钱谦益《后秋兴之十三》（其二）

这首诗，是钱谦益以南明的礼部尚书身份在顶着汉奸的骂名降清并在听闻南明永历帝被吴三桂害于昆明后，不禁悲从中来写的一首感怀诗。"崖山之后无中华"这种悲观的论调，就是从这首诗里来的。

崖山海战，是说蒙古大军在投降汉人张弘范的带领下，把南宋小朝廷包围到广东崖山一个小岛上，海战异常惨烈，最后南宋军队弹尽粮绝全军覆没。宰相陆秀夫抱着7岁的宋端宗投海而死，南宋随行的十万军民百姓跟着蹈海而亡，一时间海面上都是尸体。这就是文天祥《正气歌》里说的"当其贯日月，生死安足论"。

南宋最后一个皇帝不是被蒙古人杀的，是被投降过去的汉人张弘范逼死的，这和永历帝被吴三桂逼死如出一辙。"望断关河非汉帜，吹残日月是胡笳。"这种亡国的深悲剧痛是真挚的，不能因为钱谦益投降了清朝，还出任了清朝官职，就认为他是与生俱来的汉奸，他和极端实用主义的吴三桂之流还是有区别的。他也会在诗里涌现出那无与伦比的亡国之思。或许这就是柳如是这个奇女子一辈子对钱谦益不离不弃的原因吧。柳如是和钱谦益都生活在明亡清兴的南明时期，现在我们就来说一说十分悲壮又终成不了气候的南明。

在李自成的大顺军占据北京后，随之而来的清军入关，在南方的明朝残存势力并未遭受战火，实力尚存，所以从皇族到朝臣到将士有很多人很不甘心明朝覆灭，在地方将领和士大夫的拥戴下，纷纷自发拥立了好几位藩王称帝或者叫监国。像史可法等人拥立福王朱由崧建立的弘光政权，郑成功的爸爸郑芝龙拥立的唐王朱聿键的隆武政权，瞿式耜拥立的桂王朱由榔的永历政权等。永历政权在史可法战死扬州后，就很快覆灭。

> 来家不面母，咫尺犹千里。
>
> 矶头洒清泪，滴滴沉江底。
>
> 明·史可法《燕子矶口占》

　　这首诗是史可法在战斗中给母亲的口述诗，之所以口述，是因为战火纷飞，没有了纸笔。史可法是崇祯时进士出身，在南明朝担任兵部尚书。史可法在崇祯死后，果断拥立福王即位，使得天下知道明朝尚有朝廷，尚有皇上，稳定了抗清局势。

　　清军杀来，驻守南京的门户扬州，面对多尔衮弟弟豫亲王多铎的大军攻城，史可法没有弃城逃命，而是以兵部尚书之尊带头身先士卒，拼死抵抗着清朝大军，受到扬州军民拥护；最后由于南明朝政腐败，奸臣党争不断，各部都想保存自己，导致史可法孤军奋战，扬州没有外援，最终清军以红衣大炮猛轰扬州，史可法战死，尸骨无存，扬州军民置史可法衣冠于梅花岭上。史可法是南明士大夫中有气节宁死不屈的代表，可士大夫中，不是人人都是史可法，南明朝廷里，骨头软的也大有人在，比如礼部尚书钱谦益。

　　南明礼部尚书大学士钱谦益在清军包围首都南京后，就主动率领文武百官打开南京城降清了。钱谦益的爱妾柳如是对钱谦益的行为极端鄙视，与之决裂，不随钱谦益去北京当官，后散尽余财资助尚在抵抗的郑芝龙、瞿式耜等南明将领，风骨凛然。

　　钱谦益这个投降的贰臣也并不受清朝的待见，不久就因事下狱了，没有人管他死活；是柳如是一个弱女子，念着旧情只身进京上下打点赎出了钱谦益。钱谦益死后，其家产被乡里亲族霸占，柳如是拼死护卫钱谦益家产，自尽于钱家，钱家家产得以保全。很多人说柳如是嫁给钱谦益是图钱，殊不知，为了钱谦益柳如是花光了积蓄，还搭上一条命，柳如是最后用一死报答了钱谦益把他从秦淮河娶回家的情分，也用一身风骨回应了那个时代的非议。

　　钱谦益是饱读诗书的明朝江南才子，是闻名海内的文坛领袖，他对明朝的热爱是毋庸置疑的，只不过他在山河巨变时，没有勇气和明朝同覆没而已。他选择了更好地活着，从洪承畴、祖大寿、吴三桂到明朝一路投降的督抚大员，我们不能单单责怪钱谦益没有骨气，其实大家之所以鄙视钱谦益，完全是因为他的女人柳如是把他衬托得过于猥琐。

这首诗就能很好地证明钱谦益的心思。从他降清后又偷偷地资助抗清事业又被清朝下狱来说，他真的是怀念故国，有读书人的气节，只不过没有胆量而已。

多少饱读诗书的士大夫和握有百万雄兵的将领屈膝而降，一个出身于"秦淮八艳"的风尘女子，却至死没有低头，这不能不说是一个绝妙的讽刺。柳如是以诗文和气节著称于青史之上。她辅佐钱谦益参与了南明弘光朝廷的创建，和陈子龙等抗清名将都是红颜知己。柳如是和陈圆圆一样，以"秦淮八艳"的出身，见证了明末清初那一段滚滚红尘。


裁红晕碧泪漫漫，南国春来正薄寒。
此去柳花如梦里，向来烟月是愁端。
画堂消息何人晓，翠帐容颜独自看。
珍贵君家兰桂室，东风取次一凭栏。

明·柳如是《春日我闻室作呈牧翁》


"此去柳花如梦里，向来烟月是愁端。"这句子中有柳如是的名字，柳才女诗中自有一股英雄气，她抵抗不了清朝的铁骑，但她有宁为玉碎的刚烈，钱谦益能被人记住，全仗着柳如是，否则一个开门迎降的贰臣，是不会被历史记住的。


三年羁旅客，今日又南冠。
无限河山泪，谁言天地宽。
已知泉路近，欲别故乡难。
毅魄归来日，灵旗空际看。

南明·夏完淳《别云间》


这些南明小朝廷虽然时间都不长，但一直延续着明朝的法统，激励着抗清的义军。在其他几路小朝廷纷纷覆灭后，桂王朱由榔在肇庆称帝，建立永历政权，永历政权联合张献忠的起义军和郑成功的海上力量，一度收复湖广，光复东南半壁。永历帝在位十五年，任用瞿式耜等忠心干将力挽狂澜，永历政权是南明各个政权中抗清最有成效的一个。后来瞿式耜战死，张献忠被剿灭，永历政权再无抵抗能力，永历帝避入缅甸境内。

吴三桂为表对清朝的忠心，不惜孤军深入缅甸，在崇山峻岭中搜捕永历帝，最终把永历帝押回昆明。弹尽粮绝的永历帝本来在逃入缅甸后，被缅甸国王保护了起来，人生地不熟的吴三桂一时半会儿抓不到。但也是命运不济，对永历友善的缅甸国王忽然被他亲弟弟政变杀死，极为狡诈残忍的新缅甸王不愿意得罪气势汹汹的吴三桂，就主动杀了永历帝很多随从，派兵引吴三桂前来，吴三桂终于在缅甸抓住了永历帝，并且一路押回昆明。

据说行刑时，永历帝看见前呼后拥的吴三桂在现场监斩，厉声喝问吴三桂："平西伯，见朕因何不拜？"

这句话的意思就是你是大明封的平西伯，你给我跪下！吴三桂一听"平西伯"这个还是崇祯皇帝封给他的爵位，不禁冷汗直流，他现在已是权势熏天的清朝平西王，连清朝皇室都要敬着吴三桂，没有谁敢拿他在明朝时的旧爵位来揭他的疮疤，也只有明朝的最后一个皇上，在临死前还敢这样无情地挖苦自己，吴三桂怕了。他深入缅甸的穷山恶水，不遗余力地搜捕永历帝，可当他面对自己的皇帝时，他真的心虚了。

在永历皇帝充满帝王霸气的一声喝问下，清朝最有权势的王爷，那个灭掉李自成的平西王，竟然下意识地跪倒在永历帝这个被五花大绑的俘虏皇帝面前，吴三桂有些磕巴地说了句："罪臣参见皇上。"

他这句"罪臣参见皇上"，换来了永历帝一声冷笑。崇祯殉国之后，明朝残余的最后一个也是坚持最久的抗清政权的永历皇帝和皇后一起在昆明从容就戮。

其实，就凭吴三桂下意识说出来的这一句"罪臣参见皇上"，就能定吴三桂个谋反的死罪。他早就是大清的平西王，跪明朝的皇帝是一大罪，还自称罪臣，就是承认自己对不起明朝，就等于说自己还是明朝的臣子，这不是反叛大清吗？只不过凭吴三桂称霸西南遥控天下的权势，那个刚进北京的清廷，还不敢追究他而已。永历帝后被绞死在昆明的篦子坡，现在那个土坡改名叫"逼死坡"。

# 英雄与红妆同照汗青

正襟危坐待天光，两鬓依然劲似霜；

愿仰须臾阶下鬼，何愁慷慨殿中狂。

须知荣辱神无变，旋与衣冠语益庄；

莫咲老夫轻一死，汗青留取姓名香。


年逾六十复奚求，多难频经浑不愁；

劫运千年弹指去，纲常万古一身留。

欲坚道力凭魔力，何事俘囚学楚囚；

了却人间生死事，黄冠莫拟故乡游。

南明·瞿式耜《狱中》

　　这是南明的重臣、拥立桂王朱由榔称帝的瞿式耜在抗清兵败被俘时，在狱中所作的诗。这些诗都是后人在监狱的墙壁上抄录下来的。瞿式耜铮铮铁骨，鞠躬尽瘁辅佐永历帝成就大业，为南明大臣的楷模。南明永历政权之所以能存续十几年，就是因为有这些为国而死的铁骨铮臣。俘获瞿式耜的就是清军的急先锋吴三桂，当时吴三桂已经是平西王了，吴三桂来劝降瞿式耜，瞿式耜问吴三桂："我死名垂青史，你死恐怕都难入祖坟吧？"吴三桂愧不能言。

　　吴三桂杀了永历帝，永历政权坚持抗清十几年，一度有中兴之势，现在我们就来看看这个悲壮的桂王朱由榔建立的永历政权。

　　明朝崇祯帝殉国后，桂王朱由榔在广东肇庆称帝，建立南明永历政权，到永历帝被吴三桂杀于昆明为止，坚持抗清十五年，两度掀起抗清高潮，永历朝名将辈出。

　　瞿式耜、张同敞等都是智勇双全的忠臣良将，二人一同兵败被俘，在狱中互相作诗唱和，题诗满壁，风骨凛然。

南明值得一提的还有战神李定国。李定国本是张献忠大西军的部将，张献忠和清军战死于四川后，李定国审时度势，大义为先，遵照张献忠归顺南明的遗嘱，成为忠心护法南明政权的战神。李定国能征惯战，又军纪严明，深得将士拥护，给予清军以沉重打击。在攻克桂林的大战中，李定国创造性地用云南特有的巨兽大象冲阵，清定南王孔有德的大军一败涂地，李定国包围桂林城，定南王兵败自焚而死，桂林光复。孔有德的死，震动了清廷。

孔有德本是明辽东军皮岛首领毛文龙的部将，他不满袁崇焕用尚方宝剑斩了毛文龙就率军哗变了；后被明朝围剿，就投靠了清军，是投降很早的明军将领。清军一直想要而不可得的红衣大炮、海军舰队都是孔有德带给清军的，所以极受重视，被皇太极尊为兄弟，封定南王。

听说孔有德死了，清廷赶紧派另一位八旗名将敬亲王尼堪率军为孔有德报仇。尼堪又在衡阳被李定国大军伏击，一战杀了尼堪。李定国也以"两蹶名王"的辉煌战绩令清廷闻风丧胆。南明永历政权就这样东征西讨，一度控制云、贵、川、福建、广东、广西、湖南大部，沉重打击了清军和降清汉军的势力，逼得多尔衮一度发信求和，想和南明划江而治。后来战斗中瞿式耜等将帅先后战死，由于孙可望的降清，南明政权腹背受敌，形势急转直下。

永历帝死后，台湾郑成功部依然奉永历帝年号，坚持抗清，直至郑成功之孙郑克塽降清，永历政权的年号才算彻底退出历史舞台。这一刻，不只是永历年号的退役，也是明朝的年号彻底退出了历史。

永历帝死后若干年，已经是康熙年间了，古稀之年的平西王吴三桂和广东的平南王尚可喜、福建的靖南王耿精忠同时起兵反清，江南半壁再次沦为战火，史称"三藩之乱"。只不过那时吴三桂还打出了"反清复明"的旗号，已经没有人响应了，毕竟由这个亲手打开山海关又亲手逼死永历帝的人来说自己要反清复明，实在没有什么说服力。

尝闻倾国与倾城，
翻使周郎受重名。
妻子岂应关大计，

英雄无奈是多情。

全家白骨成灰土，

一代红妆照汗青。

清·吴伟业《圆圆曲》（节选）

这句"英雄无奈是多情"，道出了多少英雄豪杰的软肋；"全家白骨成灰土，一代红妆照汗青"，堪称是对吴三桂的诛心之论。这首诗一经问世，就一时传诵，洛阳纸贵，吴伟业的这种长篇叙事诗，也被尊为"梅村体"。

这是吴三桂在得知刘宗敏掳走陈圆圆后，冲冠一怒的话语："大丈夫不能保一女子，何面目见人耶？"吴三桂对得起美人，但是否对得起江山就不好说了。

满溪绿涨春将去，马踏星沙，雨打梨花，又有香风透碧纱。

声声羌笛吹杨柳，月映官街，懒赋梅花，帘里人儿学唤茶。

明·陈圆圆《丑奴儿令》（《采桑子》）

这首据说是陈圆圆的词，道尽了一代红颜说不尽的悲歌。从词里大家不难感受到陈圆圆的落寞与悲凉。她一生最辉煌的时刻是在李自成乱军中被吴三桂抢回，殊不知，也正是为了抢回她，吴三桂冲冠一怒当了至今被人唾骂的"汉奸"，千古之下洗刷不了。可吴三桂的开山海关，多尔衮的入关，明朝的败亡，清朝的崛起，这些天大的事能让陈圆圆来背锅吗？手握千军万马的大人物的政治谋划，怎么让一个从青楼起就身世飘零，又辗转如风飘絮，从来就没有过过安稳日子的薄命红颜来负责呢？

飞上枝头变凤凰的陈圆圆并没有享受王府的荣华富贵，她选择了隐居郊外，一身道服，了此残生。她知道自己背了哪些骂名，她背不起，可也扔不下，她当然深爱着冲冠一怒为红颜的吴三桂，但是她无法面对吴三桂。吴三桂没有勉强陈圆圆，他给陈圆圆修建了道观后两人也就很少相见了，从此形同陌路。

后人看到《圆圆曲》对陈圆圆的心理刻画十分细腻逼真，就揣测一场美丽的邂逅：吴伟业在昆明游历时，见到了布衣素服、栖身道观的陈圆圆。当时的圆圆早已洗尽铅华，安心修道。但就是这一位不再年轻的中年女道士，让同样饱经沧桑的吴伟业目睹了一代红颜压倒一切的魅力，让吴伟业一瞬间理解了吴三桂和刘宗敏。他更要为陈圆圆这一代红妆辩护，于是有了这一首名震千古的《圆圆曲》，写完后，吴伟业先给了陈圆圆，久已不问世事的女道长不禁泪流满面，多少前尘往事又播散在心头。

其实这段往事很可能是美好想象，吴伟业的红颜知己不是陈圆圆，而是和圆圆同样出身于"秦淮八艳"的卞玉京。不要小看青楼，不要轻视"秦淮八艳"，那秦淮河畔的风月场中孕育的八个奇女子，真的就是明亡清兴的亲历者和见证人。吴伟业年轻时在南京秦淮河畔邂逅了卞玉京，两人坠入爱河，但当卞玉京提出从良跟吴伟业回家时，他没有吴三桂为陈圆圆冲冠一怒的勇气，他拒绝了卞玉京厮守终身离开青楼的痴情。一个在朝为官的士大夫公开迎娶妓女，他还下不了这个决心，在这一点上，吴三桂和钱谦益这两个顶着汉奸帽子的人，都比他吴伟业有担当。

陈圆圆跟了吴三桂，柳如是跟了钱谦益，只有卞玉京被心上人拒绝，依旧沦落风尘。很快，山河破碎风飘絮，当进入康熙朝时，老去的吴伟业终于又见到了一代倾城的卞玉京，可这时的卞玉京，一身道袍，不问世事，浮尘甩过，甩掉了吴伟业的一生。所以在《圆圆曲》中，对陈圆圆的理解，我们从中可以看到吴伟业对卞玉京的愧疚；毕竟陈圆圆和卞玉京太像了，都是"秦淮八艳"之一，都是倾国倾城，又都是饱经沧桑，最后归于道袍。


君不见馆娃初起鸳鸯宿，越女如花看不足。

香径尘生鸟自啼，屧廊人去苔空绿。


全诗都是用吴宫借喻明朝，吴亡就是明亡，西施就是陈圆圆，屧廊是西施走过的走廊，是夫差专门为听西施走路的声音而修建，何等浪漫，但西施去后，还有什么？


换羽移宫万里愁，珠歌翠舞古梁州。

为君别唱吴宫曲，汉水东南日夜流。


宫、商、角、徵、羽，换羽移宫就是换了曲调，就是换了朝代。直接议论明亡清兴是不行的，清初以少数民族入主中原，执政的自信严重不足，对言论把控十分惨烈，"文字狱"不断兴起，读书人惜字如金，生怕祸从口出。而这首诗敢于直接刻画当朝人物，敢于直接批判吴三桂的卖主求荣，这都是吴伟业的一身肝胆。

清朝经过太祖努尔哈赤和太宗皇太极的创业，终于在顺治帝福临时，入主北京，取代明朝成了中国古代史中最后一个大一统王朝。

某次我去辽宁讲课时，住在辽宁大厦，不远就是皇太极的清昭陵古迹，我就在秋风中，听着浑河流水，寻访了昭陵旧迹。昭陵所在如今称北陵公园。闹市中陵园空阔，古木森森，越发凝重，尽显历史沧桑。在昭陵我写了一首《过沈阳清昭陵》，每到一地，见文化古迹就用古诗的形式记录下来，这也是我诗意人生的一个写照。

> 昭陵幽径草青青，何处风烟是盛京？
> 瘦柳霜飞三代雪，枯荷雨落几朝风？
> 雄图也似庭中柏，霸业一如岗上松。
> 回首岚空思无限，浑河流水作秋声。

皇太极、多尔衮进取中原的愿望得以实现；南明拼死抵抗的瞿式耜、李定国也各自用生命实现了壮志豪情；陈圆圆也凭借《圆圆曲》一代红妆照汗青。历史已去，但不会化作尘埃，历史已经凝结成了文化，会被我们不断传承。

古诗词是中华民族几千年来的文化传承，古诗词是中国人特有的感情表达方式，古诗词是历史长河凝练出的诗韵瑰宝，古诗词是凝结历史兴衰的重要符号。品读古诗词，汲取正能量。走进诗意的世界，了解历史的天空，左手诗词，右手历史，两手相握就是幸福完整的诗意人生。

# 萧萧回首望，烟雨细如丝

自从 2005 年接手第一个高中新生班开始，给学生们讲授古诗词，把古诗词的文化力量传递给莘莘学子就不仅仅是我的职业，更成了我的事业。十几年如白驹过隙，一转眼从中学到小学再到大学的语文和历史课，我都上过了。多年的教课生涯里，我送过高三毕业班，当过小学班主任，给厨师技校的学生在厨房补过成考的语文，给贫困山区的小学在尘土飞扬的操场上讲过露天大课。

我是一个老师，三句话不离教书，写这本书的缘起还是我的学生。我前些年来到高校后，发现时下的高校校园《大学英语》课每学期都是必修，而最应该学的《大学语文》却连选修课都没有开设，我就克服各种困难，毅然开设了全校第一个《大学语文》课程，从而给爱好文学、想继承一点祖先优秀文化的学子们开辟了一个汲取诗词营养的阵地。讲授《大学语文》和《中国文化史》两门课时，经常有爱好传统文化的同学来跟我交流，希望能更多的听我讲一讲每首经典古诗词背后的历史文化，也是在我众多学生的鼓励和督促下，我把讲课的心得和平时读万卷书、行万里路的积累，汇集成了这本《千年历史千年诗》。希望用这本书打破课堂的时空局限，让更多的读者能够在不受课堂时空的限制下，随时随地地翻开书，读上那么几页，吟上那么几首诗，相信会让你走进奇伟瑰丽又变幻多姿的中华优秀传统文化的世界。

如何把一首首生动的古诗词背后的历史告诉大家，如何把上下五千年的悠悠中华史用诗词来串联起来，是我一直在思索的。这本书里把诗词放到历史时代背景中去，用历史背景来定位作者，剖析故事，这种行文和写作方式，就是我用诗词串起历史的又一次尝试。

请允许我用一些篇幅把将这本书推荐给各位读者的师长和朋友们做一个简单介绍。

由衷的感谢我的研究生导师崔向东教授，正是崔老师走进历史，才能走出历史的大历史教诲，让我打开了诗词和历史的双向大门。

特别感谢博闻强记到令人无比赞叹的"最强大脑"郑才千，毕业于人民大学的才千兄过目不忘的超强记忆力和做事的专注与斐然的文采，都是我的榜样。他的著作《最强大脑：魔方墙找茬王郑才千的学神秘笈》，是很受欢迎的作品。

感激人气极高，魅力无限的中华好诗词稳坐八期擂主的畅欣才女，才女虽出身工科，然诗词功力深厚，冰雪聪明，秀外慧中，化诗意于人生，令人敬佩。犹记那年和才女同去塞北名城宣化做诗词公益活动，赋诗塞上，诗意盎然。

感谢才高八斗的北大才子彭敏兄，这位全能的诗词达人在诗词文化之路上给了我很多鼓励与启迪，彭敏兄身上闪烁的是未名湖畔浸润出的北大的才气与灵光。近日我们还在电视台门口小聚，彭敏兄说过：被嘲笑过的梦想，总有一天会让你闪闪发光，此言不虚也。

感谢著名作家江湖夜雨石继航老师，我和石老师相识于中华好诗词第三季，著述颇丰学富五车的石老师是实至名归的冠军，我要学习石老师勤于著述的精神，为读者多出好书。

感谢正在攻读博士的彭城才女王泽南，在中华好诗词的舞台上，多少人记住了"云梦泽边新雨细，潇湘南畔画船轻"的泽南才女。前些年我与泽南、天博、石老师四人夜游秦淮，在乌衣巷口王谢堂前联句作诗，号秦淮四友，我也在《燕赵晚报》发文《秦淮夜月送诗情》，成一时佳话。

由衷感谢常年跟我学诗的优秀学子景笑然等学友。笑然在帮我辛勤整理上一部《你若幸福，必有诗香：温习最美唐诗》的书稿后，根据所学所思，写就了《云散月明谁点缀，天容海色本澄清——评王子龙新书》的长篇书评，发表在《新华书目报》上，获得读者广泛关注。今天这部书的问世，同样有笑然等热爱诗词和传统文化的同学们的辛勤整理校对的汗水，是这些优秀桃李对知识的渴求，促成了这部书的早日问世。

上面提到的各位师长朋友们，除了崔向东是我的恩师，景笑然是我的学生外，其余朋友都是在录制诗词文化节目时结识的同道知音，感谢电视传媒为诗词节目开辟的舞台，让我收获了如此多的至交好友，我们君子之交只为诗词，至于谁是冠军、谁是擂主，这些诗词外的点缀则可有可无，无人在意。这些同道知音的结识，就是我录了这么些年电视节目的最大收获。

感谢如此多的朋友们喜欢听我的讲课，喜欢读我的书，自从在央视被观众朋友熟知后，各地的讲座邀约不断，从辽东到岭南，从岳阳楼畔到水木清华，都有很多同学和读者聆听我对诗词和历史的分享，当然在广泛的赞誉之外，也会有一些不太理解的声音，对于这些我都报以愉快的理解：洛阳亲友如相问，一片冰心在玉壶。把以诗词为代表的优秀传统文化推广给更多的人，就是我放在玉壶清澈可见的一片冰心。

回忆起我边教课边考研的那年，我去渤海大学参加研究生复试，那是我第一次东出山海关，从华北平原踏上了辽阔的东北黑土地。我刚一走出锦州站，就赶上了辽西的春雪，我就在丝丝春雪中，走进了渤海大学，开启了三载求学之路，当时我写了一首《渤海大学早春见雪》诗，现在放到这里，与大家共勉。

去岁春来早，今夕柳绿迟。

盈盈山有致，落落水含滋。

晓踏辽东雪，晨吟渤海诗。

萧萧回首望，烟雨细如丝。

王子龙

戊戌年春于石家庄

**图书在版编目（CIP）数据**

千年历史千年诗 / 王子龙著 . -- 北京：北京联合出版
公司 , 2018.6 (2019.4重印)
ISBN 978-7-5596-2072-9

Ⅰ . ①千… Ⅱ . ①王… Ⅲ . ①古典诗歌- 诗集- 中国
Ⅳ . ① I222

中国版本图书馆 CIP 数据核字 (2018) 第 091644 号

## 千年历史千年诗

王子龙　著

策划统筹：张雅妮
责任编辑：宋延涛
装帧设计：网智时代

出　　版：北京联合出版公司出版（北京市西城
　　　　　区德外大街 83 号楼 9 层 100088）
发　　行：北京联合天畅文化传播公司
经　　销：新华书店

印　　刷：北京美图印务有限公司
规　　格：170 毫米 ×240 毫米
印　　张：16
字　　数：230 千字
版　　次：2018 年 6 月第 1 版
　　　　　2019 年 4 月第 2 次印刷
书　　号：978-7-5596-2072-9
定　　价：36.00 元